UNE CHANCE DE ROMANCE

KYLIE GILMORE

Traduction par
SUZANNE VOOGD

Une chance de romance : © 2018 Kylie Gilmore

Design de la couverture par Kim Killion

Publié par Extra Fancy Books

Traduit par Suzanne Voogd

ISBN-13 : 978-1-947379-06-0

1

— Je ne vais pas mentir à l'Amérique, Hailey ! s'exclama Sabrina Clarke.

Hailey, la meneuse du Club de Lecture Happy End et irréductible romantique, se pencha en avant.

— Il n'y a absolument rien de mal à annoncer de fausses fiançailles !

Sabrina leva les mains.

— Dans un livre, d'accord. Dans la réalité, non.

Ça, c'était un ressort de roman, parfait pour leur club de lecture, mais complètement fou dans la vie réelle. Et cela n'allait certainement pas résoudre son problème.

L'article de Sabrina : « Adieu les phobiques de l'engagement, Bonjour le Bonheur ! » avait été publié la semaine précédente sur le blog populaire Sugar Buzz. Depuis, plusieurs choses alarmantes s'étaient produites. Tout d'abord, l'article était devenu viral. Elle avait presque eu une crise cardiaque quand l'éditrice lui avait envoyé un e-mail pour lui dire qu'elle avait eu un million de vues et que cela continuait à monter. Et puis aujourd'hui, Sabrina avait reçu un appel l'invitant à une interview sur « Sunshine America », un talk-show matinal national dédié aux bonnes nouvelles. Elle avait eu du mal à respirer et elle avait répondu qu'elle les recontactait après avoir vérifié son planning. Elle était conseillère matrimoniale et son cabinet fonctionnait très bien : il représentait tout pour elle.

Depuis, elle s'inquiétait de la décision à prendre, c'est pourquoi elle avait raconté son dilemme à ses amies dès l'instant où elles s'étaient installées au club de lecture. Elle voulait aider un public plus large, mais elle craignait que cet intérêt du public révèle au grand jour qu'elle était une impostrice. C'était une conseillère matrimoniale qui n'avait pas de relation amoureuse. C'est alors qu'était venue l'idée du faux fiancé, une histoire fantaisiste née de leur amour pour les romances.

Ses amies — chacune des huit femmes assises en cercle au café Something's Brewing — acclamèrent le faux fiancé. Hors de question. Elle se targuait d'être honnête.

Sabrina fit passer ses longs cheveux blonds derrière ses oreilles et regarda vite le plafond lorsqu'elle se surprit en train de lever les yeux au ciel. La lumière dorée des chandeliers créait une jolie ambiance, mais les ombres étaient étrangement phalliques. Elle détourna le regard, se concentrant sur le comptoir de pâtisserie en se disant que ce n'était pas parce que cela faisait un moment qu'elle était désespérée. Son regard s'attarda sur les éclairs phalliques. Le symbolisme ne lui échappa pas. Cela empirait de semaine en semaine et commençait vraiment à la perturber. Les hormones ? Le fait que ses amies trouvent toutes le grand amour ? Son désir secret pour son seul et unique ami masculin ? Sans doute tout cela. Quoi qu'il en soit, un faux fiancé ne réglait pas cela non plus.

La voix de Lexi passa outre les bavardages. C'était une amie proche, une brune aux yeux marron en forme d'amande et au comportement pragmatique.

— Considérons les faits. Premièrement, Sabrina n'est plus uniquement une guérisseuse de relations pour Clover Park, maintenant elle soigne toute l'Amérique.

— Ce n'est pas vrai, protesta Sabrina.

Elle avait été nommée guérisseuse de relations dans un article du journal *The Clover Park Record*, mais c'était tout. Personne d'autre n'avait dit que c'était une guérisseuse.

Lexi poursuivit comme si Sabrina n'avait rien dit.

— Deuxièmement : tout le pays parle de ton article ! D'ailleurs, ce titre était absolument parfait pour attirer les regards. Es-tu sûre de ne pas avoir d'expérience en relations publiques ?

Elle eut un frisson d'horreur. La dernière chose que souhaitait Sabrina, c'était d'être volontairement au centre de l'attention. Ça, c'était ce qu'aimait sa famille. Sa mère était une peintre érotique célèbre, son père vagabond était un photographe qui vendait des images de célébrités au plus offrant, et son demi-frère était un artiste de rue nu qui portait de la peinture corporelle afin de ressembler à des personnages de science-fiction populaires. Son enfance avait été un cirque rempli de personnages brillants, d'arts de la scène et de drames, et elle était sortie de là dès que possible. Était-ce étonnant qu'elle déteste être au centre de l'attention ? Ses amies n'en savaient rien et elle n'avait pas l'intention de leur expliquer.

La cerise sur le gâteau ? Sa famille ne croyait pas que les relations de longue durée existent. Ses parents ne s'étaient jamais mariés. Tous les membres de sa famille sur plusieurs générations avaient des relations dans tous les sens, ils se mariaient rarement, ou s'ils le faisaient, ils se séparaient ou divorçaient très vite. Il y avait des enfants partout avec des parents différents, tout le monde suivant sa propre voie. Elle était certaine que l'attention des médias sur elle allait faire apparaître des membres de sa famille. Ils vivaient pour ce type d'attention. Pendant ce temps, elle perdrait des clients à droite et à gauche à mesure que ces derniers perdaient confiance en son expertise supposée. Aucune relation et une vie entière de mauvais exemples n'inspiraient pas la confiance. Si l'on ajoutait à cela que sa seule relation de longue durée avait fini par l'abandonner devant l'autel, c'était le troisième *strike*. *Charlatan, charlatan, charlatan.*

Elle rougit pendant que ses amies la fixaient.

— Je ne suis certainement pas dans les relations publiques. Je n'aime absolument pas le feu des projecteurs.

— Troisièmement, déclara Lexi en levant trois doigts en

l'air, si tu vas dans cette émission, tu pourras aider beaucoup de personnes. Ils ont *besoin* de toi.

Sabrina déglutit. C'était bien le cœur du problème. Pouvait-elle dépasser ses propres réticences pour le bien des autres ? Elle avait aidé beaucoup de couples dans son cabinet.

Mad, une femme forte et sans filtre, se pencha en avant, les coudes sur les genoux. Ses cheveux teints en rouge pompier tombèrent devant ses yeux et elle les poussa sur le côté.

— Si tu ne veux pas être sous le feu des projecteurs, pourquoi as-tu écrit cet article ?

Sabrina s'agita sur sa chaise. La vraie raison était si humiliante.

— Je ne sais pas.

Mad pointa Sabrina du doigt.

— Tu as le pire visage de menteuse que j'ai jamais vu. Tu rougis comme une folle.

Hailey intervint :

— Sabrina a toujours été du genre à rougir.

Elle se baissa vers son énorme sac de transport rose pour chien, ses longs cheveux blonds cachant son visage. Un instant plus tard, elle rejeta ses cheveux en arrière et la petite Rose apparut sous les regards attendris des autres femmes. Les poils blancs de Rose étaient attachés en une petite couette sur le haut de sa tête avec un nœud rouge assorti à son pull pour chien rouge. Depuis qu'elle avait eu Rose deux jours auparavant, Hailey avait acheté une garde-robe de pulls et de nœuds pour chien assortis. Rose s'installa rapidement sur les genoux de Hailey.

— Quelle est la véritable raison ? insista Mad en jetant un regard entendu à Sabrina. Cet article assassine les phobiques de l'engagement. Qui t'a énervée ?

Tout le monde regarda Sabrina avec curiosité. Mad sourit.

— D'accord, je l'avoue ! s'exclama Sabrina. C'était un article de vengeance. J'ai reçu une invitation au mariage de l'enfoiré qui m'a abandonnée devant l'autel.

Quelle gifle ! Comme si vivre sa trahison n'avait pas suffi. Comme si son absence de relation sérieuse depuis cet instant ne suffisait pas. Comme si elle voulait voir cet enfoiré profiter du bonheur qui aurait dû être le sien.

Tout le monde la regarda, perplexe. Normalement, elle ne perdait jamais son sang-froid.

Elle serra les dents, irritée de s'être énervée.

— Je sais que ce n'était pas très professionnel.

Elle avait choisi sa carrière à cause de son propre besoin morbide de savoir ce qui faisait qu'une relation fonctionnait, après avoir vécu l'effondrement de sa propre relation si stable en apparence. Pendant longtemps, elle n'avait pas su pourquoi Kevin l'avait abandonnée devant l'autel. Il n'y avait pas d'autre femme. Il venait d'une famille stable et aimante. Avec le recul, sa famille constituait une partie importante de son attrait. Ses parents et sa sœur étaient tellement *normaux* et elle avait eu envie de faire partie de cette famille. Deux ans plus tard, sa sœur l'avait contactée et avait révélé que Kevin avait été perdu depuis leur mariage avorté. Il était toujours célibataire et passait d'un emploi à un autre. Il était évident que Sabrina avait fait une erreur en le choisissant, mais le côté impulsif et preneur de risques de Kevin n'avait pas été manifeste quand il était étudiant. Le voir fuir de l'église avait été un choc dévastateur pour elle. Et maintenant il se mariait. C'était sans doute une décision impulsive avec quelqu'un de totalement incompatible, pensa-t-elle mesquinement.

Mad secoua la tête en souriant.

— Waouh ! Je ne pensais pas que tu en étais capable. C'est génial !

Elle s'avança et elle donna un coup d'épaule à Sabrina.

— Merci, dit Sabrina, pas entièrement sûre de mériter l'approbation de Mad.

En tant que conseillère matrimoniale, elle aurait dû s'élever au-dessus de sa colère. Elle insistait toujours là-dessus devant ses clients : élevez-vous au-dessus, pensez au long terme. Malgré l'écart de conduite momentané de Sabrina par rapport au long terme, elle avait la vie tranquille dont elle avait toujours rêvé en tant qu'enfant. Jusqu'à maintenant. *Tu vois ce qui arrive quand tu perds ton calme ?*

Hailey caressa Rose derrière l'oreille et la petite chienne ferma les yeux, poussant un soupir de contentement.

— Sabrina, ton ex était un raté et il ne sait pas ce qu'il manque.

Les autres acquiescèrent en murmurant, et Sabrina se sentit un peu mieux.

Hailey poursuivit :

— Maintenant que l'article est sorti, ta popularité grandit en permanence. Il faut que tu en profites. Ta carrière pourrait exploser !

À l'idée de ce genre de publicité, Sabrina sentit les cheveux se dresser sur sa tête. Sa réputation professionnelle était primordiale. Son cabinet, qu'elle avait monté à partir de rien au cours des trois dernières années allait couler si les gens perdaient confiance en elle.

Lexi, assise à côté d'elle, lui attrapa la main et parla avec franchise :

— Si tu ne fais pas cette interview à la télé, tu vas le regretter le reste de ta vie. Tu te demanderas toujours combien de gens tu aurais pu toucher alors qu'ils avaient besoin de t'entendre à ce moment précis. Il y a beaucoup de personnes seules dans le monde.

Sabrina observa Lexi pendant un instant. Lexi était-elle une des personnes seules ?

— C'est normal d'être angoissée, dit cette dernière. Mais que ça ne t'empêche pas d'avancer.

Sabrina hocha la tête. Le conseil était avisé, même si c'était plus facile à dire qu'à faire. D'autant plus qu'elle avait déjà dépassé le stade de l'angoisse depuis longtemps et qu'elle était maintenant dans la peur pure et simple.

Hailey parla d'une voix apaisante. Elle s'était considérablement adoucie depuis qu'elle avait reçu sa petite compagne chienne.

— Ma chérie, si tout ce dont tu as besoin, c'est de gonfler ta confiance afin de ne pas avoir l'impression d'être un charlatan, pourquoi ne pas te faire accompagner par un homme pour l'interview ? Il n'aura qu'à se tenir en arrière-plan. Quand ils te poseront des questions sur ta relation personnelle, et ce sera le cas, tu pourras dire que tu es fiancée. S'ils insistent, il te suffit d'affirmer que ta relation est privée. Ils s'attendent à ce qu'une conseillère matrimoniale dise quelque chose du genre. Puis, quand le buzz se sera estompé, tu pourras faire semblant d'avoir rompu et retourner à ta vie normale.

— Je suis une très mauvaise menteuse, dit Sabrina.

— Ne l'ai-je pas dit ? s'esclaffa Mad.

Hailey jeta un regard assassin à Mad avant de se tourner vers Sabrina.

— C'est un petit mensonge romantique pour le bien des autres. Rends-toi à cette interview en ayant confiance dans ton statut d'experte des relations.

Sabrina devint écarlate en murmurant :

— Je ne suis pas une experte.

Tout le monde encouragea Sabrina.

— Ça arrive une fois dans une vie !

— Profite de cette occasion !

— Ne sois pas une mauviette !

Cette dernière remarque venait de Mad.

Sabrina leva une main.

— Même si j'étais dans une relation de longue durée, ce talk-show n'est pas pour moi. J'ai l'impression que je ferai semblant, comme une actrice. Je ne suis pas tape-à-l'œil. Je préfère aider les gens un par un.

— Ooh ! dit Hailey dont les yeux bleu clair venaient de s'illuminer. Appelle Claire pour avoir des conseils. Elle peut t'aider.

Claire Jordan était leur amie et star de cinéma, bien habituée au feu des projecteurs.

— Je ne suis pas un animal de parade, s'entêta Sabrina. Je veux seulement aider les gens.

Lexi leva une mèche des cheveux de Sabrina.

— Avec cette crinière magnifique ? Tu ferais un malheur dans la parade.

Tout le monde rit. Sabrina fit un petit sourire à Lexi.

— Ha-ha.

— Tu feras semblant de toute façon en prétendant ne pas

être nerveuse, dit Hailey. Il te suffit d'ajouter la relation imaginaire, ce n'est pas grand-chose.

— Fais semblant, le reste suivra, ajouta Lexi. Tu pourrais en faire ton mantra.

Sabrina poussa un soupir exaspéré.

— À qui pourrais-je demander d'être mon faux fiancé, de toute façon ?

Lexi eut un sourire diabolique.

— Pourquoi pas ton *ami* Logan ?

Sabrina se sentit rougir, elle eut des papillons dans le ventre à la simple mention de son nom. Son désir secret pour Logan Campbell était terriblement embarrassant, car il n'était pas réciproque du tout. Il était son *ami* sexy à couper le souffle, à titiller les nerfs, à faire fondre la culotte, depuis qu'il avait loué les bureaux au-dessus de son cabinet, six mois auparavant. Il plaisantait tout le temps avec elle, mais il ne flirtait jamais au grand jamais. Elle connaissait tous les signaux classiques de la drague masculine : la voix qui devient plus grave, le contact visuel direct et soutenu, les épaules rejetées en arrière pour paraître plus grand, et il ne faisait absolument rien de tout cela. Sa voix était toujours grave et ne changeait jamais. Elle ne savait pas combien de temps il soutenait son regard, car elle détournait le sien dès qu'elle sentait ses joues rougir. Quand elle le regardait à nouveau, il fixait toujours un endroit juste au-delà de son oreille. Ses épaules étaient toujours dans la même position, larges et musclées comme tous les hommes Campbell, mais jamais en arrière, toujours simplement détendues.

Même si Logan la voyait de cette façon, ce qui n'était pas le cas, il n'était pas pour elle. S'il y avait bien une chose qu'elle avait apprise en tant que conseillère matrimoniale, c'était comment détecter les hommes qui n'étaient pas bons pour elle du point de vue d'une relation sérieuse. Logan était un phobique classique de l'engagement.

Elle tritura ses cheveux.

— Je t'ai dit que nous étions seulement des amis.

Mad inclina la tête.

— Ouais, demande à Logan. Ça ne lui fera rien.

Logan était son grand frère.

— Ça fait des années qu'il a le béguin pour sa petite amie d'université.

Sabrina regarda Mad, stupéfaite. Logan n'avait pas une seule fois mentionné cette petite-amie de fac, et pourtant ils déjeunaient ensemble toutes les semaines, quand ils n'étaient pas trop occupés. Dédié à la même femme depuis des années ? L'avait-elle mal jugé ? Elle aurait dû lui envoyer un signe de son désir. Non pas que c'était important. Elle ne lui plaisait pas et maintenant qu'elle savait qu'il se raccrochait à une ancienne petite-amie, c'était peine perdue.

Hailey proposa une alternative sous la forme de l'autre frère célibataire de Mad :

— Josh le fera si tu le paies, dit-elle en fronçant les sourcils. Mais ça risque de coûter cher.

Hailey le savait d'expérience. Elle organisait des mariages, et comme elle avait désespérément besoin d'un rendez-vous fiable pour l'accompagner, elle avait payé Josh afin de ne pas être toujours seule devant ses clients. Malheureusement, leur marché s'était envenimé et ils se disputaient depuis.

Sabrina souffla. Bon sang, elle n'avait pas besoin de charité ! Elle n'était pas obligée de supplier son ami d'être son faux fiancé, et encore moins de payer quelqu'un. Elle était une professionnelle.

— Je ferai l'interview toute seule, déclara-t-elle en se sentant tout de suite un peu étourdie. *Charlatan, charlatan, charlatan* résonna dans sa tête, se transformant progressivement en acouphène bruyant.

Soudain, quelqu'un baissa sa tête entre ses genoux.

— Respire, ordonna Lexi.

— J'envoie un texto à Logan, dit Mad.

— Non, supplia Sabrina d'une voix rauque.

— Peut-être que c'est moi qui viendrai en tant que ta fiancée, dit Lexi, faisant rire Sabrina.

Lexi était sans doute terriblement blasée par les hommes, mais elle avait une véritable appréciation pour leur physique : plus ils étaient grands et musclés, mieux c'était.

Sabrina se redressa.

— Je vais bien. Allons boire un coup.

Elles allaient toujours boire un verre chez Garner's Sports Bar & Grill après le club de lecture.

Toutes les femmes la regardèrent avec compassion.

— Quoi ? demanda-t-elle.

— Nous n'avons même pas commencé la réunion, dit Hailey en sortant la liseuse de son sac en cuir blanc. Et je sais exactement ce que nous devons lire.

Elle retint un sourire, ses yeux bleus scintillant d'humour.

— *J'ai épousé mon faux fiancé*.

Tout le monde rit. Sabrina grogna.

2

Le lendemain, Sabrina retourna au travail et elle prit rendez-vous pour l'émission télévisée du lundi matin. Sa voix trembla, mais elle confirma sa présence. Puis elle laissa un message à son amie Claire, lui demandant de l'appeler pour une session d'entraînement en vue des interviews télévisées. Elle allait *vraiment* y arriver.

Elle déplaça ses rendez-vous du lundi matin et elle examina son calendrier. Elle s'était prévu une semaine de vacances à la fin du mois et elle était maintenant particulièrement contente de l'avoir fait. Sa pause en janvier allait être très nécessaire après la frénésie des rendez-vous pendant les fêtes. Cette période pouvait être très tendue, et elle voyait tous ses clients entre Noël et le Nouvel An, quand plus de gens étaient à la maison et se disputaient. Elle avait l'intention de ne faire rien d'autre que traîner à son appartement, essayer de nouvelles recettes et regarder toutes ses séries télé préférées. Le bonheur !

Elle termina ses rendez-vous du matin avec un sang-froid relatif, étant donné qu'elle n'était qu'à trois jours d'une énorme interview télévisée et qu'elle n'avait toujours pas eu de retour de Claire. Bien sûr, Claire était à l'heure de la Californie, alors elle ne devait pas encore s'en inquiéter. Son téléphone sonna. Claire ! Elle attrapa le téléphone sur son bureau avant de se rendre compte qu'il s'agissait de celui de son cabinet.

— Bonjour, Sabrina Clarke au téléphone.

— Je m'appelle Tara Brinkman. Êtes-vous l'auteur d'*Adieu les phobiques de l'engagement* ?

— Oui. Comment puis-je vous aider ?

La femme parla d'un ton sec.

— Vous pouvez m'aider en retirant immédiatement votre article. Mon livre, un best-seller de la liste du *New York Times*, était intitulé *Adieu les phobiques de l'engagement* bien avant le vôtre. Je suis connue comme étant la Conseillère de l'Engagement — c'est une marque déposée, d'ailleurs — et il vaut mieux que je n'entende pas dire que vous utilisez le même surnom.

Sabrina ferma sa bouche béante avec un claquement.

— Je n'utilise pas ce nom. Je n'ai jamais entendu parler de vous.

— Je ne peux pas croire qu'il s'agisse d'une coïncidence. Vous essayez de vous présenter comme moi, profitant de mon excellente réputation.

Sabrina passa une main dans ses cheveux, stupéfaite par l'hostilité de cette femme.

— Je ne savais pas du tout que vous aviez écrit un livre avec un titre similaire.

— Pas similaire, exactement le même. Cela s'appelle une violation du droit d'auteur. Retirez l'article, sinon je vous envoie mon avocat.

Elle eut des sueurs froides. Bon sang !

— Je suis certaine qu'il ne s'agit que d'un malentendu. Pas besoin d'avocat.

— Mais bien sûr. J'ai fait des recherches sur vous. Vous êtes dans ma région. J'ai un cabinet à Manhattan et à Fieldridge, dans le Connecticut. Vous essayez de voler ma clientèle.

Elle secoua vivement la tête en signe de désaccord.

— Je vous jure que c'est la première fois que j'entends parler de vous. À quelle époque est sorti votre livre ?

— Je vais vous surveiller de près, dit Tara d'un ton menaçant avant de raccrocher.

Sabrina resta figée pendant une minute à cause du choc. Puis elle ouvrit son ordinateur portable et rechercha Tara Brinkman. C'était vrai. Tout : son cabinet, son livre, son bureau local à quelques villes de là seulement. Merde. Son livre était sorti cinq ans auparavant, quand Sabrina était toujours à la fac. *Adieu les phobiques de l'engagement* n'était pas le genre de livre qu'elle aurait consulté à l'époque. Elle avait été dans une relation longue et heureuse.

Elle ferma son ordinateur portable avec les mains tremblantes. Cette femme pouvait sérieusement endommager la réputation de Sabrina. Et elle n'avait pas d'avocat. Elle ne savait pas du tout quoi faire. Elle n'était pas certaine de pouvoir retirer l'article maintenant qu'il avait été partagé partout sur Internet.

Le téléphone de son cabinet sonna encore et elle sursauta, le cœur battant, fixant l'appareil comme si c'était un cobra prêt à l'attaquer. *Du calme. C'est sans doute un client.* Elle décrocha le téléphone.

— Allô ?

— Sabrina Clarke ? demanda une voix de femme autoritaire qui lui fit affreusement peur.

Était-ce une avocate sur le point de lui coller un procès ?

Elle hésita avant de dire enfin :

— Oui, comment puis-je vous aider ?

— Je m'appelle Joyce Earley. Je suis agent littéraire et j'aimerais vous parler au sujet de l'écriture d'un livre. J'ai adoré « Adieu les phobiques de l'engagement, Bonjour le Bonheur ! ».

Elle fut si soulagée qu'il ne s'agisse pas d'une avocate qu'elle se confia immédiatement à cette inconnue.

— J'étais en train de réfléchir à un moyen de retirer l'article. Je viens d'avoir un appel de l'auteur d'un livre ayant le même titre. Il pourrait y avoir un problème de violation du droit d'auteur.

— Il n'y a pas de droit d'auteur sur un titre. Quoi qu'il en soit, cet article a du potentiel. Imaginez une couverture blanche avec un cœur rouge vif et le titre en rose : *Rebelle de Romance*. Cela...

— Je ne suis pas une rebelle, dit-elle fermement en se surprenant par ses pensées claires alors qu'elle avait été si secouée par sa matinée. Elle avait toujours été claire au sujet de ses limites. Elle ne voulait pas l'étiquette de rebelle. Elle avait travaillé dur pour être bien plus traditionnelle que cela. Il s'agissait de sa propre rébellion tordue contre sa famille folle. Parfois, elle craignait que ses gènes imprévisibles la poussent à rester célibataire pour toujours. Pas étonnant que ses amies suggèrent qu'elle prenne un faux fiancé. Elles voyaient sans doute en elle les racines indécises de sa famille.

Joyce prit un ton plus enjoué.

— Ce titre n'est pas obligatoire. Que pensez-vous d'*Un guide de l'amour qui dure* ? Non, il faut que ce soit plus accrocheur. Nous travaillerons dessus. Vous avez vraiment touché quelque chose d'important avec votre article, et je pense que vous pourriez aider des millions de femmes dans le monde.

Sabrina posa la tête sur sa main et fixa son bureau en essayant de réfléchir.

— J'aimerais toucher plus de femmes.

Jusqu'ici, elle s'était principalement concentrée sur les couples, mais elle pouvait se diversifier en thérapies individuelles aidant les femmes célibataires à travailler sur elles en direction d'une relation épanouissante. Cela s'approcherait du concept de sologamie : s'épouser soi-même en s'engageant à se focaliser sur son propre bonheur. Elle avait au moins été jusqu'à cette forme d'engagement dans sa vie : faire une cérémonie de sologamie avec ses amies et ses témoins avait été merveilleux.

— Excellent ! s'exclama Joyce. Mais nous devons battre le fer tant qu'il est chaud ! Préparez un plan avec les grandes lignes, puis nous agraferons votre article sur le devant et je le vendrai. Je suis certaine que les enchères monteront. Bien sûr, nous ferons une tournée pour promouvoir le livre, des interviews, des publicités télé, et tout le reste. En fait, je peux vous faire passer dans certaines émissions d'actualités dès maintenant, ce qui rendra votre livre encore plus attrayant pour les éditeurs.

Charlatan, charlatan, charlatan.

Cette fois, elle eut des sueurs chaudes et un peu de tournis. *Ne t'évanouis pas.*

— Un instant.

Elle retira son gilet et écarta son chemisier de son buste.

Elle entendit Joyce l'appeler en disant d'une voix forte :

— Êtes-vous toujours là ?

Elle reprit le téléphone.

— Oui. À vrai dire, j'ai déjà rendez-vous dans un talk-show. Je passe à *Sunshine America* lundi matin.

— Fantastique ! Je peux me servir de cela pour obtenir d'autres interviews nationales. Les autres talk-shows auront très envie de vous présenter !

Elle serra le téléphone avec plus de force.

— Ça fait beaucoup d'attention sur moi.

— Commençons par le début, Sabrina, aimeriez-vous écrire un livre qui aide des millions de femmes dans le monde ?

— Oui.

Il ne pouvait y avoir qu'une seule réponse à cette question. Elle avait dédié sa vie à aider les autres.

— Fabuleux ! Je vais vous envoyer le contrat de l'agence par mail. Il me tarde de travailler avec vous !

Joyce raccrocha.

Sabrina baissa lentement la tête sur son bureau en posant le front sur la surface fraîche, essayant de retrouver son calme. Tout était hors de contrôle, l'effet boule de neige avait pris des ampleurs de spectacle de cirque. Elle resta dans cette position pendant très longtemps, submergée à tel point que son cerveau arrêta de répéter *charlatan* et devint un bruit de fond.

Quelqu'un frappa à sa porte et elle se redressa brusquement en remettant ses cheveux en place. Merde. Depuis combien de temps paniquait-elle en silence ? Avait-elle raté le déjeuner ? Était-il déjà l'heure de son rendez-vous de l'après-midi ?

— Entrez, appela-t-elle.

La porte s'ouvrit et Logan passa la tête à l'intérieur. Ses cheveux châtains courts et sa barbe soigneusement coupée soulignaient un visage saisissant et parfaitement symétrique avec des yeux marron chaleureux, un nez fin qui remontait légèrement au bout et un sourire séducteur. Il était, et de loin, le plus beau des Campbell, et ils étaient tous beaux. Elle avait entendu dire qu'il ressemblait à sa mère reine de beauté, qu'il en était la version masculine avec des traits fins parfaits. C'était lui qui aurait dû passer à la télé.

— Es-tu libre pour déjeuner ? demanda-t-il.

Elle regarda l'heure sur son téléphone. Il lui restait quarante-cinq minutes.

— Oui, parvint-elle à articuler en revenant à elle après son bref craquage.

— Super.

Il entra en portant un sac du restaurant chinois qu'il déposa sur la table basse entre le canapé beige des clients et le fauteuil de conseillère beige assorti. Il était grand, un mètre quatre-vingt-trois, musclé comme un athlète, mais aussi très intelligent. Et maintenant, en charge de la technologie dans son entreprise. Checkin était un service en ligne qui vérifiait les antécédents du personnel de soin et des employés temporaires.

Elle resta assise à son bureau, attendant d'être certaine de pouvoir le rejoindre sans trébucher. Cette journée avait déjà été un enfer, et ce n'était que l'heure du déjeuner. Il s'installa sur le canapé, décontracté comme toujours avec un tee-shirt à manches longues en coton noir, un jean usé moulant et des baskets.

Il leva la tête.

— J'ai pris le poulet et le brocoli et le porc lo mein en me disant que nous pourrions partager.

Il lui fit un sourire qui illumina son visage magnifique et elle se sentit rougir. Même à distance, l'effet était spectaculaire.

— J'ai aussi pris tes beignets frits préférés.

Il sortit des assiettes en papier, des serviettes et des fourchettes en plastique qu'il avait ramenées de la cuisine de son propre bureau.

— Merci, Logan. C'est exactement ce dont j'avais besoin.

Elle s'approcha, ravie de constater que ses jambes étaient stables, et elle s'assit en face de lui. Elle croisa les jambes dans sa jupe droite gris charbon et elle attrapa une des bouteilles d'eau qu'il avait apportées.

Elle faisait toujours attention à garder une table entre eux. Ce n'était pas comme si elle allait se jeter sur lui, mais il lui semblait plus facile de clarifier ainsi les limites de leur amitié. Elle ne comprenait pas pourquoi elle le désirait tant, alors qu'elle savait qu'il n'était pas du tout bien pour elle. Il y avait cette histoire de phobique de l'engagement, même si elle n'était pas tout à fait sûre que ce soit vrai, étant donné la nouvelle surprenante qu'il aimait encore son ex.

Quoi qu'il en soit, phobique de l'engagement ou obsédé par son ex, Logan n'était pas un bon parti. En outre, il était du genre à prendre des risques. Sabrina avait travaillé dur pour se créer une vie stable et sans risque. Il suffisait de voir comment il avait quitté un travail lucratif dans l'entreprise de son frère pour se lancer seul dans Checkin. Il avait dormi sur le canapé de son ami pendant un an, parvenant à peine à joindre les deux bouts. Oui, d'accord, sa tolérance du risque était extrêmement basse par rapport à d'autres gens. Elle savait qu'elle avait besoin de sécurité et de stabilité plus que la personne moyenne à cause de sa relation précédente et de son enfance peu conventionnelle. Ce trait de caractère chez Logan, qui aurait pu convenir à quelqu'un d'autre, était simplement un trop grand risque pour *elle*.

Elle poussa un soupir silencieux. Elle avait besoin de trouver un homme prêt pour une relation et qui n'aimait pas les risques afin de se débarrasser de tout son désir accumulé.

Elle observa ses grandes mains masculines pendant qu'il installait la nourriture. Logan se souvenait toujours de ses plats préférés dans les restaurants du coin. C'était un ami très attentionné, ce dont elle n'avait pas l'habitude. Malgré tout, c'était juste un ami. Ils payaient chacun à leur tour pour le déjeuner, alors ce n'était pas comme un rendez-vous galant.

Elle arracha son regard aux mains de Logan et — puisqu'il était concentré sur la nourriture — elle en profita pour regarder son beau visage. Ce n'était pas la première fois qu'elle se demandait comment était sa barbe. Douce comme ses cheveux, ou rugueux comme la barbe naissante ?

Elle but une longue gorgée d'eau rafraîchissante, souhaitant dépasser ce désir gênant pour son ami.

Les yeux marron de Logan pétillaient d'amusement.

— Mad m'a dit que tu voulais que je te serve de faux fiancé.

Elle cracha l'eau, les joues toutes rouges. Lorsqu'elle put enfin parler, elle lui dit :

— Ta sœur a la langue bien pendue.

Il gloussa.

— Oui. Je lui ai dit que c'était ridicule.

Elle s'essuya la bouche avec une serviette. Voulait-il dire que l'idée qu'ils soient ensemble était ridicule ou bien que c'était le concept de faux fiancé qui était ridicule ?

— Pourquoi est-ce ridicule, exactement ?

Il haussa une épaule bien formée.

— Tout ce travail de faire semblant, tout ça sans avoir le côté positif.

Son estomac tomba dans les talons. De quel côté positif parlait-il exactement ? La situation n'était-elle pas aussi unilatérale qu'elle le pensait ? Elle poursuivit en bafouillant :

— C'était l'idée de Hailey, mais c'est n'importe quoi.

Il inclina la tête et il sortit du poulet et du brocoli qu'il posa sur son assiette avant de pousser la boîte vers elle.

— Mad dit que tu as une belle opportunité en tant qu'experte des relations. Elle m'a envoyé le lien vers ton article. Il y a quelques commentaires féroces.

Elle n'était pas certaine que les commentaires féroces soient une bonne ou une mauvaise chose, mais entendre « experte des relations » suffit à faire monter son adrénaline : le cœur battant, le souffle court, de la sueur sur sa lèvre supérieure. *Charlatan, charlatan, charlatan.* La télé, les caméras, les lumières, les millions de gens qui la regardaient dire quoi ? Elle ne savait pas du tout ce qu'elle allait expliquer, ne savait pas ce qu'ils allaient lui demander. Et si elle révélait qu'elle était devenue conseillère en relations parce qu'elle avait été abandonnée devant l'autel ? Et s'ils fouillaient dans son passé, découvrant qu'elle ne s'était jamais engagée ? Cela ruinerait sa réputation, détruirait son cabinet. *Charlatan, charlatan, charlatan.*

Et si cette folle de conseillère de l'engagement commençait à donner des interviews en défiant Sabrina ? Et si elle était prise dans un procès ? AHHH !!!

Logan agita la main devant son visage.

— Ça va ? Tu es plus pâle que d'habitude.

Elle cligna des paupières, se reconcentra sur lui, l'insulte cachée dans sa remarque la ramenant à la réalité. *Plus pâle que d'habitude ?* Il n'était pas du tout intéressé par elle. Quelqu'un qui s'intéressait à elle n'aurait pas dit plus pâle que d'habitude, mais quelque chose de plus gentil comme « un peu pâle ». Logan se moquait de ce genre de gentillesses. Il la considérait comme un pote.

Ce qui lui allait très bien.

Elle avait des exigences. Tant pis si cela impliquait qu'elle n'avait trouvé personne de sérieux depuis son stupide mariage avorté.

— Sabrina ?

— Quoi ?

— Y a-t-il une raison pour laquelle tu es si bizarre aujourd'hui ? Je veux dire, en dehors de l'interview.

— Je ne suis pas bizarre.

Elle se servit de chaque plat en fixant son assiette, son appétit la désertant soudain. Elle le regarda dans les yeux.

— Je passe dans *Sunshine America* lundi matin. En live. Alors si j'ai un ratage c'est terminé, dit-elle avec un geste de la main.

Il leva un sourcil.

— Tu ne vas rien rater. Tu es une experte. Ils vont simplement te demander des choses que tu sais déjà.

Elle jeta les mains en l'air.

— Pourquoi tout le monde dit-il que je suis une experte ? Je ne suis pas du tout une experte !

Il mangea un morceau de brocoli en la dévisageant. Il finit ensuite par dire :

— Le *Clover Park Record* t'a appelée guérisseuse des relations.

Elle balaya cela de la main.

— Ce n'est pas la même chose. En outre, ce n'est qu'un journal local.

— Tu as beaucoup de clients heureux.

— C'est eux qui veulent travailler sur leur relation. Je ne fais que les aider.

Ses épaules s'affaissèrent et elle regarda son déjeuner intact.

— Je ne suis pas une experte.

— D'accord, tu n'es pas une experte.

Elle leva brusquement la tête.

— Mais ils pensent que je le suis ! Je suis un vrai charlatan.

Il arrêta sa fourchette à mi-chemin de sa bouche.

— En quoi es-tu un charlatan exactement ?

— Parce que je donne tous ces conseils sur les façons d'avoir une relation engagée sur la durée alors que je n'en ai même pas.

Il la regarda.

— En as-tu déjà eu ? Cela devrait compter.

— Oui, mais c'était il y a un moment.

Elle agita la main.

— Et puis cette folle de conseillère conjugale…

— Tu veux dire qu'il y a deux conseillères conjugales folles ?

Il ricana.

— Je croyais que tu avais le monopole.

Elle lui jeta une serviette. Il rit avant de la lui rendre.

Elle se pencha au-dessus de la table en baissant la voix.

— Cette femme m'a appelée et elle m'a accusée d'essayer de voler ses clients en copiant le titre de son livre célèbre que je ne connaissais même pas. Elle a menacé de me poursuivre en justice.

Il écarquilla ses yeux marron.

— Sérieusement ?

Elle s'adossa à son fauteuil.

— Oui ! Elle a été extrêmement hostile. Mais ensuite un agent littéraire m'a appelé et a dit que l'on ne peut pas lier de copyright à un titre. Je pense tout de même que je dois me méfier en ce qui concerne cette conseillère. Et l'autre nouvelle surprenante est que l'agent littéraire veut que j'écrive un livre.

Les yeux de Logan s'illuminèrent avec son sourire.

— Sabrina, c'est merveilleux !

Elle se surprit à sourire.

— Merci, cette partie-là me fait vraiment plaisir.

Partager tout cela avec Logan l'aida à se détendre suffisamment pour commencer à manger. Elle piqua un beignet sur sa fourchette.

— Elle veut le nommer *Rebelle de Romance*.

Il éclata de rire.

— Ça ne te ressemble pas.

Elle mâcha puis elle avala.

— Sans rire. Et elle veut que je fasse une tournée pour la sortie du livre et de la publicité avec des interviews et des passages à la télé, et...

Elle inspira profondément.

— Oh mon Dieu, ça ne me ressemble tellement pas.

Il l'observa pendant un moment.

— Parce que tu es timide ?

Elle fronça les sourcils.

— Je ne suis pas timide.

Elle vit les coins de ses lèvres monter en formant un petit sourire.

— Si, tu l'es.

— Je vais très bien en face à face, c'est juste que je n'aime pas être au centre de l'attention.

Il fit tourner sa fourchette dans le lo mein.

— Parce que tu es timide.

— Je ne suis pas timide ! C'est juste que je rougis pour n'importe quoi !

— Tu rougis et tu es timide, la taquina-t-il. Je vous ai à l'œil Razowski, je vous ai toujours à l'œil, ajouta-t-il en imitant Germaine du film *Monstres et Cie*.

Un sourire réticent étira les lèvres de Sabrina. Ses imitations étaient amusantes.

— Tu ne m'écoutes pas.

— Je t'écoute. C'est juste que je ne suis pas d'accord.

Il lui fit un clin d'œil avant de retourner à son déjeuner.

Elle lui jeta un regard noir, irritée qu'il ne comprenne pas que ce n'était pas sa timidité qui la retenait, mais il était trop occupé à manger pour le voir.

— Je ne veux pas faire tout ce cirque avec les médias. Ce n'est pas compatible avec ma vie.

Il posa la bouteille d'eau contre ses lèvres et parla autour.

— Pourquoi pas ?

— Parce que toute ma vie était un véritable chaos et je n'arrive même pas à croire que je te raconte ça. Disons simplement que j'ai émergé du chaos et que j'ai créé ma propre stabilité.

Il inclina la tête.

— Es-tu en train de me dire que ta famille est complètement folle ?

— Oui.

— Tout comme la mienne. Comme tout le monde.

— Non, la tienne est bruyante et heureuse.

Elle connaissait et elle aimait sa famille : sa sœur, Mad, ses grands frères, et son père qui était adorable. Bien sûr, ils n'étaient pas parfaits. Sa mère avait quitté la famille quand il n'avait que quatre ans et elle n'avait jamais appelé ou rendu visite pendant toute son enfance. Cela pouvait vraiment affecter la croyance d'une personne dans les relations de longue durée, ce qui rendait sa phobie de l'engagement compréhensible. Mais maintenant qu'elle savait qu'il se languissait pour un amour perdu, elle n'était pas certaine de son diagnostic. Grâce à son amitié avec Mad, elle en savait beaucoup plus sur lui que ce qu'il devait penser.

Il piqua du poulet avec sa fourchette.

— Pas toujours heureuse.

— La mienne est embarrassante, tape-à-l'œil…

— Tape-à-l'œil ?

— Personne ne reste jamais marié, il n'existe aucun engagement de longue durée. Il y a des enfants partout comme s'ils n'avaient jamais entendu parler de contraception. Des drames, des drames et des drames. Et ils adorent ça ! Je m'en suis toujours juste sortie avec toute ma santé mentale.

Il secoua la tête.

— Je ne t'imagine pas dans cette famille.

— Exactement. Ce n'était pas drôle.

Ils mangèrent dans un silence confortable pendant quelques minutes.

Elle posa sa fourchette.

— Je veux aider les gens. C'est juste que je ne veux pas me perdre dans le chaos.

Logan leva la tête.

— Qui t'accompagne pour ton interview télévisée ?

Elle but une gorgée en réfléchissant. Ses amies devaient sûrement travailler.

— Je ne sais pas. Je vais le demander à mes amies demain quand nous irons acheter la robe de mariée de Mad, mais je n'ai pas grand espoir. L'interview est en ville, lundi matin à huit heures. Je dois y être dès six heures du matin. Claire serait mon choix idéal, mais elle n'est pas encore rentrée.

Il croisa son regard inhabituellement sérieux.

— Si tu veux que je vienne, tu n'as qu'à me le dire.

Elle sentit son cœur se serrer, émue par cette proposition. Elle savait qu'il était occupé au travail avec des réunions d'investisseurs importantes qu'il devait préparer. Une petite étincelle d'espoir la réchauffa malgré la certitude qu'il la considérait seulement comme une amie, malgré toutes ses inquiétudes précédentes au sujet de se rapprocher de lui.

— Pourquoi ferais-tu cela ? demanda-t-elle doucement.

— Parce que nous sommes amis et que tu es affreusement timide.

Il leva un coin de sa bouche.

— Tu sais qu'ils ont un public dans le studio et que les gens dans la rue peuvent regarder à travers de grandes fenêtres. Je suis déjà passé près de leur studio. Je n'aimerais pas te voir rougir davantage que leur logo.

Le logo de *Sunshine America* était rouge vif et orange. *Waouh, merci.*

Elle leva le menton.

— Je suis une professionnelle. Je peux me débrouiller toute seule.

Il but une gorgée en la regardant.

— Tu en es sûre ?

— Oui !

— D'accord, d'accord.

Il y avait une lueur d'amusement dans ses yeux marron.

— Tu as une grande bouche pour une fille timide.

Grr…

Il ricana.

— Mais ton article était costaud.

Elle le regarda dans les yeux et sourit. Il sourit à son tour avec tant d'affection qu'elle sentit tout son corps se réchauffer. Il y avait peut-être quelque chose entre eux. Des questions lui passèrent par la tête : je te plais ? Aimes-tu les relations longues ? Es-tu toujours amoureux de ta petite amie de fac ? Serais-tu prêt à adopter un style de vie stable et sans risque ?

Alors comme une professionnelle, elle lâcha :

— Avec autant d'amis qui se marient, y penses-tu toi aussi ?

Il poussa un soupir.

— D'où sors-tu cela d'un seul coup ?

Elle sentit brûler ses joues et son cou, mais elle parvint néanmoins à dire d'une voix calme :

— Je suis conseillère conjugale. C'est le domaine qui m'intéresse.

Il secoua la tête.

— Dans mon expérience, la plupart du temps ça ne fonctionne pas. Il est difficile d'imaginer s'engager pour toujours quand il y a très peu de chances de rester ensemble.

Il eut un sourire en coin.

— Je suppose que c'est pour cela que le monde a besoin de personnes comme toi pour faire tenir les couples. Sans vouloir insulter ta profession, j'ai l'impression que si c'est si difficile de rester ensemble, ne faut-il pas trouver quelqu'un d'autre ?

Elle retint un soupir de déception. Comme c'était peu romantique, comme c'était phobique de l'engagement, comme c'était franc. Elle ne pouvait pas nier sa franchise. Et elle avait la réponse dont elle avait besoin. Logan ne lui convenait pas pour une relation. Une relation engagée était quelque chose qu'il fallait travailler. C'était un choix, chaque jour, de s'engager pour l'amour de votre vie, même quand c'était difficile. Elle se rendit compte qu'il n'avait pas mentionné son ex pendant cette conversation sur les relations. Mad avait dû se tromper. Il ne se languissait pas du tout.

Logan se lança dans un résumé détaillé de ses futures rencontres avec les investisseurs en Californie et de ce que cela impliquait pour Checkin. Il avait monté l'entreprise, évaluée à deux cent cinquante millions, avec son frère honoraire Ben, et ils cherchaient maintenant des investissements pour l'agrandir. La réunion la plus importante était dans deux semaines.

Elle l'écouta attentivement sans l'interrompre pendant qu'il parlait passionnément de son travail et de ses rêves concernant l'entreprise. Ils avaient au moins cela : une amitié forte, où ils pouvaient parler des choses importantes. Cela devait suffire.

3

Logan partit tôt pour Manhattan ce lundi matin, afin de surprendre Sabrina à son grand début sur les plateaux télé. S'il lui avait dit à l'avance qu'il serait là-bas, elle aurait fait comme si de rien n'était en disant que tout allait bien. Mais il avait vu une peur véritable dans ses yeux et dès qu'il avait appris par Mad que Sabrina s'y rendait seule, il n'avait pas eu à réfléchir. Sabrina était comme une poupée en porcelaine : belle, parfaite, délicate. Intouchable. Ses cheveux blonds foncés étaient lisses et raides, jamais ébouriffés, et elle avait ses grands yeux marron innocents avec des joues rondes sujettes au rougissement, et un sourire adorable. Son corps était mince avec des courbes, couvert de vêtements professionnels parfaitement taillés.

Il n'était pas un véritable homme des cavernes, mais il avait besoin de quelqu'un qui le défie, avec plus de répartie. Il pouvait facilement mener Sabrina à la baguette, avec son comportement gentil et conciliant. Et il était certain que si Sabrina était secouée, une présentatrice télé pouvait lui marcher dessus également. Si le fait qu'il se tienne dans les coulisses pendant sa grande interview pouvait lui rendre un peu de tout le soutien qu'elle lui avait témoigné, alors c'était le moins qu'il pouvait faire. Sa belle-sœur Claire l'avait fait mettre sur la liste VIP afin qu'il puisse se tenir hors caméra dans la ligne de vision de Sabrina et lui faire savoir qu'un ami était là pour elle.

Sabrina ne savait pas à quel point son écoute silencieuse et son soutien l'avaient aidé à traverser quelques moments difficiles. Comme l'été dernier quand son associé, Ben, avait été faussement accusé de harcèlement sexuel. Logan avait souffert pour son ami et il s'était inquiété pour l'entreprise quand la nouvelle s'était répandue. Sabrina l'avait encouragé à ignorer les rumeurs et à faire savoir à Ben qu'il le croyait. Ils avaient ainsi affronté cette tempête.

Puis plus tard, quand Ben avait été affreux au travail et que Logan ne savait pas pourquoi, c'était Sabrina qui avait identifié la cause du malheur de Ben : Missy. Elle avait suggéré à Logan qu'il la laisse quitter un peu plus tôt son contrat de travail afin que Missy et Ben puissent se voir sans que les limites professionnelles les retiennent. Ils étaient maintenant fiancés. Sabrina était intelligente à ce point. Elle était trop modeste pour son bien, mais selon lui, c'était bien l'experte des relations.

Foutus embouteillages. Cela s'était bien passé jusqu'en ville. Il parcourut lentement les derniers pâtés de maisons jusqu'au studio de *Sunshine America*, en espérant que cela se dégage vite. Il était enthousiaste pour Sabrina et les conséquences pour sa carrière. Le fait que Sabrina croit en lui avait vraiment aidé sa propre carrière. Quand lui, le gars de la technique, avait dû prendre la tête des réunions d'investissement à cause de la réputation endommagée de Ben par cette ancienne employée qui mentait, Sabrina lui avait offert un soutien inébranlable. Elle l'avait écouté parler en continu de sa présentation avant de confirmer qu'il était sur la bonne voie. Ben aimait le taquiner au sujet de Sabrina, disant que c'était la douce de Logan, ce qui était une partie du problème avec Sabrina. Elle était trop douce et gentille, elle sentait même le miel et les fleurs.

Elle l'avait cependant surpris au cours de leur déjeuner le vendredi, en levant la voix pour la première fois et en lui confiant que sa famille était complètement folle. Il l'avait toujours imaginée dans une famille calme qui se rendait à des concerts de musique classique ou à l'opéra. Quoi qu'il en soit, elle ne lui avait jamais donné de signe indiquant qu'elle voulait être autre chose qu'une amie. Elle était si sérieuse et professionnelle. Il ne pouvait pas imaginer ébouriffer ses cheveux parfaits. La seule et unique fois qu'elle l'avait touché, c'était la semaine précédente au réveillon du Nouvel An, quand elle lui avait fait le câlin le plus gêné de sa vie. Même son frère le plus réservé, Josh, faisait de meilleurs câlins amicaux que cela. Elle avait fait tellement attention à garder ses distances qu'elle avait en réalité serré son coude — l'endroit le plus inintéressant du corps humain — et tapoté son dos. À la fin de l'embrassade, elle avait fait un bond en arrière, comme si elle pouvait à peine tolérer de le toucher.

Il y avait d'autres complications. Sabrina était proche de sa sœur bavarde, ce qui expliquait pourquoi il ne rentrait jamais trop dans les détails personnels pendant leur conversation. Il n'avait pas parlé d'Olivia à Sabrina, même si les choses paraissaient assez prometteuses pour Olivia et lui. Il était tombé follement amoureux d'elle lors de sa dernière année d'université et il avait fait sa demande en mariage pendant la remise des diplômes. Il ne l'avait pas raconté à sa famille et à ses amis, car elle l'avait rejeté en disant qu'il ne venait pas de la bonne famille. Traduction : il n'avait pas d'argent. Elle était d'une famille riche et son héritage dépendait d'un bon mariage, de toutes sortes de conditions, bla, bla, bla. Tout ce qu'il avait entendu, c'était : *tu n'es pas assez bien pour moi.* Il s'était jeté dans son travail, essentiellement pour prouver qu'il pouvait réussir et lui en mettre plein la vue. C'était au début. Finalement, il avait vraiment apprécié son travail et plus tard il avait aimé monter sa propre entreprise.

Le rejet d'Olivia n'avait pas été aussi difficile qu'il aurait pu l'être, car elle avait gardé le contact, lui envoyant des cartes d'anniversaire et de vacances, de temps en temps des mails pour voir comment il allait. Au fond de lui, il savait que si elle demandait de ses nouvelles, c'était qu'elle avait encore des sentiments pour lui. Quelques mois plus tôt, elle lui avait envoyé son mail amical habituel, et lorsqu'il lui avait raconté que Checkin était sur le point de passer au niveau supérieur, elle avait été heureuse pour lui. Elle avait même dit qu'elle aurait dû savoir qu'il réussirait et qu'elle avait été bête de refuser sa demande en mariage. Bon, il n'était pas naïf. Il lisait entre les lignes qu'il était plus attirant pour elle maintenant qu'il était un homme d'affaires accompli et bien établi plutôt qu'un employé au bas de l'échelle venant d'une famille d'ouvriers, mais quand même. Il y avait eu quelque chose entre eux avant, et maintenant qu'il était arrivé à un point dans sa vie où il pouvait profiter des récompenses de tout son travail, il avait songé à se réserver du temps pour une relation.

Le fait qu'Olivia ait avoué que la véritable raison de son refus avait été parce qu'elle était trop jeune n'était pas négligeable non plus. Elle avait deux ans de moins que lui, elle n'avait donc que vingt ans quand il avait fait sa demande. Il la pardonnait. Elle avait été sincère et après tout, c'était ce rejet initial qui avait déclenché le feu de l'ambition en lui.

Il avait pris un vol pour San Francisco six semaines auparavant, afin de la voir pendant le long week-end de Thanksgiving. Ils s'étaient entendus comme une vieille paire de gants : c'était confortable et facile. Il ne l'avait pas revue depuis : elle était partie dans les Alpes suisses pour Noël avec sa famille et il avait voulu passer Noël avec sa propre famille tout en travaillant un peu. Mais ils avaient beaucoup parlé et échangé des messages. Il lui avait dit que si tout se passait bien pour Checkin, il allait ouvrir un bureau à San Francisco afin qu'ils puissent être ensemble. Elle avait paru enthousiaste à cette idée.

Il n'avait pas non plus parlé à Olivia de Sabrina, même s'ils étaient simplement amis. Olivia était du genre jaloux. En outre, si tout se passait comme il l'espérait pour Checkin, il allait déménager à San Francisco et Sabrina quitterait sa vie. Plus de déjeuners, plus de conversations profondes. Sa gorge se serra et il fut surpris d'être ému à cette idée. Sabrina allait lui manquer. Personne ne l'avait encore jamais écouté comme elle le faisait. Il se secoua mentalement. Les priorités. Sa vie était sur le point de basculer vers de grandes choses.

Il parvint à hauteur du studio très longtemps après et il passa devant en cherchant un parking. Il en trouva un à quelques pâtés de maisons du studio, laissa les clés au valet de parking et sortit. L'interview de Sabrina allait commencer dans un quart d'heure. Il entra dans le bâtiment du studio et s'arrêta au bureau du garde de la sécurité, lui donnant son nom en expliquant qu'il était sur la liste.

Le garde, un homme dur avec le crâne rasé et de profondes rides sur le visage, parut sceptique.

— Permis de conduire.

Logan sortit son portefeuille et le lui montra.

— Ça commence bientôt. Il faut que je rentre.

— Une seconde.

Le type décrocha un téléphone et appela au sujet de Logan. Il raccrocha et se tourna vers lui.

— Le plateau est fermé. Tous les sièges dans le public sont pris.

— Non, je suis avec Claire Jordan. Je suis censé me rendre en coulisses. Elle s'est arrangée avec la productrice.

Il regarda derrière Logan, où il n'y avait aucune Claire Jordan.

— Mais oui.

Personne ne croyait jamais qu'il connaissait Claire Jordan, elle était si célèbre. Elle avait pourtant épousé son frère Jake.

— Claire est ma belle-sœur, dit-il d'un ton pressé. Elle a tout arrangé. Vérifiez avec la productrice.

L'homme le dévisagea.

— Comment s'appelle la productrice ?

Il se creusa la cervelle.

— Cindy. Non, Sandy. Sally ! Elle a dit que Sally allait m'aider.

Le regard du type passa au-dessus de son épaule, où une autre personne s'approchait du bureau. Merde. Il n'allait pas assez vite et Logan allait tout rater. Il sortit son téléphone et appela Claire. Elle allait le tuer. Il n'était même pas encore cinq heures du matin en Californie. Répondeur. Elle avait dû éteindre son téléphone. Il appela Jake. Répondeur.

Le garde laissa entrer l'autre homme.

Logan montra le téléphone de sécurité.

— Rappelez, s'il vous plaît. Claire m'a fait mettre sur la liste.

— Mon vieux, tu n'es sur aucune liste.

— Mais si !

Il jeta un coup d'œil à l'ascenseur. Il hésita à dépasser le type en courant, mais il avait peu de chances de parvenir jusqu'à Sabrina avant de se faire traîner hors du bâtiment. Il se focalisa à nouveau sur le garde.

— Vérifiez auprès de Sally.

— Il n'y a pas de Sally.

— Cindy, alors.

L'homme se leva, massif, musclé et armé.

— Monsieur, je vais vous demander de partir.

Logan chercha désespérément une solution. Il devait faire savoir à Sabrina qu'elle n'avait pas à affronter la situation toute seule. Il leva une main, faisant signe au type de ne pas prendre la peine de le jeter dehors, tourna les talons et quitta l'immeuble en cherchant toujours à trouver une alternative.

Une foule s'était rassemblée au bout de la rue, près des grandes fenêtres du studio. Bon, cela allait devoir faire l'affaire.

Sabrina était assise avec raideur sur un fauteuil jaune pâle près des deux animateurs très guillerets, Becky Simpson et Dell Rowan, installés sur des fauteuils assortis. La maquilleuse poudra une deuxième fois le visage de Sabrina. Personne ne mourait jamais de trac, se rassura-t-elle. Le pire qui pouvait arriver, c'était qu'elle explique toutes les raisons pour lesquelles elle était un charlatan avant de s'enfuir en courant. En direct à la télévision. Arg ! *Pas de monologue négatif. Sois ta propre pom-pom girl.*

— Essayez de ne pas transpirer autant, lui dit la maquilleuse avant de se diriger vers Becky et Dell.

Sabrina inspira en tremblant, serrant les mains sur ses genoux. Le public du studio était bondé et bruyant, content d'être là. Une énorme foule à l'extérieur agitait les mains et pointait du doigt, les scrutant à travers les énormes fenêtres. Certaines personnes tenaient des panneaux sur lesquels il était écrit « J'aime Dell ! ». Sur beaucoup de pancartes figurait « Good Morning, Sunshine! » C'était la réplique qu'ils utilisaient pour commencer chaque émission.

Claire l'avait préparée au téléphone la veille au soir, mais en réalité, cela avait rendu Sabrina encore plus nerveuse. Claire avait insisté pour que Sabrina ne réponde qu'aux questions qui lui convenaient, mais sa suggestion de dire « sans commentaire » n'était pas facile. Une star de cinéma pouvait s'en tirer ainsi, mais une conseillère conjugale devait sembler chaleureuse et ouverte. Elle regretta de ne pas être une meilleure actrice, car elle aurait pu jouer le rôle de la personne qu'elle voulait paraître : une conseillère matrimoniale sûre d'elle, chaleureuse et ouverte, vivant une relation longue avec une famille normale, qui n'avait jamais été une future mariée abandonnée.

— Cinq minutes ! cria quelqu'un sur le plateau.

Sabrina déglutit.

Becky et Dell ne lui avaient rien dit d'autre que « bonjour » et ils étaient occupés à bavarder avec l'équipe et entre eux. Sabrina supposa qu'elle ne représentait rien de plus qu'une autre invitée, mais elle aurait aimé discuter avec quelqu'un afin de pouvoir sortir de ses pensées et se détendre un peu.

Une femme s'avança et vérifia le micro de Sabrina attaché à son gilet blanc. Elle portait sa robe trapèze violette préférée et des chaussures noires à talons. Elle avait enfilé la tenue la veille et envoyé une photo par texto à Claire, qui avait approuvé à la fois son professionnalisme et la touche de couleur. Au moins, il y avait déjà ça de positif.

Une jeune femme portant un casque avec micro posa une tasse *Sunshine America* remplie d'eau sur la table basse à côté du fauteuil de Sabrina.

— Merci, dit Sabrina. J'ai la bouche desséchée.

La jeune femme prit pitié d'elle, se pencha et lui chuchota :

— La plupart des invités utilisent cette eau quand ils ont besoin d'un moment avant de répondre à une question.

— C'est malin. Merci.

— Bonne chance !

Sabrina fit un petit sourire pincé avant de boire une gorgée d'eau. Puis elle fut à nouveau seule sous les projecteurs brûlants. Quelques minutes plus tard, le public devint silencieux lorsque l'écran afficha le décompte avant le passage en direct. Sabrina cala ses doigts glacés sous ses jambes.

Becky et Dell arrêtèrent enfin de se parler et ils lui firent un sourire chaleureux.

Elle sourit à son tour, mais la fausseté de son effort lui fit mal aux joues. Sois sincère, sois toi-même. Elle inspira profondément.

Le réalisateur fit un décompte en silence, les caméras pointées vers eux. On lui avait dit de ne pas regarder la caméra, de se contenter de regarder Becky et Dell. Il était difficile de ne pas remarquer les trois énormes caméras pointées dans leur direction.

— Good morning, sunshine ! s'exclama Becky en regardant la caméra.

— Bonjour à tous nos téléspectateurs, intervint Dell de sa belle voix de baryton. Nous avons une invitée très spéciale aujourd'hui. Si votre résolution pour la nouvelle année est de trouver l'amour de votre vie, Sabrina Clarke pourrait bien vous apporter la réponse.

— Bonjour, Sabrina ! Bienvenue ! dit Becky avec un énorme sourire.

— Bonjour, Becky et Dell. Je suis heureuse d'être ici.

Sa voix trembla. Bon sang.

— Nous avons adoré votre article « Adieu les phobiques de l'engagement, Bonjour le Bonheur ! ».

Becky détourna les yeux de la caméra en regardant l'équipe.

— Pouvons-nous afficher un lien ? Au cas où quelqu'un l'aurait raté.

Un instant plus tard, Becky sourit.

— Le voilà ! Merci. Sabrina, qu'est-ce qui vous a motivé à l'écrire ? Était-ce d'après votre expérience personnelle ou d'après vos clients ?

Sabrina sentit son cœur battre dans ses oreilles. Si elle

répondait que c'était l'expérience personnelle, il y aurait d'autres questions et elle ne voulait pas révéler cela à la télévision nationale. Si elle expliquait que c'était d'après ses clients, alors c'était une violation très nette de la confidentialité qu'elle devait à ses patients. Et elle n'allait certainement pas mentionner la véritable raison vengeresse. « Je ne sais pas » n'allait pas non plus faire l'affaire.

— Ni l'un ni l'autre, lâcha-t-elle.

— Qu'est-ce qui vous a motivé ? demanda Becky. Aviez-vous récemment trouvé un bonheur que vous souhaitiez partager ?

Sabrina cligna des paupières, ne sachant pas quoi dire. Cette émission tournait autour des bonnes nouvelles. Elle devait dire quelque chose de positif. Son regard s'attarda sur une pancarte que quelqu'un levait devant la fenêtre. Il y était écrit *Vive la Timide !* Elle ne put s'empêcher d'avoir un énorme sourire. Logan était le seul à la taquiner de cette façon. Il était là. Il savait ce que ceci signifiait pour elle, savait à quel point elle était nerveuse et même si elle lui avait dit qu'elle allait gérer, il était venu pour la soutenir. Il se souciait profondément d'elle. Son cœur se gonfla d'affection. Si seulement elle pouvait le voir. Il était près du fond de la foule.

Becky se tourna vers la fenêtre avant de revenir vers Sabrina.

— Y a-t-il quelqu'un que vous connaissez dehors ?

Sabrina sourit.

— Pardon, oui. Que disiez-vous ?

Dell intervint d'un ton espiègle.

— Quelqu'un d'important ? A-t-il un nom ?

Sabrina rougit.

— Logan.

Becky se frappa la jambe.

— Eh bien, faisons venir Logan. Restez avec nous. Nous revenons après la publicité.

Sabrina se détendit un peu. Cela pouvait vraiment l'aider si elle savait que Logan l'encourageait depuis le public. Elle répondrait alors aux questions de Becky et Dell comme si elle bavardait en déjeunant avec Logan. Il était toujours si décontracté.

La jeune femme qui avait apporté de l'eau à Sabrina vint la voir.

— Quel est son nom complet, et à quoi ressemble-t-il ?

— Logan Campbell. Un mètre quatre-vingt-trois, il porte sans doute une doudoune noire, ses cheveux sont châtains et courts et il est barbu.

C'est celui qui est sexy.

— Compris.

Sabrina jeta un coup d'œil à Becky et Dell, qui étaient profondément engagés dans leur conversation. Au moins, avec Logan ici, elle savait que quelqu'un serait de son côté. Ils pourraient sûrement en rire plus tard.

Les minutes s'écoulèrent pendant la pause publicitaire et elle se rendit compte qu'elle n'avait jamais répondu à la question de Becky. Elle allait dire qu'elle avait voulu écrire l'article parce qu'elle avait vu certaines de ses amies avoir des difficultés et qu'elle voulait aider les gens comme elles. C'était techniquement vrai, car certaines de ses amies avaient des ex hallucinants, et techniquement, elle pouvait se compter comme une amie. Satisfaite par sa réponse, il lui tarda de continuer l'interview.

Elle se tourna alors, comme poussée par un sixième sens, et son regard croisa celui de Logan. Il leva la main en signe de bonjour, se tenant juste hors du champ de la caméra. Elle se leva brusquement et se précipita vers lui. Ses traits familiers dans cet environnement étrange la rassurèrent à tel point qu'elle le serra impulsivement dans ses bras, inspirant son odeur fraîche et propre.

Elle s'écarta en rayonnant.

— Je n'arrive pas à croire que tu es là !

Il sourit, faisant plisser les coins de ses yeux marron chaleureux.

— Surprise. Claire était censée me mettre sur la liste, mais il y a eu une erreur et je n'ai pas pu entrer.

— Eh bien, tu es là maintenant. J'apprécie vraiment.

Elle baissa la voix avant d'ajouter :

— Personne ne me parle ici.

Il regarda les animateurs par-dessus son épaule.

— Ils te parleront dès que la caméra tournera. As-tu préparé une réponse ? J'ai regardé le direct sur mon téléphone et on aurait dit que tu avais un trou.

— Je l'ai maintenant. Il me fallait juste un moment pour réfléchir. C'est difficile de répondre à chaud.

Il lui serra le bras et elle sentit cet endroit-là se réchauffer.

— Tu vas y arriver.

Elle voulut le serrer à nouveau dans ses bras, mais un membre de l'équipe la rappela sur le plateau. Elle recula lentement en fixant Logan avec gratitude et une sorte d'affection toute mièvre. Il lui fit un sourire encourageant. Elle tourna les talons et retourna au plateau, prête à gérer cette interview.

— Bienvenue à nouveau ! dit Becky d'un ton enjoué dès qu'ils furent en direct. Nous avons fait venir Logan Campbell dans le studio et notre invitée est maintenant toute souriante. Je suppose que nous savons désormais quel bonheur a conduit Sabrina à cet article inspirant.

Sabrina rougit et elle jeta un coup d'œil à Logan. Il avait retiré sa doudoune noire et un membre de l'équipe de tournage essayait d'attacher un micro à son tee-shirt pendant que Logan reculait.

— Faisons venir Logan, dit Dell. Mesdames, vous aimeriez qu'il nous rejoigne, n'est-ce pas ?

Le public applaudit et acclama Logan.

Logan leva une main en secouant la tête. Bien. Il campait sur sa position. Il montra Sabrina comme si elle était la star.

Une bouffée d'affection lui donna encore envie de le serrer dans ses bras. Il était prêt à la soutenir dans les coulisses, prenant soin de respecter ses limites. Ceci était son grand moment, même si elle avait des difficultés à se l'approprier, et il respectait cela.

— Ne sont-ils pas mignons ? demanda Becky. Depuis combien de temps êtes-vous ensemble ?

— Six mois, répondit Sabrina avant de se rendre compte de ce que les gens allaient comprendre.

Ils étaient amis depuis six mois.

— Je veux dire...

Elle regarda Logan, qui était figé comme une statue, le visage inexpressif.

— Ça m'a l'air sérieux, intervint Dell.

— J'apprécie ce que nous avons, dit Sabrina.

D'accord, on aurait dit que Logan était son petit-ami. Au moins, elle n'avait pas dit *fiancé*. Elle en voulut à ses amies d'avoir mis cette idée dans son subconscient. Bon sang. Elle espérait que Becky et Dell ne lui posent pas d'autres questions sur Logan.

Becky lui fit un grand sourire.

— Jusqu'où la compatibilité sexuelle est-elle importante dans une relation ?

— C'est au-dessus de ma liste, lâcha Sabrina avant de rougir de la tête aux pieds.

Elle n'osa pas regarder Logan. Il ricanait sans doute et il allait la taquiner sans pitié plus tard.

— On dirait que tu aimes être sur le dessus, dit Becky d'une voix suggestive. Mesdames, nous aimons prendre la responsabilité de notre propre bonheur — elle fit un clin d'œil exagéré — n'est-ce pas ?

Elle imagina subitement Logan, nu, sous elle. Elle le chevauchait avec abandon, il avait les mains sur elle...

Elle saisit sa tasse et but une bonne gorgée d'eau fraîche. Le public applaudit bruyamment, enthousiaste à l'idée d'être sur le dessus. Il s'agissait essentiellement de femmes ici.

Dell sourit avec bonhomie.

— J'apprends tellement de choses dans son émission.

Tout le monde rit.

Dell poursuivit :

— Sabrina, si vous deviez donner un seul conseil à quelqu'un qui cherche l'amour, que serait-il ?

Sabrina se détendit. Heureusement, ils avaient arrêté de parler de sexe.

— Aimez-vous d'abord vous-même. Quand vous savez qui vous êtes et ce que vous voulez dans la vie, c'est plus facile de chasser les relations toxiques et d'accueillir l'amour.

— C'est magnifique, dit Becky.

Elle se tourna vers le public.

— N'est-ce pas magnifique ?

Le public applaudit.

Dell intervint avec une question :

— Lorsqu'un client vient vous voir avec des difficultés à s'engager, que lui demandez-vous en premier ?

Elle était de retour sur un terrain familier. Elle répondit au reste de leurs questions avec une assurance très professionnelle.

Une fois que l'interview fut terminée, elle flotta sur un petit nuage jusqu'à Logan. Elle avait survécu à son premier passage à la télé et elle pouvait maintenant partager toute l'expérience avec lui. Avec un peu de chance, il ne la taquinerait pas trop.

Elle s'arrêta devant lui.

— Je pense que ça s'est bien passé.

— Oui.

Il indiqua une direction avec le menton.

— Bien, ils ont dit qu'il y avait une sortie à l'arrière afin d'éviter la foule près des fenêtres.

Elle le suivit dans un couloir étroit.

— Tu veux rentrer en voiture avec moi ? Claire m'a obtenu une voiture avec chauffeur. C'est une Mercedes aux vitres teintées.

— J'ai ma voiture, dit-il sèchement.

Elle l'examina et vit qu'il serrait les mâchoires.

— Tout va bien ?

— Non.

Ils passèrent devant plusieurs membres de l'équipe de tournage en train de parler et de rire.

— On en discute dehors, dit Logan.

Elle se mordit la lèvre inférieure. Il devait être fâché qu'elle ait laissé entendre que c'était son petit-ami. Il avait sûrement l'impression qu'elle s'était servie de lui. Il la respectait sans doute moins parce qu'elle avait menti également. Elle se sentit très mal. Elle connaissait l'importance des limites et elle en avait franchi une grande.

Ils parvinrent au trottoir à l'extérieur, presque au bout de la rue et à une distance suffisante de la foule près des fenêtres.

Elle toucha doucement la manche de son bouton.

— Logan, je suis vraiment désolée. Je n'aurais pas dû laisser entendre que tu étais mon petit-ami. C'est sorti comme ça.

Il se passa une main sur le visage.

— J'ai une petite-amie. Elle ne va pas être contente d'entendre ça à la télé. Elle est du genre jaloux.

Elle le fixa.

— Comment ça, tu as une petite-amie ?

Sa voix était montée de plusieurs octaves et elle essaya de reprendre un ton raisonnable.

— Depuis quand ?

— Depuis six semaines.

Et voilà qu'elle s'était sentie toute tendre et mièvre envers lui, alors qu'il ne lui avait pas dit cela. Elle avait cru qu'ils étaient si proches.

— Cela fait six semaines que tu as une petite-amie et tu ne me l'as jamais dit ?

Il leva les mains.

— Je ne te dis pas tout.

— Tu me dis tout sur Checkin.

Elle comprit subitement qu'il ne lui avait peut-être pas parlé de sa petite-amie, car il pensait qu'elle avait des sentiments pour lui. Arg ! C'était tellement gênant. Et elle avait pensé qu'elle le cachait si bien.

— Pourquoi ne me l'as-tu pas dit ?

Il détourna la tête avant de la regarder d'un air sombre.

— Parce que je ne voulais pas que tu le dises à Mad qui l'aurait raconté à tout le monde.

Elle croisa les bras.

— J'aurais gardé le secret.

— Tu m'as jeté aux fauves. Olivia va être furieuse.

— Olivia qui ?

Bizarrement masochiste, elle voulut tout savoir sur la femme qu'il lui avait cachée.

— Olivia Slater. Tu as sans doute entendu parler de sa

famille, ils ont de l'influence dans tous les domaines. Une vieille fortune.

— J'ai entendu parler de la Fondation Slater. Ils font beaucoup de bon travail avec les enfants dans le besoin.

— Oui. C'est elle qui la dirige.

Bon sang. Elle semblait être quelqu'un de bien.

— Est-ce la petite amie de fac pour laquelle tu te languis depuis des années ?

Il pointa le doigt vers elle.

— Ça, ça vient de Mad. Tout d'abord, je ne me suis pas langui. C'est elle. Deuxièmement, j'avais raison de ne pas te parler de mes affaires personnelles.

Elle pinça les lèvres, les yeux larmoyants, la gorge serrée, vraiment blessée qu'il lui ait caché sa vie. Même s'il ne partageait pas ses sentiments, elle pensait au moins que leur amitié était forte.

— Est-ce sérieux ?

— Oui, dit-il doucement. Si tout se passe bien avec les réunions des investisseurs, j'envisage d'ouvrir un bureau à San Francisco. Elle vit là-bas.

Elle déglutit, un poids sur la poitrine l'empêchant de respirer. Il partait et elle n'en avait eu aucune idée.

— Et ça lui fait plaisir ?

Il inclina la tête.

— Apparemment.

— Et toi, ça te fait plaisir ?

— C'était mon idée.

Son ton décontracté l'énerva.

— Moi qui pensais que nous étions si bons amis, et je ne savais même pas que tu avais une petite amie. Et maintenant tu pars ! Quand allais-tu me le dire ? Après avoir déménagé ?

Il fronça les sourcils.

— Pourquoi es-tu si fâchée ? C'est moi qui ai été jeté aux fauves. Maintenant je dois tout régler avec Olivia et crois-moi, ma famille va me rebattre les oreilles. Ils vont vouloir savoir pourquoi je n'ai dit à personne que toi et moi sortons ensemble depuis six mois.

— Je suis fâchée parce que je pensais que nous étions proches.

Sa voix s'étrangla et elle n'essaya même pas de cacher sa douleur en le regardant droit dans les yeux.

— Tu es le seul à être venu ici pour moi.

Il parla d'une voix plus rauque et enjôleuse :

— Sabrina, enfin. Nous sommes proches.

— Va voir ta stupide petite-amie jalouse. Ma voiture est ici quelque part.

Elle examina la rue, prenant soudain conscience d'un photographe avec un gros zoom pointé sur eux. Était-ce son père ?

Elle fit un pas vers le photographe.

— Hé !

Le type tourna les talons et partit en courant. Il avait les cheveux longs et attachés, d'un brun qui ne ressemblait pas au blond foncé de son père. C'était sûrement un de ses collègues. Pourquoi quelqu'un voudrait-il des photos d'elle ? Elle ne pouvait pas être si célèbre après un seul article et une interview à la télévision. Les paparazzis suivaient les gens à la recherche de photos qu'ils pouvaient vendre au plus offrant. Personne ne donnerait grand-chose pour sa photo. Sauf si… cette conseillère en relations complètement folle en était la cause. Tara Brinkman avait-elle payé quelqu'un pour obtenir des infos sur Sabrina ? Elle resta perplexe à cette idée.

— Que se passe-t-il ? demanda Logan.

— Rien, dit-elle d'un air absent en scrutant la foule pour s'assurer que l'homme ne reviendrait pas.

— Des excuses, ce serait pas mal, dit Logan d'un ton hautain et moralisateur, du style *tu m'as causé du tort et tu dois t'excuser !*

Elle se retourna vers lui avec un regard noir.

— Je suis vraiment désolée d'avoir dit que tu étais mon petit-ami. Nous avons officiellement rompu. Envoie-moi une carte postale de San Francisco.

Il souffla.

— Ne fais pas ça. J'allais te le dire en même temps qu'aux autres, quand j'étais certain d'avoir les moyens de déménager.

Je saurai dans quelques semaines si c'est possible. Je veux quand même que nous restions amis.

Ses épaules s'affaissèrent et sa colère disparut tout aussi vite qu'elle était apparue. Il partait pour de bon et elle ne voulait pas que leur amitié se termine dans l'amertume. Après tout, c'était de sa faute. Elle faisait porter un fardeau trop lourd au seul ami qui était venu pour elle.

— Moi aussi. Je suis désolée d'avoir tout fait foirer pour toi. Je parlerai à Olivia, si tu veux. J'expliquerai que tout est un malentendu et qu'il ne se passe rien.

Il frotta sa barbe châtain.

— Oui, j'aimerais que ce soit si simple. Je m'en occupe.

Sa voiture, une Mercedes noire, passa et se gara tout près.

Elle parvint à faire un petit sourire à Logan en montrant la voiture.

— C'est mon chauffeur. Merci d'être venu aujourd'hui.

Il tira sur une mèche de ses cheveux.

— Vive la Timide !

Pourquoi fallait-il qu'il parte ? Les larmes lui montèrent aux yeux et elle se tourna vite en se précipitant vers la voiture.

Elle n'était même pas encore arrivée chez elle lorsqu'elle reçut un texto de Lexi disant *Que se passe-t-il ?* Il y avait une photo d'elle et Logan en pleine dispute sur le trottoir, où elle s'était tenue il y a peu. Logan pointait un doigt vers elle. Elle avait les lèvres pincées, l'air visiblement contrariée. Elle cliqua dessus et le titre était : Rififi au Paradis. Le court article s'interrogeait : « Cette experte des relations n'est-elle pas douée pour les relations ? » Leur nom complet était mentionné, ainsi que l'interview récente où elle le désignait comme son petit-ami, avant de se disputer sérieusement avec lui quelques minutes plus tard sur le trottoir. L'article disait aussi qu'ils étaient ensuite partis chacun de leur côté.

Quoi ?

Peu de temps après, Lexi envoya un autre lien par texto. C'était un site sur les potins de stars et il y avait des photos trafiquées de Claire et elle côte à côte. Le titre était : Gourou de l'amour à Hollywood. Le texte court citait une source anonyme disant que le petit-ami de Sabrina avait un lien de parenté avec Claire Jordan avant de continuer par une citation croustillante : « C'est peut-être ainsi que Sabrina est devenue si douée pour les relations : en aidant tous ces gens de Hollywood. Les stars de cinéma ont de nombreuses relations, mais elles sont rarement aussi durables que celle de Claire Jordan et Jake Campbell. ».

Merde. Ça ne pouvait pas être Tara Brinkman. Elle n'aurait jamais encouragé un surnom positif comme Gourou de l'amour. Comment était-on au courant du lien entre Logan et Claire ou même de l'amitié de Sabrina avec Claire ? Elle n'aurait jamais osé se servir de Claire pour sa célébrité.

Elle respirait vite et elle dut se forcer à se calmer en fermant les yeux et en comptant lentement. Bon, commençons par le début, il faut…

Parler à Claire et lui expliquer qu'elle n'est pas à l'origine de cette rumeur.

Clarifier auprès de tout le monde qu'elle n'était pas un gourou de l'amour et certainement pas à Hollywood.

Essayer de ne pas prendre un avion pour se cacher sur une île déserte.

4

Logan retourna au travail ce jour-là en regrettant de ne pas pouvoir appeler Olivia tout de suite, mais il était bien trop tôt en Californie. Il fallait qu'il lui parle avant que *Sunshine America* soit diffusé là-bas. Il n'arrivait pas à se concentrer en travaillant, vérifiant l'heure de façon répétée, repensant sans cesse à Sabrina. Elle s'était vraiment énervée après l'émission, lui criant presque dessus, ses yeux jetant des éclairs, les joues rouges d'indignation. Elle ne ressemblait plus tellement à une poupée en porcelaine à ce moment-là. Elle lui avait paru fougueuse et forte. Touchable, même.

La compatibilité sexuelle figurait en haut de sa liste.

Elle devait a-do-rer le sexe.

Non. Hors de question. Il ne devait pas y penser. Il n'allait pas faire foirer les choses encore plus avec Olivia juste parce que Sabrina l'avait tenté une fois.

Bon, techniquement ce n'était pas la première fois qu'elle l'avait tenté. Parfois, quand il la voyait parler et rire avec ses amis, l'air si ouverte et chaleureuse, il avait été tenté de s'approcher. Mais dès qu'il le faisait, elle redevenait réservée et silencieuse. Intouchable.

Il passa une main dans ses cheveux. Il n'avait pas le temps pour ça. Il avait beaucoup de travail.

Ben entra dans son bureau et s'assit. Son associé et frère

honoraire avec ses cheveux courts et son visage anguleux semblait dur au premier abord, mais son sourire à fossettes trahissait sa bonne humeur décontractée. Ben frappa le bureau de Logan.

— Espèce d'enfoiré ! Tout ce temps, tu as dit que Sabrina était trop gentille pour toi, alors que vous sortez secrètement ensemble depuis six mois.

— Nous ne sommes toujours que des amis.

— Mais bien sûr.

Il posa les deux mains sur son cœur et poussa un faux soupir.

— J'ai vu son interview. Son visage s'est illuminé quand elle t'a vu, comme si elle était amoureuse de toi.

Ah bon ? Il secoua la tête.

— Elle était simplement reconnaissante qu'un ami soit venu la soutenir. Tu sais comme elle est timide.

Ben le regarda.

— Je n'ai jamais pensé qu'elle était timide.

— Elle rougit tout le temps.

— Et alors ? Certaines personnes rougissent. Elle n'a aucun problème pour parler à des tonnes de couples qui se disputent, elle a toute une bande d'amies très proches et elle vient de passer à la télé.

Logan réfléchit. Si elle n'était pas timide, alors pourquoi rougissait-elle autant en sa présence ?

Ben continua :

— Missy dit que Sabrina peut carrément être sarcastique et très drôle. Et venant de Missy, c'est un compliment. Si vous n'êtes pas encore ensemble, je te suggère d'y penser.

Logan résista tout juste à l'envie de lever les yeux au ciel. Ben avait toujours été un célibataire endurci. Ils se moquaient ensemble des types qui tombaient follement amoureux de leurs femmes. *Menés à la baguette.* Logan allait peut-être se relancer avec Olivia, mais il ne serait jamais aussi mièvre et bête que Ben, ou que les frères de Logan, ou que la plupart de ses amis. Bon sang, on aurait dit que tout le monde se casait autour de lui. C'était peut-être lié à l'âge des plus vieux. Il avait trente ans, c'était le plus jeune des frères Campbell, et il figurait parmi les plus jeunes frères honoraires avec lesquels il avait été élevé. Il n'avait absolument pas l'intention de se marier. Il n'était pas le gamin impulsif qu'il avait été à la fac. Maintenant, il prenait tout avec une bonne pincée de scepticisme. «On attend de voir » était sa philosophie concernant les relations amoureuses.

Ben tapota les doigts sur le bureau de Logan.

— Sabrina rit à toutes tes blagues stupides. Cela signifie que tu lui plais.

— Je me suis remis avec Olivia.

Ben se redressa.

— Sans déconner ?

— Oui. Elle a demandé de mes nouvelles et a voulu me revoir. J'y suis allé pour Thanksgiving.

— C'est pour ça que tu étais si joyeux. Je croyais que c'était à cause des investisseurs.

— Les deux.

Ben inclina la tête.

— Tant mieux pour toi. Alors, quand puis-je enfin la rencontrer ?

Ben avait seulement entendu parler d'elle, car Logan avait été à l'université en Californie et Olivia était restée là-bas.

— Peut-être plus tôt que tu ne le penses. Nous verrons.

— Es-tu prêt pour Elias ?

C'était leur investisseur le plus important. Logan allait le rencontrer le premier. Dans onze jours seulement. Cette réunion avait lieu le vendredi et Logan avait prévu les autres réunions pour la semaine suivante, en espérant que l'intérêt d'Elias ferait monter leur cote dans la Silicon Valley. Si Elias faisait une offre, les autres investisseurs allaient se battre pour venir à bord de Checkin.

Logan poussa un soupir.

— Je l'espère bien.

Ben se leva.

— On s'entraînera avant ton départ. Hé, veux-tu être mon témoin ?

Logan ricana.

— Je croyais avoir déjà été témoin de toutes tes bêtises.

— Tu veux ou pas ?

Il inclina la tête.

— J'en serai honoré. Merci. Vous avez fixé une date ?

Ben haussa les épaules.

— Je ne sais pas. Je laisse Missy tout planifier.

— Nous savons qui porte la culotte dans cette famille.

Ben pointa un doigt vers lui en faisant semblant d'être en colère et il grogna :

— Hé, nous partageons cette culotte.

Logan éclata de rire. Ben sortit en roulant des mécaniques, heureux comme tout.

Missy était bien assortie à lui. Il y avait un véritable échange entre deux personnes tout aussi fortes. Ils savaient également être chaleureux, drôles et affectueux. Olivia n'était pas drôle. Non pas que Logan en avait besoin. Il était assez drôle pour deux. C'était juste que quand il était avec Ben et Missy, c'était agréable de les voir rire et s'amuser ensemble. Enfin.

Il travailla jusqu'à ce que l'alarme sonne sur son téléphone. Il était temps d'appeler Olivia. Elle devait être chez elle, et avec un peu de chance elle avait déjà bu son café. Il appuya sur son numéro et elle décrocha à la première sonnerie.

— Bonjour, dit-elle de sa voix sexy.

— Bonjour, dit-il tendrement. Tu as bu ton café ?

— Oui. Je sors dans quelques minutes. Nous avons une réunion du conseil d'administration. Que se passe-t-il ? Vas-tu venir plus tôt ?

Ils en avaient déjà parlé. Elle voulait qu'il vienne dès que possible, il avait des obligations ici.

— Non, je t'ai dit que j'avais la fête de Jake et Josh dimanche. J'arrive jeudi soir.

Ses plus grands frères, des jumeaux, allaient avoir trente-cinq ans. Claire leur préparait une grande fête dans leur nouvelle maison du Connecticut. De plus, il voulait utiliser tout le temps de travail qu'il lui restait avant de prendre l'avion pour la Californie.

— Je sais, dit-elle en faisant la moue. Je l'espérais, c'est tout. Tu me manques.

— Toi aussi, tu me manques. Écoute, une amie à moi est passée dans *Sunshine America* ce matin. Il y a eu un malentendu assez drôle, mais l'animatrice s'est mise en tête que j'étais son petit-ami, et Sabrina a acquiescé, vu qu'elle était sous le feu des projecteurs, mais nous sommes simplement amis. Je voulais juste…

— Sabrina ?

— Oui. C'est une conseillère conjugale et elle a écrit…

— Qui est Sabrina ? aboya-t-elle.

Il écarta le téléphone de son oreille à cause du bruit.

— Calme-toi. C'est juste une amie.

— Tu as une amie qui est une femme. *Toi* ?

Il serra les mâchoires.

— Oui.

— Depuis quand as-tu cette, entre guillemets, amie femme ?

— Il n'y a pas de guillemets. C'est vraiment une amie. Je ne sais pas, environ six mois, depuis que nous avons emménagé dans nos nouveaux locaux.

Silence.

— Olivia ?

Elle parla d'une voix glaciale :

— Ça te ressemble bien, Logan. Tu caches des choses, tu flirtes avec les femmes, tu flirtais avec mes amies à la fac…

— Non, j'étais amical. Je voulais que tes amies m'apprécient.

— Ah ça, elles t'appréciaient. Elles te désiraient toutes.

Il retint un sourire.

— Je n'y peux rien.

— C'est exactement ça le problème ! hurla-t-elle. Tu n'assumes pas la responsabilité de tes actes. Tu ne sais pas comment être amical avec une femme sans flirter. C'est pourquoi je ne crois pas une minute que Sabrina est simplement une amie, et une dernière chose…

Il ne l'écouta plus. Bon sang, quel drame. Il fut surpris qu'elle n'ait pas changé avec le temps. À la fac, il avait été flatté qu'elle se mette dans tous ses états pour lui. Il avait même apprécié toutes les disputes et les réconciliations. Maintenant ? Plus tellement.

Il l'interrompit.

— Olivia, tu sais comme tu comptes pour moi. Ne t'ai-je pas dit que je n'ai eu aucune relation sérieuse après toi ?

Huit ans s'étaient écoulés depuis leur relation à l'université, donc cela sonnait bien et c'était techniquement vrai, même si la raison n'était pas tellement Olivia, mais plutôt le fait qu'il avait travaillé sans relâche, et qu'il n'avait pas eu le temps pour les relations. Cependant, il n'avait pas été tout à fait célibataire.

Elle se tut.

Il continua :

— Nous parlerons en personne dans moins de deux semaines. On dîne vendredi soir, où tu veux. J'espère avoir une très bonne nouvelle.

C'était la soirée après sa réunion avec Elias. Si elle se passait bien, la possibilité de déménager là-bas serait une réalité.

— D'accord, dit-elle doucement. Je m'occupe de réserver.

— Très bien, je dois retourner au travail.

Il lui dit au revoir et il raccrocha, troublé par l'humeur d'Olivia. C'était plus que de la jalousie. C'était comme si elle n'avait pas confiance en lui, et il ne se souvenait pas de lui avoir donné une raison de ressentir cela. Il avait été fidèle pendant l'année où ils avaient été ensemble. Il l'avait même demandée en mariage ! Elle avait vingt-huit ans maintenant, c'était la directrice d'une fondation importante, mais elle réagissait comme une étudiante immature. Elle savait être élégante et se donner l'air sophistiqué avec ses cheveux bruns lisses et ses beaux yeux bleus, les courbes de son corps vêtues de vêtements de luxe, mais était-ce superficiel ? Il ne la connaissait peut-être pas aussi bien qu'il le croyait.

Son téléphone indiqua qu'il avait reçu un texto. Olivia : *Je ne veux plus que tu voies Sabrina.*

Il poussa un soupir exaspéré. Ils travaillaient dans le même immeuble, Sabrina était une amie de sa sœur et ils connaissaient beaucoup de personnes en commun. Il répondit. *Nous sommes seulement amis.*

Si vous étiez seulement amis, tu m'aurais parlé d'elle depuis le début.

Ça m'est égal que tu aies des amis masculins.

Je n'en ai pas.

Il choisit la manière la plus rapide de la rassurer. *Je tiens à toi.*

Ce n'est pas l'impression que tu donnes.

Mais si. Je ne suis pas infidèle, je te le jure.

J'aimerais pouvoir te croire. Émoticône d'un visage fronçant les sourcils.

Sérieusement ? Ils se disputaient par texto avec des émoticônes ? Il rangea son téléphone dans un tiroir du bureau.

Il voulut soudain l'opinion de Sabrina sur ce bazar. Il descendit à son cabinet. Ce n'était pas encore l'heure du déjeuner. Il y avait quelques fauteuils dans le couloir devant son bureau pour les clients, mais ils étaient vides. Il écouta à la porte au cas où elle se trouvait avec quelqu'un, mais c'était silencieux. Il frappa.

— Entrez, appela-t-elle de sa voix professionnelle de conseillère.

Il ouvrit la porte.

— Salut, as-tu une minute ?

— Bien sûr ! s'exclama-t-elle derrière son bureau. Entre !

Elle devait encore être surexcitée par son interview télévisée de ce matin. Elle ne se leva pas, alors il s'approcha de son bureau et il s'assit sur le bord, à côté d'elle. Le seul autre endroit pour s'asseoir était de l'autre côté de la pièce, et il ne voulait pas rester debout au-dessus d'elle.

Elle rougit, puis elle croisa les jambes avant de les décrocher.

— Ça te gêne que je m'assoie sur ton bureau ? demanda-t-il.

Elle préférait sûrement qu'il s'installe comme il faut, mais il n'avait pas envie de crier depuis l'autre bout de la pièce. Elle ne protesta pas, alors il se pencha vers elle afin de se confier, percevant l'odeur sucrée de miel et de fleurs.

— Ça ne s'est pas bien passé avec Olivia.

— Oh non, je suis vraiment désolée.

Ses grands yeux marron étaient empreints de compassion.

— J'ai peur que cet article vienne empirer la situation.

Elle lui tendit le téléphone où il y avait une photo de Sabrina et lui de ce matin. Pourquoi était-ce dans les journaux ? L'article sous-entendait que Sabrina n'était pas douée pour les relations. Ils ressemblaient vraiment à un couple qui se disputait. Il s'était énervé et puis elle s'était énervée. C'était peut-être vraiment une dispute. Sabrina lui avait-elle fait face alors qu'ils étaient maintenant encore en bons termes ? C'était le genre d'échange qu'il voulait dans une relation. Pas des moues et des accusations. D'un autre côté, il devait sûrement ne pas être aussi dur avec Olivia. Quand la relation était sur une longue distance, il était difficile de savoir ce qui était vrai ou pas. Peut-être avait-elle simplement besoin de temps pour apprendre à lui refaire confiance.

Il se rendit compte que Sabrina parlait.

— Quoi ?

— Qu'est-ce que tu n'as pas entendu ?

— J'ai pensé à autre chose quand tu m'as montré l'article.

— J'ai dit que je pense que cette conseillère conjugale psychopathe est à l'origine de l'article.

Ses yeux lancèrent des éclairs et il sursauta.

— Elle veut me discréditer.

— Ça finira par passer. Une fois que le battage médiatique autour de ton article se sera calmé, elle t'oubliera.

— Mon Dieu, Logan, tu ne m'écoutais vraiment pas. J'ai aussi dit qu'il y avait un article dans la presse à scandale qui me reliait à Claire. Ils m'y traitent de Gourou de l'amour à Hollywood !

Sa voix monta et elle gesticula.

— Et ça ne gêne pas Claire ! Elle a expliqué que j'étais une amie proche et elle a dit que les détails de mon travail étaient confidentiels. Elle veut que j'en profite et que je voie jusqu'où je peux préparer le terrain pour ce livre que je suis censée écrire et… et… c'est de la folie !

— Merde.

C'était la seule réponse possible.

Elle le montra du doigt.

— Exactement ! Je veux que ce livre fasse un tabac et qu'il aide beaucoup de femmes et c'est la seule raison pour laquelle je joue le jeu, mais c'est de la folie !

Elle leva les mains en l'air comme si elle jetait toute cette folie sur le côté.

— Quel jeu, exactement ?

Elle gesticula en parlant, les joues rouges, plus animée que jamais. Il aimait bien cette Sabrina bruyante et agitée, même si elle paniquait.

— Mon agent a utilisé cette histoire de Gourou de l'amour et elle m'a prévu dans des talk-shows à Los Angeles la semaine prochaine ! Je ne sais plus quoi penser. Claire est au téléphone avec les producteurs des émissions en ce moment même. Elle leur fait savoir que nous nous connaissons et que certains sujets sont hors limites. Elle me prépare le terrain.

Elle se tordit les mains.

— Logan, tu sais que je n'utiliserais jamais Claire pour sa célébrité. Regarde cet article. Qui peut avoir dit cela ? Qui aurait pu le savoir ?

Elle tapota son téléphone avant de le lui montrer. Il lut le court article avant de lui rendre le téléphone, comblant rapidement les vides.

— J'ai dit mon nom au garde de la sécurité du studio de *Sunshine America*, et j'ai précisé que Claire Jordan était ma belle-sœur. Elle m'avait mis sur une liste pour que je puisse passer en coulisses. Quelqu'un a dû lui parler. Il a simplement établi des hypothèses pour le reste.

Elle secoua la tête.

— Comment une rumeur lancée par un garde de la sécurité me fait-elle entrer dans les talk-shows les plus populaires ?

— Deux mots : Claire Jordan. Et l'amour. D'accord, trois mots. Son nom est une mine d'or et elle est si gentille qu'elle veut que tu profites un peu de cette lueur dorée. Ça ne fera pas de mal à ta réputation d'être liée à elle, car elle représente le succès avec un mariage solide.

Elle écarquilla les yeux.

— C'est exactement ce qu'elle a dit !

— Alors, tu vois ?

Elle le fixa pendant un moment, apparemment perdue dans ses pensées. Elle inspira profondément.

— D'accord, je quitte le mode panique maintenant.

Il rit.

Elle rit un peu également.

— Je vais décaler mes vacances de quelques semaines pour pouvoir faire les émissions télévisées.

— Regarde-toi, pour une timide.

Elle rougit.

— Je suppose que c'est toi que je dois remercier de m'avoir aidé à survivre à la première. Maintenant, j'y vais seule.

— Tu vas très bien t'en sortir.

Elle lui sourit : ce fut un sourire doux et chaleureux qu'il sentit jusqu'au fond de ses os. C'était de l'affection, peut-être même des sentiments pour lui. Il ne se souvenait pas qu'elle lui ait déjà souri ainsi, et maintenant elle l'avait fait deux fois. Une fois au studio télé ce matin quand il était arrivé en coulisses, et maintenant. Mais ses paroles effacèrent alors le moindre doute concernant ses véritables sentiments.

— Je me sens vraiment mal pour Olivia. Ça ne me gêne pas de lui expliquer la vérité au sujet de cet article qui nous lie et de ma responsabilité quand j'ai paniqué au milieu de ma première apparence à la télévision, quand je t'ai jeté aux lions.

Sabrina avait vingt-six ans, elle était plus jeune qu'Olivia, mais bien plus mature, souhaitant discuter de la chose comme des adultes. Il était certain qu'Olivia préférait arracher la tête de Sabrina plutôt que d'avoir une conversation rationnelle entre adultes.

— Non, dit-il. C'est elle qui doit dépasser ses problèmes.

— Quels problèmes ?

— La jalousie, le soupçon, l'absence de confiance généralisée.

Il poussa un soupir, plus énervé au sujet d'Olivia que lorsqu'il était entré ici.

— Elle a toujours été ainsi. Je réglerai ça quand je la verrai dans quelques semaines.

— Es-tu sûr de vouloir attendre si longtemps ?

Il haussa une épaule.

— Je ne peux rien faire de plus. Je me suis déjà expliqué.

Elle repoussa sa chaise de son bureau et il perdit son odeur douce. Pire, elle croisa les jambes et elle posa les mains croisées sur ses genoux, reprenant son attitude de conseillère réservée. Une poupée de porcelaine intouchable. Elle parla d'un ton calme :

— Parfois, les gens ont besoin de l'entendre plus d'une fois, peut-être d'une façon différente.

Il lui jeta un regard noir, irrité par son aide alors qu'il savait que ce n'était pas raisonnable.

— Quelle façon différente ? Sabrina est mon amie. Non, je ne te trompe pas. De combien de façons puis-je le dire ?

Ses yeux marron s'emplirent de compassion, son ton se fit très doux :

— J'espère qu'elle reprendra vite le dessus. Je suis désolée d'avoir perturbé votre relation.

Il se calma. Sabrina savait toujours apaiser les moments difficiles.

— Ça va. Les choses n'étaient peut-être pas aussi solides avec Olivia que je le croyais. Je suppose que je le verrai bien.

Il se leva et il tapota son bureau.

— Je ne te l'ai jamais dit, mais parler avec toi m'a aidé à traverser certains de mes problèmes, alors merci.

Elle sourit. C'était son sourire réservé professionnel qui n'atteignait pas tout à fait ses yeux.

— C'est à ça que servent les amis.

— Oui, marmonna-t-il avant de se tourner et de sortir par la porte.

Sauf qu'il n'avait jamais eu une amie comme elle, il n'avait jamais pu parler à quelqu'un comme avec elle. Et, pour la première fois, il ne sentit pas le poids tomber de ses épaules en sortant de son cabinet. Chaque pas qui l'éloignait d'elle lui sembla difficile, laborieux et lourd.

Allait-il vraiment déménager à San Francisco et dire au

revoir à Sabrina pour toujours ? Après avoir entendu la réaction d'Olivia à Sabrina, il savait qu'Olivia ne comprendrait jamais pourquoi il voulait conserver cette amitié sur la distance. Jusqu'à aujourd'hui, il n'avait pas remarqué combien leur amitié était importante pour lui. Qu'espérait-il gagner en se raccrochant à leur lien ? Et que perdait-il s'il la laissait partir ?

5

Sabrina suivit ses amies dans la boutique chic d'Aurora à Greenport pour leur deuxième week-end consécutif de courses pour le mariage de Mad. Elles avaient passé le samedi précédent dans un magasin de robes de mariée pour trouver celle de Mad ainsi que les robes des demoiselles d'honneur. Aujourd'hui, elles cherchaient des chaussures. Le mariage de Mad était en juin, et elle voulait faire tous les préparatifs pendant les vacances d'hiver à l'université. Mad avait repris les études plus tard dans sa vie et elle recevait son diplôme en mai, à vingt-sept ans. Sabrina avait eu son diplôme d'université très tôt après avoir sauté une classe à l'école élémentaire, elle avait donc eu l'expérience opposée de Mad. Elle était néanmoins ravie pour son amie.

La boutique était élégante et remplie de robes, de chaussures et de sacs de marques. Il régnait une odeur de jasmin et du jazz s'échappait doucement des haut-parleurs au plafond. Si vous aviez de l'argent à perdre, c'était le bon endroit pour le dépenser. Un mur était couvert de sacs de couturiers, le mur en face présentait des chaussures. La mère de Hailey, Brandy, travaillait ici et elles allaient toutes profiter de sa remise d'employé.

— Bienvenue, Mesdames ! s'exclama une femme qui ne pouvait être que la mère de Hailey en se précipitant vers elles.

Elle ressemblait à un mannequin, grande et élégante dans une robe moulante bleue et un boléro blanc. Ses longs cheveux blonds vénitiens et ses yeux bleu clair étaient assortis à ceux de Hailey, et sa peau était lisse et sans défauts.

— Je suis ravie de toutes vous rencontrer ! Je suis Brandy. Quel événement excitant ! Encore toutes mes félicitations, Madison !

Brandy serra Mad dans ses bras. Elles devaient déjà s'être rencontrées, car Hailey et Mad étaient très proches. Brandy donna une légère accolade à Mad avec un baiser aérien près de sa joue.

— Merci de nous recevoir, maman, dit Hailey.

Elle se tourna vers le groupe.

— Mesdames, voici ma mère. Maman, voici tout le monde.

Elle énuméra leurs noms en les désignant tour à tour.

— Bonjour ! dit Brandy chaleureusement en les saluant de la main.

— Nous allons simplement regarder un peu, expliqua Hailey à sa mère. Je t'appellerai quand nous serons prêtes.

Le sourire de Brandy resta fermement en place, mais son air enthousiaste disparut. Elle était sans doute déçue de ne pas être intégrée à leur recherche de chaussures.

— Bien sûr, murmura-t-elle. Je serai là.

Tout le monde suivit Hailey jusqu'au mur de chaussures. Sabrina s'arrêta pour remercier Brandy de les laisser utiliser sa réduction.

— Je suis toujours heureuse d'aider ma fille dans l'organisation des mariages, répondit-elle avec un sourire pincé. Amusez-vous bien.

Sabrina rejoignit ses amies et elle jeta un coup d'œil par-dessus son épaule en direction de la mère de Hailey qui les regardait, debout près du canapé blanc au milieu du magasin. Sabrina croisa son regard et sourit. Brandy détourna vite le regard.

Hailey était occupée à montrer les chaussures qu'elle pensait les mieux assorties à leurs robes bleu pâle de demoiselles d'honneur. Des chaussures blanches, donc. Mad se moquait de savoir si les styles n'étaient pas assortis, tant que tout le monde était content. C'était typique de sa part, elle était garçon manqué, la seule fille élevée dans une maison pleine de grands frères et un père célibataire policier. Elle était sans doute la future mariée la plus facile de toute la clientèle de Hailey. Elle répondait toujours « oui, bien sûr, comme tu veux » à tout ce que Hailey suggérait.

Une fois qu'elles eurent les chaussures en main pour essayer leur taille, Sabrina s'assit sur le long banc à côté de Hailey.

— Tu ressembles beaucoup à ta mère.

Hailey souffla et elle chercha sa mère du regard, qui se tenait un peu plus loin.

— C'est tellement gênant. Elle essaie de me ressembler. Ses cheveux sont naturellement blonds et blancs.

Elle baissa la voix.

— Elle les colore pour les assortir aux miens. Et elle s'injecte régulièrement du Botox aussi. Elle était mannequin autrefois. C'était l'âge d'or de sa vie. Je ne crois pas qu'elle ait surmonté ça.

Intéressant. Hailey était une ancienne reine de beauté. Sa mère avait dû beaucoup insister sur les apparences. Brandy semblait jeune et pleine de vie, mais elle devait au moins avoir la quarantaine, puisque Hailey avait vingt-sept ans.

— Quel âge a-t-elle ? chuchota Sabrina.

— Quarante-neuf ans, chuchota Hailey à son tour. Elle devrait agir en conséquence, n'est-ce pas ?

Un gémissement venant du sac pour chien rose poussa Hailey à se baisser et à ouvrir le rabat. La petite tête poilue de Rose apparut. Le nœud rose en haut de sa petite touffe de poils vibrait pendant qu'elle regardait autour d'elle, reniflant l'air, avant de se recoucher pour dormir.

Sabrina continua à parler à voix basse :

— Je suppose qu'il n'y a pas de mal à paraître jeune si ça l'aide à se sentir bien.

Hailey pinça les lèvres, mais elle ne fit pas d'autre commentaire.

Quelqu'un se racla bruyamment la gorge derrière elles.

— Bonjour, dit une voix masculine.

Mad apparut de l'autre côté du grand banc, titubant avec des chaussures à talons blanches.

— Papa ! Que fais-tu là ?

Tout le monde se retourna pour regarder Monsieur Campbell, un policier à la retraite, debout au milieu des portants de robes, l'air complètement décalé avec sa chemise en flanelle rouge délavé, son jean usé et ses baskets. Il était grand et musclé, sans doute la cinquantaine, avec des cheveux bruns courts grisonnants sur les côtés. Il sourit, faisant apparaître de petites rides aux coins des yeux.

— Je voulais faire partie des préparatifs. Je n'ai pas pu venir le week-end dernier, mais Hailey a dit que ce n'était pas trop tard pour vous rejoindre. Les chaussures, n'est-ce pas ?

Mad tourna brusquement la tête vers Hailey en écarquillant les yeux. Hailey afficha le sourire de reine de beauté qui apparaissait dans les situations de stress.

Monsieur Campbell fourra les mains dans ses poches.

— Tu ne veux pas de ma présence ?

Mad leva le menton.

— Ça va. J'ai seulement été surprise parce que c'est une activité très féminine.

— Retournez à ce que vous faisiez, dit-il en les regardant toutes. Faites comme si je n'étais pas là.

Elles continuèrent à le fixer, ne reprenant pas ce qu'elles faisaient.

Il resta debout, l'air viril et mal à l'aise. Sabrina se dit que le fait qu'il brave une sortie si féminine était révélateur de son amour pour sa fille. Finalement, la mère de Hailey, Brandy, s'avança et salua chaleureusement Monsieur Campbell en lui serrant la main. Ils discutèrent brièvement. Elle dut le mettre à l'aise, car il se rapprocha d'elles en souriant. D'abord, il serra Mad dans ses bras, puis il embrassa ses deux belles-filles sur les joues et il leva la main pour saluer les autres. Enfin, il s'arrêta devant Hailey.

Hailey lui sourit de l'endroit où elle était assise sur le banc à côté de Sabrina.

— Je n'étais pas certaine que vous alliez venir, alors je n'en ai pas parlé à Mad.

— Bien sûr que j'allais venir.

Il se pencha pour dire à voix basse :

— C'est mon bébé. Ma seule fille. Dis-moi ce que ferait la mère de la mariée. Je veux la remplacer autant que possible.

Sabrina eut le cœur serré. Quel père fabuleux qui faisait de son mieux pour prendre la place d'une mère absente !

Hailey lui sourit avec douceur.

— S'il faut faire quoi que ce soit, Monsieur Campbell, je vous le ferai savoir.

Monsieur Campbell se redressa.

— Appelez-moi Joe et tutoyez-moi. Vous êtes toutes comme des sœurs pour Mad. Je n'ai encore jamais été impliqué dans la planification d'un mariage. Que puis-je faire pour aider ?

Hailey serra son bras.

— J'apprécie ton offre, Joe, mais franchement, tout est presque terminé.

Joe sortit un chèque plié de la poche avant de sa chemise et il le tendit à Hailey.

— Je sais que ce n'est pas grand-chose, mais je veux aider. J'avais économisé cela pour ses frais d'université, mais Mad a insisté en disant que c'était déjà payé. Utilise ça pour ce dont elle a besoin.

Hailey déplia le chèque. Cinq mille dollars. Ce n'était pas assez pour couvrir quatre années d'université, mais c'était une belle contribution au mariage.

— Merci.

Joe parla d'une voix de conspirateur :

— Au début, j'ai cru que Jake l'avait aidée avec les frais d'université, puis j'ai découvert que c'était Josh.

Hailey se raidit.

— Josh ?

Son ennemi avait fait quelque chose de bien. Hailey allait-elle s'adoucir envers lui ?

Joe hocha la tête.

— Il a repoussé son rêve d'être propriétaire d'un bar pour ça.

— Je n'en avais aucune idée, chuchota Hailey en regardant

la rangée de femmes avant de revenir vers Joe. Mad ne m'a jamais rien dit.

Joe posa l'index sur sa tempe.

— Les enfants pensent que je ne vois rien, mais c'est faux. Je sais ce qu'ils font tous. C'est ce qui a fait de moi un bon flic. Je suis observateur.

— Hé, Papa ! appela Mad. Qu'est-ce que tu penses de ça ?

Elle portait des bottes blanches brillantes à talons qui montaient jusqu'à ses genoux. C'était un choix étrange avec une robe de mariée, mais Mad avait une approche inhabituelle de la mode, c'est-à-dire qu'elle s'en moquait éperdument.

Hailey fronça les sourcils, mais elle ne rejeta pas immédiatement ce choix. C'était une organisatrice de mariages très diplomate.

— Si elles te plaisent, elles me plaisent, dit Joe.

— Elles me plaisent, dit Mad en regardant les bottes et en souriant.

Hailey se précipita pour s'entretenir avec Mad avant de faire signe à Brandy de les rejoindre. Quelques minutes plus tard, Mad fut assise sur le banc avec toute une rangée de chaussures adaptées à une future mariée.

Les autres passèrent un bon moment à essayer des chaussures, s'arrêtant fréquemment pour lever ou baisser le pouce en voyant ce que Mad essayait. Son père ne les aida pas beaucoup. Il voulait seulement qu'elle soit heureuse, alors il était d'accord avec tout ce qu'elle aimait. Les autres voulaient qu'elle soit heureuse et qu'elle soit belle.

Une fois que Sabrina eut choisi ses chaussures de demoiselle d'honneur, des ballerines blanches pratiques avec une petite pâquerette brodée sur le côté, elle parcourut des yeux les chaussures magnifiques et impossibles à porter pour s'amuser. Elle tripota une chaussure à talon aiguille en cuir métallisé couleur argent. C'était à couper le souffle. La pointe était ouverte et il y avait quatre paires d'ailes métalliques sur le devant, et deux lanières à la cheville. Porter de telles chaussures signifiait : je suis prête à m'envoler. Si elle devait faire face à toutes ces caméras et ces lumières, elle allait le faire en portant des ailes à ses pieds.

Elle les montra à ses amies.

— Qu'en pensez-vous pour mes interviews télévisées à Los Angeles ?

Dès qu'elle l'avait appris, elle avait envoyé des textos à ses amies au sujet de sa percée à Los Angeles.

— Oui ! s'exclama Hailey. Combien coûtent-elles ?

Sabrina regarda le prix et grimaça.

— Beaucoup trop.

— Je vais participer, dit Hailey.

— Nous allons toutes participer, intervint Lexi en faisant signe aux autres de se joindre à elle.

Elles insistèrent toutes.

Sabrina secoua la tête.

— J'apprécie. Vraiment. Mais je m'en occupe.

Son cabinet marchait bien et elle espérait avoir encore plus de clients après toute cette publicité. Elle croisait les doigts pour que les autres interviews se passent aussi bien que celle de *Sunshine America*. En outre, elle vivait modestement dans un appartement avec une seule chambre. Elle était restée surtout parce que ses amies proches vivaient dans le même immeuble. Cependant, il ne restait plus que Lexi et elle, car leurs deux autres amies les plus proches, Missy et Ally, avaient emménagé avec leurs fiancés. Elle fut frappée de jalousie. Quand elle avait rejoint le Club de Lecture Happy End, il avait été conçu comme un groupe de lecture pour célibataires. Cependant, aucun homme n'y avait participé, et le groupe était devenu une sororité de femmes célibataires unies par leur amour des romances.

Maintenant, les choses étaient très différentes. Presque tout le monde avait trouvé son âme sœur. Il n'y avait qu'elle, Hailey et Lexi parmi les célibataires. C'était totalement injuste, maintenant qu'elle y pensait. Elle comprenait que Lexi soit célibataire, elle était tellement blasée par les hommes, mais Sabrina et Hailey avaient dédié leur vie aux relations. Comment se faisait-il qu'elles n'en aient pas ? Étaient-elles trop proches de tous les problèmes qui pouvaient émerger pour prendre ce risque ? Trop prises par leurs efforts pour aider d'autres couples qu'elles ne pouvaient investir du temps dans leur propre vie amoureuse ? Il fallait qu'elle en discute avec Hailey. Cela ne lui avait jamais semblé être un problème aussi évident avant, mais avec toute l'attention désormais focalisée sur la soi-disant expertise de Sabrina dans les relations, c'était une véritable difficulté.

Hailey soupira.

— C'est simplement que nous nous sentons mal de ne pas pouvoir partir à Los Angeles avec toi. C'est tellement dommage que Claire et toi vous vous ratiez.

Sabrina partait en Californie deux jours après le déménagement de Claire dans le Connecticut. Claire et son mari, Jake, allaient arriver ce soir dans leur nouvelle maison.

Sabrina passe un doigt sur une des ailes de ses nouvelles chaussures.

— Je la verrai demain à la fête d'anniversaire de Jake et Josh. J'y vais un peu plus tôt pour fouiller dans ses placards et recevoir des conseils. Elle connaît tous les présentateurs.

Lexi se leva, regardant Sabrina avec un éclat espiègle dans les yeux.

— Tu t'en es très bien sortie sur *Sunshine America* en présence de Logan.

Sabrina lui jeta un regard noir. *Ha-ha, continue comme ça. Le prochain type auquel tu parleras, je ne te lâcherai plus à son sujet.*

Lexi lui fit un clin d'œil.

— Et les choses se sont échauffées sur le trottoir entre vous deux.

— J'ai déjà expliqué ça, dit Sabrina en serrant les dents.

Cependant, l'histoire que ses amies avaient entendue, c'était que Logan s'était fâché parce qu'elle avait prétendu être sa petite-amie. Elle avait fait particulièrement attention à ce qu'elle avait dit en présence de Mad, qui racontait sûrement tous les potins croustillants à Logan. Lexi était la seule à connaître la vérité. Sabrina avait craché le morceau pendant le trajet jusqu'ici avec Lexi, admettant qu'elle aimait Logan bien plus qu'un ami, malgré toutes les raisons pratiques pour lesquelles elle ne le devait pas, y compris le fait pertinent qu'il avait une petite-amie et qu'il déménageait à San Francisco. Lexi avait informé Sabrina qu'elles avaient toutes espéré qu'elle sorte avec Logan, mais elles l'avaient crue quand elle avait expliqué qu'ils était seulement amis. Mad était la seule à ne pas l'avoir espéré, convaincue que Logan était focalisé sur son ex. Dommage que Mad ait eu raison. Sabrina avait néanmoins fait jurer Lexi au secret, car elle ne voulait pas que Logan apprenne ses sentiments non réciproques. En outre, Logan n'avait pas encore parlé de son déménagement à ses amis et à sa famille. Tout dépendait des réunions avec les investisseurs.

Lexi souffla un baiser vers elle.

Sabrina se renfrogna. Parfois, la sensibilité de Lexi était du même niveau que celle d'un homme. Tous les hommes n'étaient pas ainsi, mais la grande majorité que Sabrina rencontrait dans son cabinet ne faisait pas attention aux problèmes sensibles. Tout comme son incapable d'ex. Kevin lui avait envoyé une invitation à son mariage... à elle ! La future mariée qu'il avait abandonnée ! Il avait fait suivre cela par un e-mail enthousiaste, lui racontant comme sa fiancée était merveilleuse et qu'il avait vraiment envie que Sabrina la rencontre. Cet homme n'avait aucune idée des limites ou de l'état émotionnel de Sabrina. Elle prit soudain conscience que c'était une bonne chose de ne pas avoir épousé Kevin. Clairement, son ignorance ne s'était pas améliorée avec les années. Elle aurait fini par s'user à supporter les petits travers et les plus grandes blessures qu'il n'aurait pas remarquées.

Joe inclina la tête.

— Logan était à la télé ?

Logan. Lui, il la comprenait bien. Il avait été là pour elle pendant son passage télévisé, comprenant qu'elle était terrifiée sous une apparence courageuse. Elle sentit son cœur s'ouvrir, ressentant bien plus que du simple désir pour lui. Son cerveau la raisonnait, mais son cœur s'en moquait.

Sabrina se tourna vers Joe.

— Il était dans les coulisses.

Elle rougit tout en essayant de s'en empêcher. Joe l'examina attentivement, faisant preuve de sa ruse de policier, et elle craqua sous la pression.

— Il est venu m'encourager.

Il leva un coin de la bouche et Sabrina pensa au sourire amusé de Logan.

— Ah bon ?

Lexi jeta de l'huile sur le feu en informant Joe :

— Il a fait la route jusqu'à la ville à une heure indécente, lundi matin.

Elle se frappa le torse avant d'ajouter :

— Bien au-delà de ses devoirs. Il aura une bonne note pour son effort.

Jo leva les sourcils en fixant Lexi, mais il ne dit rien. Qu'y avait-il à dire ? Lexi donnait l'impression que Logan en pinçait pour elle. Joe reporta son attention sur Sabrina et elle sentit le rougissement révélateur descendre dans sa nuque.

— Nous sommes bons amis, assura-t-elle.

Mad intervint :

— Oui. Logan est toujours bloqué sur je-sais-plus-qui de la fac.

— Olivia, précisa Sabrina.

— Depuis quand ? demanda Joe.

Mad se leva, portant à nouveau ses bottes de travail noires habituelles.

— Depuis toujours, papa. Tout le monde le sait.

Joe fronça les sourcils.

— Je n'ai entendu parler d'elle que récemment, dit Sabrina en essayant de rassurer Joe qui devait sentir qu'il n'était au courant de rien. Je crois qu'il aime garder sa vie privée pour lui.

— Dans ce cas, comment le saurais-je ? demanda Mad.

Hailey détourna l'attention de Mad en sortant Rose de son sac et en la lui tendant pour des câlins. Mad s'était occupée de Rose juste avant qu'elles offrent le petit chien à Hailey, alors elles avaient un lien spécial. Rose faisait partie d'une inter-vention que Sabrina avait organisée pour Hailey au Nouvel An, essayant de la faire ralentir. Elle avait en effet enclenché la vitesse lumière lorsqu'elle avait mis fin à son long arrangement avec un copain de baise. D'après l'avis professionnel de Sabrina, le véritable déclencheur de stress pour Hailey avait été la perte de son partenaire de querelles : Josh était sorti avec la belle Clarissa juste au moment où Hailey était devenue célibataire. C'était raté pour Hailey, même si elle n'allait jamais l'admettre.

Joe regarda Sabrina en fronçant les sourcils.

— Logan était avec elle il y a huit ans. Comment peut-il se raccrocher si longtemps à elle ?

— Ils se sont revus récemment, expliqua Sabrina.

Elle détourna le regard, les yeux brûlants. Elle avait eu de la chance d'avoir Logan dans sa vie pendant un court moment, et maintenant il allait partir. Sa gorge se serra, ses yeux brûlèrent davantage, son cœur la fit souffrir. Elle patienta un moment, cherchant à accepter cette perte. Il était temps qu'elle laisse partir Logan.

Elle devait se tourner vers le futur, vers sa carrière, son livre à venir et l'aide de tant de femmes. C'était là qu'elle devait concentrer toute son énergie. Elle se leva, tenant les nouvelles chaussures, et se força à prendre un ton enjoué :

— Brandy, je vais prendre celles-ci.

Brandy sourit et lui fit signe de la suivre à la caisse.

Une fois qu'elles eurent toutes payé les chaussures, avec la réduction offerte par Brandy, elles se rendirent à leur étape suivante : le déjeuner. Hailey avait réservé une salle privée dans un restaurant italien tout près.

— Joe, tu peux te joindre à nous pour le déjeuner, dit Hailey. Je suis certaine que le restaurant peut ajouter une personne à la réservation.

Joe sourit.

— Merci, mais je dois partir. Amusez-vous bien, mesdames.

Mad le serra dans ses bras.

— Merci d'être venu. Ce n'est pas tous les jours que ta fille est la future mariée, n'est-ce pas ?

Joe eut les larmes aux yeux et il ébouriffa les cheveux de Mad. Elle lui jeta un regard noir en les remettant en place.

— Tu es une très belle mariée, Mad. Je ne pourrais pas être plus fier.

Mad pinça les lèvres, les yeux larmoyants.

— À plus.

Elles se dirigèrent toutes vers la porte, sauf Joe, qui retourna vers le comptoir. Sabrina s'arrêta devant la porte et jeta un coup d'œil par-dessus son épaule. Joe discutait avec Brandy et tous les deux envoyaient des signaux classiques de séduction. Joe se tenait bien droit, les épaules rejetées en arrière. Brandy sourit en détournant les yeux avant de le regarder. Waouh.

Sabrina sortit et elle arrêta ses amies sur le trottoir.

— Les filles, regardez ça.

Elles observèrent la scène à travers la grande vitrine lorsque Brandy tendit sa carte de visite à Joe.

— Oh mon Dieu, chuchota Hailey. Que vient-il de se passer ?

— Oh, dit Mad. Il va sûrement me surprendre avec un cadeau de mariage. Ta mère va certainement l'aider à choisir un sac ou autre.

— Je crois qu'il lui a demandé un rendez-vous, dit Sabrina.

Joe se tourna et il se dirigea vers elles avec un grand sourire.

Elles s'écartèrent vite de la fenêtre, agissant de façon nonchalante, bien que personne ne sache quoi dire.

Joe sortit en sifflant, il se tourna et il longea le trottoir dans la direction opposée. Il ne les avait même pas remarquées.

— Que vient-il de se passer ? s'exclama Hailey en fixant le dos de Joe qui s'éloignait.

— Nous allons peut-être finir par être des sœurs, dit Mad avec une touche d'envie.

Sabrina retint un sourire. Cela ferait de Josh — l'ennemi juré de Hailey — son frère. Depuis le fiasco de l'accompagnement payé aux mariages, Hailey demandait à Josh de lui rendre son argent pendant que Josh insistait pour qu'elle aille le chercher chez lui. Ce qui était évidemment, comme tout le monde le savait, une façon de se voir en privé. Leur alchimie sexuelle était hallucinante. Tout comme leur hostilité. Frère et sœur ! C'était hilarant !

— Oh mon Dieu ! s'exclama Hailey d'une voix forte en fixant sa mère. Rose sortit la tête du sac de Hailey, les oreilles levées, sentant les ennuis.

Sabrina éloigna doucement Hailey de la vitrine. Quoi qu'il se passe entre Joe et Brandy, ils n'avaient pas besoin de Hailey pour ça.

6
——————

Sabrina arriva à la nouvelle maison de Claire et Jake deux heures plus tôt, afin d'avoir une séance spéciale de coaching en vue des interviews à Los Angeles. Elle fut ravie d'être là si tôt, car cela lui permit de voir l'endroit sous le soleil couchant. C'était magnifique ! Elle se gara dans l'allée de la maison principale, une villa en pierre avec des poteaux et des poutres de style *Arts and Crafts* à l'étage supérieur et sous le grand porche. Cet endroit était bien plus qu'une ferme équestre. C'était carrément un domaine. Elle était passée devant une autre maison plus petite après avoir franchi le portail principal, et Claire lui avait dit qu'il y avait une autre maison historique datant des années mille huit cent sur la propriété. Des hectares de collines entouraient la maison avec des bois juste derrière. Le paysage était désolé au mois de janvier, avec des tas de neige qui fondait et des arbres sans feuilles, mais elle imaginait que ce serait magnifique avec les fleurs du printemps, au cours de l'été plein de vie, et dans les teintes merveilleuses de l'automne du Connecticut.

Elle sortit de la voiture, et elle aperçut des chevaux marron portant des couvertures grises sur le dos qui broutaient dans un grand enclos près d'une mare. Au loin, il y avait un manège, deux granges, des étables et sûrement d'autres choses ! Claire et Jake pouvaient se le permettre. Elle était une célèbre star de cinéma et Jake était milliardaire grâce à son entreprise dans les technologies.

C'était si incroyablement luxueux qu'elle se sentit soudain mal vêtue avec son pull rayé noir et blanc, son pantalon noir et ses ballerines noires. Elle aurait dû porter une robe, certainement des chaussures à talons, et passer un moment à se maquiller. Elle poussa un soupir. N'importe quoi. Il s'agissait de Claire, qui était très terre-à-terre.

Elle se dirigea vers la porte d'entrée et elle appuya sur la sonnette, le bruit résonnant à l'intérieur. La porte s'ouvrit quelques minutes plus tard sur Claire, retournée à ses cheveux blonds naturels tombant sur ses épaules, et vêtue de façon décontractée avec un chemisier blanc, un gilet beige très grand, un jean usé avec des trous aux genoux et des mocassins beiges aux pieds. Ses yeux noisette s'illuminèrent en voyant Sabrina et elle écarta les bras.

— Tu es arrivée ! Entre, entre !

Sabrina entra, immédiatement mise à l'aise par le côté chaleureux de Claire. Elle serra son amie dans ses bras. Claire avait rejoint le Club de Lecture Happy End plus de deux ans auparavant, quand elle avait commencé à tourner la trilogie *Féroce* dans le Connecticut. L'auteur de la trilogie, Julia Marino, avait été membre à l'époque. Claire s'était liée à leur petit groupe et elle ne les avait pas abandonnées depuis. Sabrina savait que Claire appréciait le fait d'avoir des amies qui ne faisaient pas partie de l'industrie du cinéma : elle admettait souvent qu'elle se sentait utilisée par les gens qu'elle rencontrait. Et puis, bien sûr, une fois que Claire s'était mise à fréquenter Jake Campbell, elle s'était liée à elles pour de bon, puisque la sœur de Jake, Mad, faisait partie du club de lecture. Le réseau de relations entre le Club de Lecture Happy End et la famille Campbell avec leurs frères honoraires était devenu très dense, avec des fiançailles et des mariages réguliers. Pour *certains*, en tout cas. Non pas que Sabrina éprouve de l'amertume. Ça ne l'avait pas du tout dérangé avant que tout le monde se mette à la traiter d'experte des relations. Arg. Un de ces jours, elle arrêterait de se sentir comme un charlatan, n'est-ce pas ?

Claire s'écarta avec un sourire parfait aux dents blanches.

— Veux-tu commencer par la visite ou les vêtements ?

Sabrina retira sa veste en laine noire et regarda le grand vestibule autour d'elle. Les murs étaient peints en teintes dorées comme une fresque italienne, et deux grandes peintures ressemblant à la lumière du soleil avec un motif dentelé noir étrange étaient accrochées aux murs opposés. Au centre du vestibule se trouvait une grande table en bois à un pied avec un bol en bois sculpté posé dessus. Un chandelier en cristal était accroché au-dessus. Le plancher était un parquet sombre et chaleureux avec un motif croisé. Tout indiquait le luxe et il ne s'agissait que du vestibule !

— La visite.

— C'est parti.

Claire accrocha le manteau de Sabrina dans un placard près de là.

— Où est Frank ?

C'était le garde du corps de Claire.

— Il est dans l'appartement privé au-dessus du garage indépendant. Ne t'inquiète pas. Il possède la liste des invités et il surveille tout. C'est lui qui t'a ouvert le portail. Allez, viens.

Elle fit signe à Sabrina de la suivre et elle la guida hors du vestibule dans une pièce immense avec un plafond ouvert menant jusqu'aux poutres du plafond.

— Le salon.

— Waouh, souffla Sabrina.

La cheminée était massive avec un manteau blanc et gris pâle sur deux étages. Le centre de la pièce abritait plusieurs canapés blancs et des fauteuils au motif floral beige bordé de bois. Le mur opposé à la cheminée était couvert par un grand home cinéma blanc encadré par des bibliothèques et des vitrines.

— Tu sais qu'il me fallait avoir mes livres !

Claire les montra de la main. C'était une grande lectrice, comme elles l'étaient toutes.

Sabrina aperçut la rambarde en fer forgé d'une mezzanine surplombant le salon.

— Ooh ! s'exclama Claire. Tu vas adorer la mezzanine. C'est un coin tellement confortable.

Sabrina la suivit jusqu'en haut, le long d'un escalier en colimaçon avec d'autres canapés blancs et fauteuils beiges. D'ici, la vue à travers les énormes fenêtres du salon ouvrant sur le reste du domaine était spectaculaire.

— Veux-tu boire quelque chose ? demanda Claire en indiquant un bar rangé dans un meuble en cerisier sombre.

— Avec plaisir.

— Du vin blanc, ça te va ?

— Tout à fait.

— Claire ! appela Jake. Où es-tu ? Je ne trouve pas mes baskets.

Claire se pencha à la rambarde, au-dessus du salon.

— Sabrina est ici. Essaie de paraître civilisé.

Quelques instants plus tard, Jake se trouva dans la mezzanine avec elles. Il ressemblait exactement à son frère jumeau, Josh : il était grand avec une sorte de grâce athlétique, les cheveux bruns et des yeux sombres, sauf que ses cheveux étaient toujours bien coupés. Josh laissait les siens pousser de sorte qu'ils bouclaient un peu sur sa nuque. Jake avait une barbe de quelques jours sur sa mâchoire carrée et son sourire montrait ses dents bien blanches. C'était un bel homme. Pas aussi beau que son frère Logan… *Oh non, interdiction de penser à ça.*

Sabrina lui fit un petit salut de la main.

— Salut, Jake. Joyeux anniversaire !

— Hé, Sabrina, merci. C'est bon de te revoir.

Il s'avança vers elle et il la serra dans ses bras.

— J'ai entendu dire qu'il se passait des choses merveilleuses pour toi.

— Oui, je suis un peu nerveuse.

— Claire va te préparer. Et puis si tu es perturbée, il te suffit de les imaginer en sous-vêtements.

Il lui fit un clin d'œil.

Elle sourit.

— Ça n'a jamais fonctionné pour moi, parce que je me mets à rire.

Jake se tourna vers Claire.

— Une idée pour les chaussures ?

Il était pieds nus en jean avec un tee-shirt bleu clair à manches longues.

Claire se tourna vers Sabrina.

— Nos affaires personnelles sont arrivées hier, et la moitié est encore dans les cartons.

Elle se tourna vers Jake :

— Peut-être dans ta tanière ?

Jake fronça les sourcils.

— Pourquoi toute ta garde-robe est-elle bien accrochée et rangée dans notre placard, alors que mes affaires sont dans des cartons à la cave ?

Claire jeta un bras sur les épaules de Sabrina.

— Parce que je savais que nous allions faire des essayages aujourd'hui.

Jake grommela quelque chose, tourna les talons et partit. Une paire de chaussettes grises sortait de la poche arrière de son jean.

— Je t'aime ! roucoula Claire.

— Moi aussi, je t'aime ! cria-t-il du rez-de-chaussée.

Claire sourit d'un air rêveur avant d'attraper deux verres à vin et de les remplir. Elle fit signe à Sabrina de s'asseoir sur le canapé blanc.

— Ça te va, si je te fais faire le reste de la visite plus tard ? J'aimerais avoir les dernières nouvelles.

— Bien sûr.

Claire tendit un verre de vin à Sabrina et elle s'assit à côté d'elle.

— Tout est à peu près pareil. Des cheminées en pierre dans les salles de vie, beaucoup de meubles neutres en beige et blanc. L'étage est presque entièrement vide en dehors de notre chambre à coucher. Nous passerons sans doute la majorité de la fête dans la tanière de Jake — elle agita la main en l'air — avec une grande télé, un bar, un billard, une table de ping-pong, quelques jeux d'arcade et un flipper. Ses affaires sont alignées le long du mur, à l'écart. En gros, c'est un peu la pièce dont rêvait Jake, mais de l'autre côté se trouve ma caractéristique préférée : une cave à vin avec une salle de dégustation.

— Waouh !

Claire croisa les jambes, sophistiquée malgré sa tenue décontractée.

— Elle était déjà là : les anciens propriétaires étaient très amateurs de bon vin. Bref, la majorité de ce que tu verras ici a soit été laissé par les anciens propriétaires, soit disposé par l'architecte d'intérieur que nous avons engagé pour tout rendre confortable, mais neutre. Nous ajouterons des touches personnelles quand nous aurons vécu ici pendant quelque temps. De l'art et quelques cadres photo, ce genre de choses.

Elle but une gorgée de vin.

— J'ai gardé ma maison en Californie. Jake a vendu la sienne. En fait, Logan logera chez moi quand il partira pour ses réunions, cette semaine.

Les épaules de Sabrina s'affaissèrent lorsqu'elle entendit le nom de Logan. Elle l'avait laissé partir, elle le savait, mais chaque cellule de son corps protestait. La gorge soudain nouée, elle but du vin pour chasser l'impression.

Claire l'observa attentivement. Elle voulait clairement en savoir davantage sur la situation avec Logan. Claire savait que Logan était venu encourager Sabrina à *Sunshine America*, et elle était au courant de l'article qui donnait l'impression que c'était une dispute entre amants sur le trottoir. Sans compter que Claire avait un véritable point faible pour ses beaux-frères et ses belles-sœurs, essayant toujours de les aider et de s'assurer qu'ils étaient heureux. Elle faisait la même chose pour ses amis, mais le lien par mariage aux Campbell faisait ressortir son côté protecteur.

Claire se pencha vers elle.

— Que se passe-t-il avec Logan ? Vous deux…

— Juste des amis, dit fermement Sabrina.

— Pourquoi ?

Elle baissa la voix.

— Je n'ai jamais dit ça, mais il est sérieusement canon. Et tu peux en croire quelqu'un de l'intérieur de la famille Campbell : c'est sans doute le plus facile à vivre. Contrairement à certains entêtés.

Sabrina rit.

— Jake n'est pas entêté. Il est adorable.

Claire secoua la tête en souriant.

— Oh, nous avons eu quelques disputes. Nous sommes tous les deux très obstinés.

— Oui, mais vous réglez le problème en en parlant ensemble.

Claire retint un sourire.

— Parfois.

Elle baissa la voix et précisa d'un ton plus suggestif :

— D'autres fois, cela se règle de façon plus intéressante.

Une pointe de jalousie poussa Sabrina à serrer les dents. Elle aurait aimé ne pas être touchée, mais voilà. L'amour de Claire et Jake était palpable. Ils étaient mariés avec une maison magnifique et Claire lui avait déjà dit qu'ils essayaient d'avoir un enfant. Pendant ce temps, Sabrina était coincée dans le rôle de la confidente.

— Voilà le problème avec Logan, déclara Sabrina d'une voix bien trop forte.

Elle recommençait à s'énerver.

Claire écarquilla les yeux.

— Raconte.

Elle fixa son vin et dit d'une petite voix :

— J'ai tout fait foirer.

— Allons, ça ne peut pas être si terrible.

Sabrina leva la tête.

— Cela fait six mois que je suis son amie, que je désire secrètement…

— Je le savais ! exulta Claire. J'ai dit à Jake que ça ne pouvait pas être platonique.

— Ne souffle pas un mot de ceci à Jake.

Claire fit semblant de sceller ses lèvres.

Sabrina soupira.

— Je ne lui ai jamais fait savoir parce que je pensais qu'il était phobique de l'engagement. Il n'a jamais eu une relation sérieuse avec qui que ce soit, il n'a même jamais parlé d'un rendez-vous galant. J'ai vraiment quelque chose contre les phobiques de l'engagement, tu sais ?

Claire hocha vigoureusement la tête, les lèvres toujours scellées.

— Et je pensais qu'il était un peu impulsif, du genre à prendre des risques. Je veux dire, il a quitté un bon travail avec Jake pour se lancer dans sa propre entreprise. Il a quitté un travail stable et sûr pour lancer une start-up. Cela échoue presque toujours. Il a dû dormir sur le canapé de Ben pendant toute une année.

Au cours de la première année, Ben avait gardé son travail à plein temps, ne travaillant que la nuit et le week-end avec Logan dont le travail était à la base de toute l'entreprise.

— Mais maintenant, je pense que j'ai mal compris. Il a une famille stable incroyable et tous ses frères honoraires, alors cela a mitigé le risque de lancer sa propre entreprise, tu vois ? Il avait du soutien.

Elle se frappa le front.

— Jake aurait sans doute rendu son travail à Logan si Checkin avait échoué.

Claire hocha la tête d'un air compatissant.

Elle se rendit soudain compte que le fait que Logan reste loyal envers sa petite amie d'université montrait aussi les signes d'une aversion pour la prise de risque. Il n'avait pas tenté une autre relation sérieuse, se focalisant sur ce qui avait déjà fonctionné. Et son immense engagement envers Checkin prouvait qu'il était bien plus stable qu'elle ne l'avait pensé au début. Comment avait-elle pu se tromper à ce point ?

Sabrina inspira brusquement en faisant des gestes avec les bras.

— Mon diagnostic était complètement faux, et maintenant c'est trop tard !

Claire leva une main.

— Je dois dire…

Sabrina était lancée.

— J'ai construit cette idée dans ma tête qui expliquait que Logan n'était pas un bon parti. Peut-être parce que je craignais de ne pas lui plaire autant qu'il me plaisait, et maintenant c'est bien plus, tu sais ?

Elle jeta un coup d'œil à Claire qui souriait avec les lèvres toujours fermées.

— Je ne sais pas pourquoi je me suis trompée à ce point. En général, je suis bien plus perspicace. Le désir a peut-être interféré avec ma raison. Mais ensuite, il fait cette chose incroyable en venant me soutenir à *Sunshine America*, c'était le seul à venir pour moi...

— Je voulais...

— Je sais. C'était un lieu et un horaire difficile pour tout le monde, mais il l'a fait, et je me suis ouverte à l'intérieur, tu comprends ?

Elle posa la main sur son cœur.

— C'était tout tendre et mièvre. Et puis, et puis...

Elle s'étrangla.

— Quoi ?

Elle but un peu de vin avant de reprendre.

— Il est impliqué dans une relation longue distance avec sa petite amie d'université. Dont il n'a jamais parlé ! Il a tout gardé pour lui alors que nous discutons toutes les semaines ! Et je ne parle pas de bonjour en passant, je veux dire que nous nous installons, que nous déjeunons, et que nous parlons vraiment. Il prévoit de déménager à San Francisco de façon permanente pour être avec elle si les réunions d'investissement se passent bien, et je suis certaine que ce sera le cas. Il s'en va et il ne m'a jamais rien dit !

— Oh, mon Dieu, il déménage pour une femme !

Claire posa son verre sur une table basse près de là.

— Jake n'est pas au courant, sinon je l'aurais su. Je n'arrive pas à croire que Logan n'ait parlé à personne de cette relation. Quand se sont-ils remis ensemble ?

— Il y a six semaines, enfin, je suppose que cela fait sept, maintenant.

Sabrina déglutit avant de poursuivre.

— Je pensais que nous étions si proches. Maintenant, il s'en va et j'ai raté ma chance.

Claire lui jeta un regard de compassion.

— Ma chérie, je suis vraiment désolée. Je n'étais pas au courant.

Sabrina hocha la tête.

— En plus, j'ai empiré la situation pour lui. Je me sens très coupable pour ça.

— Qu'as-tu fait ? demanda Claire avec empressement.

— Je ne savais pas pour sa petite-amie, alors quand j'ai laissé entendre qu'il était mon copain à la télé, elle s'est mise en colère. Il dit qu'elle est du genre jaloux, alors qu'il lui a expliqué que nous étions seulement amis. Et puis il y a eu cet article qui donnait l'impression que c'était une querelle d'amoureux.

— Ha ! Toi ? La personne la plus calme et aux meilleures capacités de communication au monde a craqué et s'est fâchée avec le type le plus facile à vivre sur la planète ? Ridicule ! Je suis certaine que si vous étiez vraiment un couple, vous parleriez de tout sans même lever la voix.

Sabrina pinça les lèvres. Cela ne s'était vraiment pas passé ainsi.

— Oui, enfin, il était plutôt fâché que je sous-entende qu'il était avec moi.

Elle souffla.

— Et moi, j'étais carrément furieuse qu'il m'ait caché cette partie importante de sa vie.

Claire fit un geste coupant de la main.

— Ça y est. Elle dégage, c'est ton tour.

Sabrina recula brusquement la tête.

— Claire, tu ne peux pas les pousser à rompre.

Les yeux de Claire lancèrent des éclairs.

— Elle ne me plaît pas.

— Tu ne l'as jamais rencontrée.

Claire énuméra les péchés d'Olivia sur les doigts.

— Elle est jalouse, méfiante, ne pardonne pas. Non. Pas pour mon petit frère.

Sabrina rit.

— Ton petit frère ? Il n'a qu'un an de moins que toi.

— Je m'en fiche.

Elle regarda la tenue de Sabrina.

— Allez, viens, allons voir les vêtements. J'ai quelque chose en tête pour ce soir et des vêtements d'été pour tes interviews à Los Angeles.

Claire était un peu plus petite que Sabrina, mais ses vêtements lui allaient quand même, bien que certaines des robes soient un peu courtes pour les jambes de Sabrina.

Sabrina fixa Claire et sa tenue très décontractée.

— Pourquoi dois-je me changer pour ce soir ? Ne suis-je pas assez bien vêtue pour la fête ? Tu n'es pas en vêtements formels.

— Moi aussi, je vais me changer.

Elle eut un sourire espiègle avant d'ajouter :

— De plus, tu n'es pas assez peu vêtue pour ce que j'ai en tête. Nous allons déboutonner un peu tout ça, te rendre plus approchable.

— Dans quel but ?

Elle comprit soudain.

— Tu as intérêt à ne rien dire à Logan.

— Je n'en aurai pas besoin. Ton corps canon parlera à ma place.

Sabrina baissa la tête en regardant ses courbes modestes.

— Euh...

Claire se pencha vers elle.

— Ne t'es-tu jamais demandé pourquoi Logan n'a pas fait le premier pas ? Vous êtes amis depuis six mois et il n'a recontacté Olivia qu'il y a un peu plus d'un mois. Crois-moi, les hommes Campbell n'hésitent pas à flirter avec une femme, mais ils ont besoin d'un signal clair.

Un sourire apparut sur ses lèvres et elle se pencha en arrière.

— La première fois que je suis sortie avec Jake, Hailey m'avait dit qu'il voulait une affirmation explicite de mon désir et de mon consentement avant de tenter quoi que ce soit.

Elle rit.

— Plus tard, il m'a expliqué que Josh avait demandé à Hailey de me dire ça, pour l'embêter, et puis les jumeaux ont échangé leur place alors je l'ai dit à Jake. Oh mon Dieu ! J'ai tellement ri quand je l'ai découvert, parce que c'était si gênant. J'étais du genre « voici mon affirmation de désir et de consentement. Couchons ensemble. » Et Jake était du genre : « Hein ? D'accord. »

Elle balaya le souvenir de la main.

— Quoi qu'il en soit, les Campbell ont été élevés en gentlemen, ils ont appris à traiter les femmes comme ils souhaiteraient que leur petite sœur soit traitée, avec attention et respect. Alors si Logan n'a pas tenté sa chance avec toi, c'est soit parce qu'il n'était pas intéressé, soit parce qu'il n'a pas eu de signal clair de ta part.

Son estomac fit une petite danse nerveuse et son pouls accéléra. Une petite lueur d'espoir illumina sa morosité à l'idée de le perdre. Puis elle reprit ses esprits.

— Et Olivia ?

Claire leva la main.

— Nous ne faisons rien d'autre qu'envoyer un signal clair. C'est juste un test subtil de son intérêt potentiel.

Sabrina secoua la tête, son rôle de conseillère conjugale la ramenant à la réalité.

— Non, Claire, ceci va à l'encontre de tous mes principes. Je ne m'immiscerai jamais dans un couple.

Claire fit un grand sourire.

— C'est merveilleux. Explique-lui que tu veux qu'il répare les choses avec Olivia. S'il s'intéresse à toi, ce sera un problème pour lui.

Sabrina se frotta les tempes.

— Je ne sais pas. J'ai l'impression que c'est manipulateur.

— Tu veux lui dire adieu sans jamais apprendre la vérité ?

Elle n'avait pas du tout envie de lui dire adieu. Elle finit son vin en une gorgée et elle hocha la tête à Claire qui sourit. Ensuite, elle la suivit au rez-de-chaussée avec les jambes tremblantes, espérant ne pas être sur le point de se ridiculiser.

7

Sabrina porta une robe blanche. Dans un océan de couleurs d'hiver sombres et noires à l'anniversaire de Jake et Josh, elle se démarquait comme un éclair dans un ciel obscur. Il n'y avait rien de particulièrement révélateur à cette robe, pourtant Logan n'arrivait pas à y arracher son regard. La robe partait du cou et finissait modestement au niveau de ses genoux. Elle était sans manches, alors ses épaules et ses bras étaient exposés. Elle avait les jambes nues également, et ses pieds fins portaient des sandales blanches ouvertes sur le devant. Qu'y avait-il de différent ? Ses cheveux blond sombre étaient détachés, tombant sur ses épaules en ondulant doucement. Ses yeux marron étaient entourés d'eye-liner noir et ses lèvres peintes en rose. Elle portait plus de maquillage que d'habitude, mais c'était toujours Sabrina. Son regard fit un autre tour de sa robe. Des rangées de cristaux argentés et dorés passaient en diagonale le long de son buste et changeaient de direction sous sa taille, le long de ses hanches, attirant ses yeux sur le gonflement de ses seins, sa taille fine, la courbe de ses hanches. L'effet combiné était remarquable.

Elle semblait sûre d'elle-même, puissante, follement sexy. Il ne put s'empêcher de fixer ses courbes. Tout comme Marcus, le vicieux. Son ami et frère honoraire se tenait à côté de lui, au bar du nouveau repaire de Jake. Sabrina se trouvait juste en face, à côté de Lexi, près de la table de billard.

— Bon sang, souffla Marcus. Sabrina est canon quand elle fait l'effort.

Marcus n'était pas le genre de type à côté duquel il fallait se tenir à une fête — si vous étiez un homme — parce qu'il faisait paraître n'importe qui ordinaire. Ce n'était le partenaire de drague de personne. Il semblait tout droit sorti d'une publicité pour l'eau de Cologne. Les cheveux noirs courts, les yeux sombres avec des cils épais, la peau bronzée et des pommettes taillées au biseau. Au moins, son nez avait été cassé, alors il n'était pas parfait. Il faisait beaucoup plus de musculation que nécessaire, et ses bras en étaient la preuve.

— Ne parle pas d'elle comme ça, aboya Logan.

— C'est quoi ton problème ?

— C'est mon amie.

— Moi aussi, je veux être son ami.

Marcus lui donna un coup au bras avant de marcher vers Sabrina en roulant des mécaniques. Merde. Marcus était si immense, si grand et large, qu'il bloquait complètement la vue de Logan sur Sabrina. Il était à peu près certain que Sabrina n'aimait pas spécialement les gros muscles. En réalité, il ne savait pas ce qu'elle aimait chez un homme. Il ne l'avait jamais vue flirter, ne l'avait jamais vue avec un type.

Il but une gorgée de bière en regardant Marcus se pencher, lui souriant sans doute, flirtant comme à son habitude. Logan serra la mâchoire. Il n'avait pas l'intention de passer pour un jaloux en s'approchant d'eux dans le but de chasser Marcus. Il supporta quelques minutes affreuses pendant que Marcus draguait, puis Marcus et Sabrina partirent ensemble. Lexi commença à jouer au billard avec certains des hommes.

Il aperçut le dos de Sabrina. Les cristaux argentés et dorés alignés dans son dos pointaient tout droit vers la plus belle courbure de fesses qu'il ait jamais vue. Comment avait-il raté cela avant ? Une seconde. Où allaient-ils ? À l'étage ? Marcus la conduisait-il à l'étage pour avoir un peu d'intimité ? Tous les autres traînaient dans le repère de Jake.

Il posa sa bière sur le bar et il les suivit en restant à

distance. Ils passèrent un coin et descendirent le long d'une rampe. La lumière était plus tamisée et il faisait plus frais. Sabrina rit en réaction à ce que dit Marcus quand ils passèrent sous une arche en briques. Il n'entendit pas la voix basse de Marcus. Que fabriquait-il ?

Logan n'en pouvait plus.

— Hé, Sabrina. Où vas-tu ?

Elle se retourna.

— Salut ! Je parlais à Marcus de la salle de dégustation de vin. Il dit qu'il sait tout ce qu'il y a à savoir sur le vin, alors nous allons y jeter un coup d'œil.

Marcus possédait son propre bar en ville, le Burrow. Logan n'y connaissait rien en vin. Il préférait la bière.

— Aimerais-tu te joindre à nous ? demanda Sabrina.

Il se sentit tout de suite mieux.

— Avec plaisir, dit-il en les rejoignant. C'est quoi, cette robe ?

— Bien joué, marmonna Marcus. Tu es magnifique, Sabrina.

Sabrina rougit joliment et elle sourit à Marcus.

— Merci.

Elle regarda ensuite Logan, son sourire s'estompant.

— Que veux-tu dire par « c'est quoi, cette robe ? »

— Je ne sais pas. Elle est très chic pour une fête d'anniversaire.

— Tu fais partie de la police de la mode ? demanda Marcus en riant. Dans ce cas, il te faudra peut-être mettre autre chose qu'un jean et des baskets.

Marcus s'habillait comme un métrosexuel urbain avec des chemises immaculées, des pantalons sur-mesure et des chaussures en cuir. Il pouvait se vêtir de façon décontractée en jean et baskets comme tous les autres hommes normaux du monde, mais ce soir il était Monsieur Métrosexuel avec une chemise bleu pâle et un pantalon gris foncé. Logan portait son tee-shirt à manches longues en coton habituel, un jean et oui, des baskets. Maintenant qu'il vit que Sabrina s'était mise sur son trente et un, il regrettait de ne pas avoir fait un plus bel effort.

Logan jeta un regard noir à Marcus avant de dire à Sabrina :

— C'est une belle robe.

— Merci, dit-elle.

Pas de sourire pour lui. Il l'avait sur le bout de la langue — tu es magnifique, follement sexy — mais il s'arrêta. Ils étaient amis et il avait une petite-amie. Plus ou moins.

La relation longue distance avec Olivia l'empêchait de vraiment savoir où ils en étaient, mais elle avait paru prête à un avenir ensemble. Il allait le découvrir dans moins d'une semaine, au cours du dîner prévu. *Attends de voir, attends de voir.*

Le couloir se terminait sur une pièce avec un bar circulaire de couleur miel brillant entouré par cinq fauteuils en velours rouge. De longs bancs molletonnés longeaient les murs opposés. Quatre lampes au-dessus du bar éclairaient ses frères jumeaux, Jake et Josh, qui servaient à boire. Josh versait du vin à leurs belles-sœurs, pendant que Jake servait ce qui ressemblait à du scotch à leurs frères.

La façon de distinguer les deux jumeaux était facile si on les connaissait bien, car ils se complétaient. Josh était détendu et il s'habillait de façon décontractée avec des chemises en flanelle, des tee-shirts usés et des jeans déchirés, laissant un peu trop pousser ses cheveux, oubliant de se raser pendant plusieurs jours à la suite. Jake était ambitieux, vêtu de beaux habits de couturier — même ses vêtements décontractés étaient de marque —, ses cheveux étaient toujours coupés et coiffés, parfois il avait une barbe naissante, mais en général il était rasé de près. Cependant, ils avaient un sens de l'humour similaire, aimant beaucoup taquiner les gens. Pour eux, chambrer une femme faisait partie des préliminaires.

Logan devait peut-être expliquer cela à Hailey, qui prenait personnellement tout ce que disait Josh. Mais Josh l'aurait tué. Tant pis. S'il voulait se torturer en ne laissant jamais mourir son fantasme pour Hailey, c'était son propre problème.

Marcus passa derrière le bar.

— Bon, lequel des deux garçons dont c'est l'anniversaire fait une pause ? Je m'occupe de ça.

Sa belle-sœur Claire se pencha au-dessus du bar et elle parla de sa voix sensuelle :

— Josh, peux-tu attraper quelques-unes de ces bouteilles de champagne et les porter à l'autre bar ? Mes amies adorent le champagne.

— Bien sûr.

Josh passa la main sous le bar et il en sortit deux bouteilles de champagne.

— C'est pour mon anniversaire, alors ?

— Mais oui, dit Claire en riant. Franchement, elles n'ont besoin d'aucune raison.

Josh hocha la tête une fois et partit. Marcus prit le relais avec le vin.

Jake secoua la tête à Claire en souriant.

— Très discret.

Claire eut un sourire espiègle.

— Je sais.

C'était sûrement Hailey qui aimait le champagne.

— Viens là, toi, dit Claire en faisant signe du doigt à Sabrina qui posait son sac sur un des bancs de l'autre côté de la salle.

— Tu peux avoir ma place. Je crois avoir goûté assez de vin. Je vais aller avaler un peu de nourriture.

Ses belles-sœurs se levèrent pour aider Claire et elles sortirent toutes les trois. Il observa Claire s'arrêter à côté de Sabrina avant de partir. Elle lui serra l'épaule en chuchotant. Sabrina rit et dit quelque chose qu'il n'entendit pas tout à fait à ses amies, de façon très chaleureuse avec des sourires amicaux. Pourquoi Sabrina n'était-elle pas aussi chaleureuse et ouverte avec lui ? C'était comme si sa proximité la faisait se renfermer. C'était l'effet exactement opposé à celui qu'il avait d'habitude sur les femmes.

Logan attendit que Sabrina prenne place au bar avant de s'asseoir à côté d'elle.

— Es-tu prête pour Los Angeles ?

Elle hocha la tête à Marcus qui levait une bouteille de rouge devant elle, avant de répondre à Logan.

— Oui. Claire m'a prêté trois tenues, et j'en avais déjà une qui me plaisait. Et j'ai acheté des chaussures fabuleuses avec des ailes…

— Des ailes ? demanda Logan. Comme une super héroïne ?

Elle gloussa. Sabrina ne gloussait jamais.

— Attends une minute. Je vais te montrer.

Elle marcha jusqu'au banc et elle se pencha pour retirer son téléphone du sac. Il admira encore une fois son beau cul avant de vite détourner les yeux lorsqu'elle se redressa. Il surprit le regard entendu de Marcus. Jake eut un petit rire.

Logan regarda droit devant lui, essayant d'adopter l'air le plus innocent qui soit.

Sabrina s'assit à côté de lui et elle lui montra son téléphone avec une photo des chaussures.

— Ne sont-elles pas magnifiques ?

Des chaussures à talons argentées avec des ailes et des lanières autour des chevilles. Terriblement sexy. Qui était cette femme, et qu'avait-elle fait à la poupée en porcelaine intouchable qu'était Sabrina ?

— Que se passe-t-il avec toi ? demanda-t-il, sincèrement perplexe. Depuis que je te connais, tu es vêtue comme une professionnelle, comme une sorte de…

Il montra son corps sexy en essayant de trouver quelque chose de plus joli que « poupée en porcelaine intouchable ».

Elle but une gorgée de la petite quantité de vin que Marcus avait posé devant elle pour le goûter.

— Comme une conseillère conjugale ?

Logan la montra du doigt.

— Oui ! Et maintenant tu portes soudain des tenues que l'on voit sur les tapis rouges. Du genre qui ressemble à Claire. Essaies-tu de devenir comme Claire ?

— Bois du scotch, dit Jake en glissant un verre devant lui. Ne parle pas autant.

Il jeta un regard assassin à son grand frère.

Sabrina sourit à Marcus.

— Ce vin est délicieux. Il y a des notes de chocolat. Comment s'appelle-t-il ?

Marcus leva la bouteille.

— Décadence.

Sabrina se lécha les lèvres et le membre de Logan se raidit.

— J'aime la Décadence, ronronna-t-elle.

— Je t'en donne plus, dit Marcus en remplissant son verre.

— Oh, stop, stop ! dit Sabrina en riant. J'ai commencé tôt avec Claire. C'est déjà mon troisième verre.

Elle se pencha tout près et elle cligna des paupières en regardant Marcus.

— Ça se voit ?

Marcus se pencha vers elle, nez contre nez, avant de dire d'une voix rauque :

— Pas du tout, ma belle. Profite de ton vin.

Sabrina tapota la joue bien rasée de Marcus. Il attrapa sa main et il embrassa la paume. Sabrina retira sa main en la fixant.

Logan but un peu de scotch. Il grimaça, n'étant pas habitué aux alcools forts. Jake l'observait de près, pour une raison qu'il ignorait. Logan jeta un coup d'œil à ses frères, Alex et Ty, qui étaient assis de l'autre côté, pour voir si eux aussi l'observaient, mais ils étaient profondément absorbés par leur conversation au sujet des enfants. Ils étaient tous les deux papas.

Il se tourna vers Sabrina, sentant toujours le regard de Jake sur lui. Qu'avait-il aujourd'hui ?

— Tu as donc les vêtements et les chaussures. Es-tu prête pour les questions difficiles de l'interview ?

— Nous verrons, chantonna Sabrina.

Il ne l'avait franchement jamais vue ainsi, gloussant et chantant presque en parlant.

— Es-tu ivre ?

Si elle était ivre, il devait sans doute la ramener chez elle avant qu'elle fasse quelque chose de stupide comme sortir avec Marcus. Son ami était un type super, mais pas très doué pour les relations. Sabrina méritait mieux que lui.

Elle lui sourit bêtement en buvant son vin rouge.

— N'aimerais-tu pas le savoir ?

Jake et Marcus échangèrent un regard derrière le bar, trouvant clairement que Sabrina était amusante. Logan ne voyait pas ce qu'il y avait de drôle.

— Oui, j'aimerais le savoir, dit Logan. C'est pour cela que j'ai posé la question.

Elle poussa un petit soupir et posa son verre sur le bar avec un claquement. Elle se tourna vers lui, les yeux écarquillés, la voix sincère :

— Logan, je suis vraiment, vraiment désolée de t'avoir jeté aux fauves, et je veux que tu saches que j'espère vraiment, sincèrement, que tu pourras arranger les choses avec Olivia. D'accord ?

Elle n'attendit pas qu'il réponde, le faisant à sa place.

— Bien. C'était une bonne discussion.

— Merci.

Elle inclina la tête.

— C'est un problème pour toi ?

Il fronça les sourcils. Il ne savait pas du tout de quoi elle parlait.

— Olivia ? demanda Jake. Celle de la fac ?

Sabrina continua à boire son vin.

— Oui, nous nous sommes remis ensemble récemment, dit Logan en arrachant son regard à Sabrina. Tu sais, c'est longue distance, car elle est à San Francisco, alors je n'en ai parlé à personne. J'essaie de voir où ça nous mènera.

— Je me souviens d'elle à ta remise de diplôme, dit Jake. Elle était très agitée.

— Elle n'est pas agitée, dit Logan. Juste très énergique.

Jake haussa les épaules.

Sabrina passa les doigts dans ses cheveux et elle les ébouriffa comme après le sexe. Il fixa le bar, essayant de regarder n'importe quoi d'autre que l'air sexy de Sabrina.

Elle se remit à parler d'une voix bien plus forte que d'habitude :

— J'espère vraiment que tu pourras tout arranger avec Olivia, Logan. Vraiment, vraiment. Logan et Olivia. C'est joli de voir que vos noms sont presque des palindromes, L-O, O-L.

Non, ça ne marchait pas, et elle semblait un peu trop enthousiaste à ce sujet.

— Espères-tu vraiment, vraiment cela ? demanda-t-il sèchement.

— Oui !

Elle appuya sur son bras.

— Ooh, appelle-la maintenant et je lui dirai, à elle aussi.

— Sabrina, je crois qu'il faut que je te ramène chez toi.

— Quoi ! Pourquoi ?

— Parce que tu es ivre.

Elle se pencha tout près en souriant et son odeur de miel et de fleurs l'entoura, lui donnant désespérément envie de la goûter.

— Et tu es en couple. Pas moi ! Mais tout le monde s'en moque parce que je suis l'experte des relations !

Ses yeux marron étaient vitreux, mais elle n'avait jamais été si proche de lui. Une pointe de désir le força à rester en arrière.

— Sauf que tu n'es pas une experte, c'est ça ?

Elle avait dit avoir eu une relation longue autrefois. Elle avait vingt-six ans, alors il était prêt à parier qu'il s'agissait de sa seule et unique relation. Elle n'avait jamais été avec quelqu'un d'autre depuis. En tout cas, elle n'avait jamais parlé d'un ex.

— Mais je parle comme si j'étais une experte à la télé ! chantonna-t-elle. Claire m'a bien préparée. Tous les animateurs la connaissent, ils ont tous été avertis que nous étions amies, et toutes les questions seront te-e-ellement faciles.

Elle frappa le bar avec le poing.

— Plus de Décadence, s'il vous plaît !

— Tout de suite, dit Marcus en lui versant un autre verre.

Logan intervint :

— Sabrina, tu vas être malade. Combien de verres bois-tu d'habitude ?

Elle le fixa en clignant lentement des paupières.

— Je pars demain pour Los Angeles. Claire dit que tu seras à San Francisco jeudi, alors tu me feras coucou de là-bas.

Elle écarta les mains de quelques centimètres.

— D'après Google Maps, nous serons à cette distance.

Il ne put s'empêcher de rire. Elle était drôle quand elle était ivre.

— D'accord, je te ferai coucou.

Elle leva un doigt.

— Mais ne me fais plus coucou dimanche. C'est le jour où je rentre.

— Je rentre à la maison le mercredi suivant, alors je te ferai signe depuis la côte est.

Il étala la paume de sa main.

— C'est à peu près à cette distance sur Google Maps.

Elle but une gorgée de vin et fronça les sourcils.

— Je ferais mieux de m'arrêter. Tiens, Marcus.

Elle lui rendit son verre.

— Je ne veux pas avoir la gueule de bois dans l'avion.

Marcus but une gorgée de son verre, à l'endroit où elle avait bu, les yeux sombres rivés sur Sabrina.

Sabrina se pencha au-dessus du bar et chuchota bruyamment à Marcus :

— Il y a mes microbes là-dessus.

Logan frappa le bar du plat de la main.

— Il flirte avec toi ! Bon sang, Sabrina, ne le vois-tu pas quand quelqu'un flirte avec toi ?

Elle resta bouche bée en le fixant.

Marcus secoua la tête en le regardant. Alex et Ty se levèrent et partirent, Ty lui donnant une tape sur l'épaule en passant comme pour exprimer une forme de solidarité fraternelle.

Jake leva le menton dans sa direction.

— Quoi ? aboya Logan.

Jake lui jeta un regard compatissant.

— Il est temps d'aller voir une autre partie de la fête, mon vieux.

Super. Il se faisait virer par son propre frère.

— Tu sais quoi ? aboya Sabrina. C'est moi qui pars. Je n'ai pas besoin de rester assise ici à me faire crier dessus.

Elle attrapa son téléphone, se leva en chancelant, tourna les talons et partit.

Elle avait laissé son sac sur le banc. Il le ramassa et il la rattrapa pendant qu'elle avançait en titubant vers le bruit de la fête dans le couloir en briques.

— Sabrina, je suis désolé.

Elle lui fit face.

— C'est une fête ! Excuse-moi de m'amuser. Je n'y peux rien si Marcus a bu dans mon verre !

Il posa la sangle de son sac sur l'épaule nue de Sabrina et ses doigts frôlèrent sa peau chaude et soyeuse.

— Tu as raison. Je suis de mauvaise humeur, je suppose.

Et puis il ne put s'en empêcher, les mots s'échappèrent de sa bouche :

— Tu es absolument magnifique avec cette robe. Elle te va bien.

Elle se pencha assez près pour qu'il sente son cœur battre plus vite et son corps se réchauffer, prêt à l'action.

— Elle est à Claire, dit-elle doucement.

Ne la touche pas. Elle était ivre. Il n'était pas tout à fait célibataire. Ils étaient *amis*.

— Elle est quand même magnifique.

Il parlait d'une voix rauque, son propre désir le trahissant.

— Puis-je dire cela en tant qu'ami ?

Elle pinça ses lèvres exquises comme si elle devait y réfléchir.

— Bien sûr, pourquoi pas ? Claire, Lexi et Hailey ont dit la même chose.

Il mourrait d'envie de goûter sa douceur sucrée, il était presque étourdi par son odeur : le miel, les fleurs et la douce Sabrina.

— Je suppose que je ne suis pas très original, marmonna-t-il.

Elle soupira et il sentit le souffle sur son visage. Son regard tomba sur sa bouche, dont la tentation le fit se pencher légèrement. Le temps s'arrêta, l'air crépitant entre eux pendant qu'ils restaient debout, se touchant presque, partageant un souffle d'air. Si proche, si tentante, si *nécessaire*. Le sang rugit dans ses oreilles.

Elle fit un pas en arrière et leva la main.

Il se secoua mentalement. Cette main signifiait l'arrêt du désir, mais son désir n'irait nulle part, il parcourait son corps à toute vitesse, tous ses instincts le poussant à s'approcher.

— Sabrina.

Elle cligna rapidement des yeux et elle inspira profondément avant d'affirmer :

— Je crois que nous ne pouvons plus être amis. Je ne peux pas… je pense que nous devrions nous dire adieu.

Son cœur se serra.

— Pourquoi ?

— Parce que…

Elle poussa un immense soupir.

— Parce que tu t'en vas.

— Pas tout de suite.

Elle inclina la tête.

— Et je te déteste un petit peu pour ça, alors que je devrais être heureuse pour toi, alors au revoir.

Ils se fixèrent. Était-ce vraiment tout ? Des adieux ivres dans la cave de son frère ? Elle eut les larmes aux yeux et elle inspira en frissonnant comme si elle allait pleurer.

Il lui tendit la main pour au moins une poignée de main d'adieu.

Elle se précipita vers lui, le serrant très fort autour de la taille. Elle ne serra pas son coude, ne le tapota pas dans le dos de façon gênée, elle le serra simplement contre elle, ses courbes douces s'adaptant parfaitement à lui. Il passa les bras autour d'elle pendant un court instant avant qu'elle s'écarte.

Puis elle disparut.

Et il resta planté là, soudain froid et seul, se demandant ce qu'il venait de se passer.

8

———

Sabrina prit un vol en première classe pour Los Angeles offert par *The Joanne Show*, se sentant extraordinairement fatiguée. Après avoir dit au revoir à Logan, elle avait été au bord des larmes et elle avait croisé Claire qui s'était arrangée pour lui trouver une voiture afin de la reconduire chez elle. Elle avait attendu avec elle dans le vestibule pendant que Sabrina répétait que rien n'avait fonctionné. Logan avait remarqué sa robe, mais il ne voyait absolument pas le problème quand elle lui souhaitait du bonheur avec Olivia, et il avait même accepté de dire adieu à leur amitié. Peu importe qu'elle ait voulu ces adieux à la lumière de son dévouement évident pour Olivia. Elle avait espéré qu'il fasse un pas en déclarant que Sabrina était une trop bonne amie pour la laisser partir. Elle soupira. C'était vraiment terminé. Logan faisait partie du passé.

Son avenir était devant elle avec une carrière épanouissante. Elle avait promis à son agent littéraire de travailler sur un plan détaillé de son livre sur les relations pendant qu'elle était à Los Angeles, et l'idée l'enthousiasmait. Si seulement elle pouvait dépasser son échec total dans le domaine des relations, alors elle pouvait s'ouvrir à tout bonheur qui l'attendait dans le futur. Ce qui était difficile, c'était d'attendre que ce futur ait lieu.

Elle ferma les yeux, repassant la fête de la veille dans sa

tête pour la centième fois. Elle avait vraiment essayé de faire un signe à Logan, mais elle était devenue de plus en plus nerveuse quant à la façon de le faire sans se jeter sur lui, et elle avait fini par boire de plus en plus de vin. Il avait passé la majorité de ce temps à l'observer d'un air perplexe, parfois amusé, puis il lui avait crié dessus juste parce que Marcus avait bu dans son verre. C'était injuste. Ce n'était pas comme si elle avait fait quoi que ce soit de mal. Bien que… il avait dit qu'elle était magnifique dans la robe de Claire. Bien sûr, ses amies également, alors ça ne montrait que son amitié.

Il y avait eu un moment clé. Un court instant après qu'il se soit excusé, il s'était penché si près qu'elle avait cru qu'ils allaient s'embrasser. Et elle avait souhaité cela plus que tout, mais ensuite elle s'était souvenue que cela venait de son attirance pour lui, et non l'inverse. Et il était avec Olivia.

Au revoir, Logan. Bonjour, le futur bonheur. Espérait-elle. Elle méritait un peu de bonheur, n'est-ce pas ? Elle inclina son siège, fatiguée de se lamenter, et elle s'endormit.

Elle s'éveilla juste avant d'atterrir. À l'aéroport, elle trouva son chauffeur qui la conduisit à un hôtel de Beverly Hills. Elle devait participer à l'émission *The Joanne Show* le lendemain après-midi. Claire lui avait conseillé d'arriver un jour en avance afin de surmonter le décalage horaire.

Et quelle journée ! Elle se détendit au bord de la piscine en lisant *J'ai épousé mon fiancé* et en buvant un thé glacé parfumé à la grenade. Elle pouvait s'habituer à ce genre de vie. Claire avait tout organisé et elle lui en était extrêmement reconnaissante.

Le lendemain, elle arriva au *Joanne Show* pour l'enregistrement de treize heures, fraîche et prête. L'émission devait être diffusée à seize heures le même jour. Elle fut conduite auprès de la maquilleuse, qui travailla sur elle avant qu'elle se fasse coiffer. Elle portait son chemisier en soie bleu roi avec un pantalon gris charbon et ses nouvelles chaussures à talons métallisés avec des ailes. Claire avait déclaré que sa tenue était le compromis parfait entre l'apparence professionnelle et élégante.

Joanne Fisher vint la rencontrer dans la zone de coiffure et de maquillage. Elle était encore plus jolie en personne qu'à la télévision. Elle avait à peu près la quarantaine, ses cheveux sombres avaient des mèches auburn, et ils étaient coupés juste en dessous de sa mâchoire. Elle avait les yeux marron qui étincelaient de bonne humeur. Comme les yeux de Logan. *Non. Ne pense pas à ça.*

Joanne s'installa dans le fauteuil de maquillage à côté de Sabrina.

— Vous êtes donc le Gourou de l'amour de Hollywood. Qui fait partie de votre clientèle ?

Sabrina se sentit rougir. Claire l'avait encouragée à assumer le surnom. Après tout, c'était la raison principale pour laquelle Sabrina avait été invitée dans tous ces talk-shows. Même si c'était gênant parce qu'elle savait que des ragots avaient mené à ce surnom, Sabrina jouait le jeu pour le bien de tous. Son agent avait assuré que les talk-shows conduiraient à un contrat littéraire lucratif avec un gros budget marketing, ce qui impliquait un grand public pour son livre. C'était le plus important pour Sabrina : aider le plus de femmes possible à atteindre le genre de relation sur le long terme qu'elles méritaient.

Sabrina garda un ton professionnel.

— Le secret médical implique que je ne révèle jamais de détails sur mes patients.

— Mais vous avez aidé Claire Jordan.

Sabrina sourit en répétant :

— Le secret médical implique que je ne révèle jamais de détails sur aucun de mes clients.

Claire lui avait conseillé de répéter sa réponse chaque fois qu'elle ne voulait pas donner plus de détails, jusqu'à ce que la personne qui l'interrogeait passe à autre chose. C'était mieux que de dire « sans commentaire », car Sabrina pensait que cela paraissait un peu trop fermé pour une conseillère.

Joanne changea de tactique.

— Alors, j'ai revu l'enregistrement de *Sunshine America*.

La maquilleuse couvrit le visage de Joanne de fond de teint.

— Vous avez mentionné le fait d'aider vos amies ayant des

difficultés à avoir des relations sur le long terme. Était-ce parce qu'elles avaient du mal à s'engager, ou était-ce du fait de leurs petits amis ?

Sabrina choisit ses mots avec soin. Elle ne voulait surtout pas jeter une autre amie aux fauves. Elle savait très bien que tout ce qu'elle disait en coulisses n'allait pas rester secret.

— Il a fini par y avoir un engagement mutuel. Mes amies et moi faisons partie d'un groupe de lecture pour célibataires, le Club de Lecture Happy End, créé au départ dans le but de trouver l'amour.

— J'adore ! Le Club de Lecture Happy End !

Sabrina sourit intérieurement en pensant à leurs idées de noms pour le club. Mad avait fait campagne pour les SALOPES, les Super Adoratrices de Littérature Optimale Pourtant Éternellement Sous-estimée.

— Finalement, aucun homme n'a eu envie de parler de livres avec nous, alors nous avons laissé tomber la partie célibataire et nous nous sommes simplement concentrées sur les romances que nous aimons toutes lire.

— Un club de lecture de romances. Cool ! Quel est votre livre préféré ?

— Nous avons toutes adoré la trilogie Féroce. C'est ainsi que nous avons rencontré Claire Jordan. Elle a été introduite par une ancienne membre, l'auteur des livres.

Joanne s'agrippa au bras de Sabrina.

— Ces livres sont torrides.

— N'est-ce pas ?

Joanne leva la tête pendant que du maquillage était appliqué à ses yeux.

— Alors le Club de Lecture Happy End est dédié à la romance, et vous aidez vos amies à y parvenir dans la vraie vie. Est-ce ainsi que cela fonctionne ?

— D'une certaine façon, oui. Nous nous aidons, vous savez, nous sommes témoins de tous les hauts et les bas. Tout le monde se soutient.

Joanne repoussa la main de la maquilleuse de son œil et elle se pencha tout près de Sabrina.

— Je crois que moi aussi, j'ai envie de rejoindre ce club de lecture.

Sabrina sourit.

— Nous aimerions beaucoup vous accueillir, mais il faudrait déménager dans le Connecticut.

Elle rit.

— Alors, avez-vous réglé vos problèmes avec Logan ?

Sabrina se crispa : la perte de Logan était encore trop fraîche. Mais Joanne ne le savait pas. Les gens pensaient qu'ils avaient eu une dispute d'amoureux dans la rue à Manhattan.

— Nous aimerions que notre relation reste privée. Mais tout va bien.

Elle n'avait pas l'intention de déclarer une fausse rupture de sa fausse relation justes avant une interview importante. En outre, elle souhaitait maintenir l'attention sur sa carrière, pas sur sa vie amoureuse minable.

La maquilleuse recommença à ajouter de l'eye-liner aux yeux de Joanne qui devint silencieuse. Bien. Sabrina avait géré cela comme une pro. Elle décida de poser une question à son tour :

— Alors…

Joanne l'interrompit.

— Vous vous disputiez vraiment avec Logan comme l'article le suggérait ?

Sabrina fit des efforts pour paraître calme et professionnelle :

— Non. Nous sommes plutôt du genre à discuter de nos problèmes.

En tout cas, c'était ce que Claire avait dit qu'ils feraient s'ils étaient un vrai couple. Sabrina n'en était pas certaine.

Joanne pointa un doigt manucuré vers elle en disant d'une voix chantante :

— Il avait l'air énervé.

— C'était sorti du contexte, rétorqua Sabrina, incapable de chasser le ton acerbe de sa voix. J'aimerais éviter le sujet de ma relation avec Logan au cours de notre interview. Claire m'a dit que cela faisait partie de notre accord.

Joanne se redressa.

— Je connais mon travail.

Elle inclina le menton pendant que la maquilleuse lui mettait du blush.

— Je suis simplement curieuse, c'est une petite conversation entre amies.

— Compris. Alors, dites-moi tout sur la façon dont vous avez obtenu *votre émission télévisée*.

Il s'agissait de mots magiques, car Joanne partit dans une description enthousiaste de son ascension graduelle jusqu'à sa propre émission, depuis des petits rôles à la télévision, un bref travail de co-animatrice dans un talk-show matinal, sa pause pour devenir maman, puis une direction complètement différente en faisant du stand-up, et enfin sa propre émission.

Sabrina se détendit, contente de ne plus être au centre de l'attention, et sincèrement intéressée. Les choses se passèrent mieux ensuite. Joanne commença leur interview en saluant le Club de Lecture Happy End, et Sabrina dit rapidement bonjour à ses amies à travers la caméra. Sabrina se sentit soutenue rien qu'en pensant à elles. Elles allaient regarder cela plus tard et l'encourager.

Joanne resta fidèle à ses paroles, ne parlant pas du tout de Logan pendant l'interview, ne posant même aucune question sur les expériences personnelles de Sabrina. Tout concernait ce que Sabrina aurait recommandé aux gens dans différentes situations relationnelles, et Sabrina s'amusa à traiter toutes ces hypothèses.

Quand l'interview se termina, Sabrina était sur un petit nuage.

— Fin de tournage, dit le réalisateur.

Les lumières devinrent tamisées, les caméras s'éteignirent.

— J'ai vraiment apprécié notre interview, Sabrina, dit chaleureusement Joanne. Merci beaucoup d'avoir choisi mon émission en premier.

Tout était grâce à Claire, qui savait quelles émissions Sabrina devait faire et dans quel ordre.

— Avec plaisir. J'espère que cela a aidé vos téléspectateurs.

— J'en suis certaine.

Elle passa en coulisses, rassembla ses affaires et se dirigea vers la sortie à l'arrière, où l'attendait sa voiture avec chauffeur, une autre Mercedes noire. Dès qu'elle fit un pas dehors, elle se figea, choquée par une foule de paparazzis et de journalistes qui l'attendaient. Merde alors ! Elle était conseillère conjugale, pas une célébrité. Elle fut momentanément aveuglée par les flashs de toute une série de photos. Un micro fut placé devant sa bouche.

— Êtes-vous devenue conseillère conjugale parce que vous avez été abandonnée devant l'autel ?

Elle sentit la nausée retourner son estomac et sa peau devint froide et moite.

D'autres micros apparurent.

— Allez-vous vous rendre au mariage de Kevin ?

— Votre article était-il une vengeance contre Kevin ?

Que pense Logan de Kevin ?

— Aidez-vous d'autres futures mariées abandonnées ?

Sa famille et ses amis étaient les seuls au courant de Kevin. Oh, mon Dieu, elle allait être malade.

Le chauffeur, un grand homme musclé à la quarantaine, se fraya un chemin dans la foule et il la poussa jusqu'au siège arrière de la voiture. La portière se referma alors qu'on lui jetait d'autres questions. Ses amies ne l'auraient jamais trahie. Elle ravala de la bile et appuya sur le verrou de la porte.

Quelqu'un tambourina à sa vitre, la faisant sursauter. Le type lui fit signe de baisser la vitre. Elle regarda droit devant elle, le cœur battant, anxieuse, les nerfs à fleur de peau. L'instant d'après, la voiture démarra.

Elle se frotta les tempes. Comment étaient-ils au courant ? Sous quelle forme cela allait-il rejaillir dans sa prochaine interview ? Elle attrapa son téléphone dans son sac pour appeler Claire. Une des publicitaires de l'agent littéraire de Sabrina avait organisé les interviews, mais c'était Claire qui avait personnellement contacté les producteurs et préparé la voie. Claire était la seule à avoir assez d'influence pour exiger de ne pas parler de certains sujets au cours des interviews de Sabrina. De plus, elle savait qu'elle ne pouvait pas compter sur son agent littéraire pour intervenir. Quand Sabrina avait parlé à Joyce de ses inquiétudes au sujet de la conseillère conjugale psychopathe qui allait peut-être essayer de la saboter, Joyce avait joyeusement répondu : « En bien ou en mal, l'important est qu'on parle de toi ! ».

Dès que Claire décrocha, Sabrina lui raconta tout, l'histoire se déversant à toute vitesse de sa bouche.

— Sabrina, dit Claire d'un ton ferme. Je veux que tu respires. Inspire, expire. Reste calme. Il ne faut surtout pas que tu arrives à ton hôtel, que tu y trouves d'autres journalistes et que tu révèles quelque chose dans ton état émotionnel.

— D'accord, acquiesça-t-elle d'une voix étranglée.

Elle inspira profondément avant de souffler.

— Maintenant, faisons les choses dans l'ordre. Je vais passer quelques coups de fil aux autres émissions pour m'assurer que Kevin ne fasse pas partie des sujets de l'interview. Préviens ton agent. Si les producteurs ne sont pas d'accord, dis à ton agent d'annuler l'interview.

Sabrina passa des doigts tremblants dans ses cheveux.

— D'accord, d'accord.

— Maintenant, qui était au courant pour Kevin ?

— Toutes les personnes présentes au mariage, je suppose. Ma famille, sa famille, nos amis d'université.

— Reste-t-il de la rancune entre Kevin et toi ? Voudrait-il te faire du tort ?

— Non, pas de rancune de sa part. Il m'a envoyé une invitation à son mariage. Il m'a même envoyé un mail parce qu'il voulait que je rencontre sa fiancée.

— Quel con !

Elle se calma un peu en sentant que Claire était férocement de son côté.

— Je ne vois vraiment pas ce qu'il aurait à gagner en disant aux gens ce qu'il a fait. M'avoir larguée le jour de notre mariage donne une mauvaise image de lui.

Elle regarda par la vitre en réfléchissant.

— Peut-être que quelqu'un a contacté ma famille. Ils adorent la publicité et n'hésiteraient pas à tout raconter. Mais jusqu'ici, je n'ai eu aucun signe d'eux. Il est possible que quelqu'un ait fouillé dans mon passé et découvert que Kevin et moi avons publié des bans pour un mariage qui n'a jamais eu lieu, ou, je ne sais pas, quelqu'un a simplement fouiné et parlé à des gens qui me connaissaient à l'époque.

— Qui a envie que tu te plantes ? demanda Claire.

— Tara Brinkman. La conseillère conjugale dont je t'ai parlé. Elle m'a menacée d'un procès, disant que j'essayais de lui voler ses clients. Je l'ai soupçonnée d'être à l'origine de l'article sur la soi-disant querelle d'amoureux entre Logan et moi.

— Si elle était assez motivée, je dirais que c'est elle. Le problème est de le prouver. Nous ne pouvons pas engager de poursuites contre elle sans preuve.

— Des poursuites, répéta Sabrina en se frottant la tempe.

— C'est de la diffamation, et tu peux la poursuivre en justice pour cela. Tu es une marque maintenant, et nous devons protéger cette marque.

Elle réfléchit. Elle n'était pas certaine de cette histoire de marque, mais si sa réputation était endommagée, cela ferait certainement des dégâts à sa carrière.

— Je ne sais même pas comment trouver des preuves. Tout ce que je sais, c'est qu'elle a déposé sa marque en tant que Conseillère de l'Engagement et qu'elle a publié un livre sur la liste de best-sellers du *New York Times* intitulé *Adieu les phobiques de l'engagement*.

— Je me souviens d'elle ! Oui, elle a eu ses quinze minutes de gloire. Elle est certainement jalouse de toi.

— Notre travail se recoupe un peu. Elle possède un cabinet pas loin du mien. Et à Manhattan, également.

— Je vais demander à quelqu'un de se renseigner sur elle. De voir ce qu'elle mijote.

Elle serra le téléphone contre elle, soudain consciente du chauffeur à l'avant qui l'écoutait sans doute.

— Claire, chuchota-t-elle, j'ai peur de ce qu'elle pourrait trouver.

— Es-tu seule ?

— Non.

— Appelle-moi quand c'est le cas.

Elle poussa un soupir tremblotant.

— D'accord.

— Ne t'inquiète pas. Profite de ton temps là-bas, d'accord ? Ce n'est pas tous les jours qu'on est une star. Bois du champagne et détends-toi. Je m'en occupe et j'ai les coordonnées de ton agent si nécessaire.

— Merci, Claire. Je t'appelle plus tard.

— Ciao.

Elle sourit en imitant le salut de la star :

— Ciao.

Bon. Ceci allait être une ascension glorieuse vers une nouvelle étape de sa carrière ou bien un naufrage spectaculaire. Elle le découvrirait bien assez vite. Il fallait attendre de voir. Arg. Elle n'était pas douée pour attendre. Elle voulait contrôler sa vie. Elle avait besoin de stabilité. C'était exactement pour cela qu'elle évitait les feux des projecteurs.

L'interview suivante de Sabrina n'avait pas lieu avant dix-huit heures le lendemain, alors elle eut beaucoup de temps pour s'inquiéter. Elle avait rappelé Claire une fois de retour à l'hôtel et elle lui avait tout dit sur sa famille de fous qui ne s'engageait jamais avec qui que ce soit, et sur ses craintes d'être un charlatan. Claire était restée calme, la rassurant qu'il n'y avait rien qu'elles ne pouvaient pas gérer. L'important était de rester clair sur le message, et ce message était : « Sabrina est une conseillère conjugale chaleureuse et professionnelle que vous auriez de la chance de connaître. ».

Sabrina avait récité ce petit mantra chaque fois que sa nervosité menaçait de la submerger. Elle s'occupa en travaillant sur un plan pour son livre et en l'envoyant à son agent littéraire. L'action valait toujours mieux que l'inaction, particulièrement dans les moments d'angoisse.

Lorsqu'elle arriva au studio pour *The James Lyon Show*, un talk-show de fin de soirée, elle regretta presque que Logan ne soit pas là, au fond de la salle, la soutenant à sa façon silencieuse et solide. Mais Logan n'était pas une possibilité. Ils s'étaient dit adieu. Il rejoignait Olivia vendredi soir, après sa réunion d'investisseurs la plus importante, et Sabrina ne serait pas du tout surprise qu'il emménage avec Olivia après cela, consolidant leur relation à San Francisco.

Le temps qu'elle passa dans *The James Lyon Show* manqua ostensiblement de la chaleur que Joanne lui avait témoignée. Elle avait été laissée seule dans une petite loge avec son nom scotché sur la porte, jusqu'à ce qu'un membre de l'équipe vienne la chercher juste avant l'enregistrement. Elle fut conduite sur un plateau très masculin avec un fond bleu sombre, un bureau noir et des fauteuils bleu pâle pour les invités.

Sabrina se tint hors caméra, où on lui avait demandé d'attendre le signal. Le public était déjà en place dans le studio. Il s'agissait essentiellement d'hommes et de jeunes. Pas exactement la population ciblée par Sabrina. Claire lui avait assuré que cette émission était cruciale pour consolider le statut de Sabrina. Quand Sabrina avait rétorqué que son statut ne l'intéressait pas, Claire lui avait expliqué que cela pouvait aider pour son livre, touchant ainsi beaucoup de gens, des hommes comme des femmes. Claire comprenait vraiment les priorités de Sabrina.

James Lyon finit par apparaître, montant sur le plateau, tapotant son bureau pour une raison qu'elle ignorait avant de se diriger vers le public. Il avait la trentaine, les cheveux noirs lissés en arrière, grand et mince, avec un sourire constant. Ils ne filmaient pas encore, l'équipe se tenant prête pour le signal. James salua le public du studio avant de faire un détour vers elle, prenant sa main dans les siennes en souriant.

— Je suis ravi de te rencontrer, Sabrina.

— Moi aussi. Je suis heureuse d'être ici.

Il serra sa main avant de la relâcher.

— Ton Club de Lecture Happy End m'a paru intéressant. Y trouve-t-on d'autres sortes de happy ends ?

Il lui fit un clin d'œil et un geste obscène de la main.

Elle ne prit pas la peine de cacher l'irritation de sa voix.

— Non. Et je n'aime pas la façon dont vous me parlez.

— Susceptible, hein ?

— Je suis une professionnelle et je m'attends à ce que vous le soyez aussi, devant et derrière la caméra.

Il étira son col de son cou.

— Waouh, faut-il que je fasse venir mon avocat ?

Il parlait d'un ton jovial.

Sabrina ne fut pas amusée.

— Dois-je appeler le mien ?

Il ricana.

— Fougueuse aussi.

Elle le fixa.

— Allez, souris. Je m'amuse, c'est tout. Nous allons passer une bonne émission.

Il s'avança sur le plateau et s'assit au grand bureau.

Elle inspira profondément en espérant que tout se passe pour le mieux, ne sachant pas ce qu'elle allait subir avec ce type. Ça ne la gênait pas de plaisanter, mais elle était une professionnelle et elle voulait que son travail soit pris au sérieux. Elle était là pour aider les gens, pas pour être la cible d'une plaisanterie.

L'émission commença. Elle attendit son signal avant d'entrer sur scène, lui souriant avant de s'asseoir.

— Tout le monde, je vous présente Sabrina Clarke, la Gourou de l'Amour à Hollywood !

James fit signe au public d'applaudir. Ils le firent en tapant des mains et en sifflant.

— Bon, bon.

Il leur fit signe d'arrêter avant de se tourner vers elle.

— Je suis content de te voir ici, Sabrina.

— Je suis heureuse d'être là.

— Des conseils pour un type comme moi ? Comment dois-je faire pour qu'une femme s'engage avec moi ?

Le public partit d'un grand rire.

Elle sourit avec bonhomie.

— À vrai dire, les hommes comme les femmes peuvent craindre de s'engager. C'est parfois un problème dans leur enfance qui cause un manque de stabilité dans leurs relations.

Elle pensa à Logan et à sa mère qui avait quitté sa famille. Dans ce cas-là, sa théorie avait été fausse. Il n'avait aucun problème pour l'engagement. Ses frères et sœurs étaient dans des relations engagées. Son grand frère, Josh, et son père ne l'étaient pas. L'engagement était un choix délibéré. Mais dans les mêmes circonstances, qu'est-ce qui poussait certaines personnes à tenter leur chance et pas d'autres ?

— Sabrina ?

James agita la main devant son visage.

— Es-tu toujours avec nous ?

Elle cligna des paupières.

— Pardon. L'engagement fait suite à la confiance, c'est quelque chose qui se construit progressivement à mesure que deux personnes apprennent à se connaître. Cela nécessite de passer outre la surface pour voir ce qui est vraiment important pour vous.

James sourit.

— La bière est très importante pour moi.

Le public rit.

Sabrina afficha un faux sourire, convaincue que Claire avait accepté la mauvaise émission pour elle. Il la faisait penser aux étudiants des fraternités.

James devint sérieux et dit avec une véritable sincérité :

— J'aimerais trouver l'amour.

Le public devint silencieux.

Elle avait peut-être été trop rapide à juger. Sans doute cachait-il une vulnérabilité sous ses airs joviaux.

— Sabrina, penses-tu qu'un type comme moi pourrait trouver l'amour par l'intermédiaire de ton club de lecture de romances ?

Elle prit la question au premier degré, en espérant qu'il ne fasse pas d'autres plaisanteries sur les happy ends, car elle risquait de lui mettre une claque.

— Je pense que lire des romances serait un bon début. Ces livres célèbrent tout ce qui est important dans la vie : l'amour, le bonheur, travailler à franchir les obstacles qui séparent deux personnes avant de les unir.

— Comme la trilogie Féroce.

Il secoua les doigts en l'air puis il souffla dessus.

— Torride.

Elle inclina la tête. Tout le monde parlait de la trilogie Féroce quand il était question de romances, mais ces histoires, fortement basées sur la dominance sexuelle, représentaient bien plus que cela.

— Je suis d'accord, ce sont des histoires torrides, mais elles ont également des thèmes plus profonds comme la rédemption et le pardon. Les romances ont beaucoup de choses à nous apprendre et je pense que les hommes devraient les lire.

— Il se pourrait bien que je le fasse.

Il regarda le public :

— Aimeriez-vous que je le fasse ? Nous verrons peut-être comment la lecture de romances m'aide ou me cause du tort avec les femmes.

Le public siffla et applaudit. Bon sang, Sabrina espérait qu'il ne ridiculise pas ces histoires. Si c'était le cas, elle allait devoir commencer une campagne contre lui. Elle ne pouvait pas supporter que ses conseils soient pervertis pour une plaisanterie de mauvais goût.

James rit.

— Après la pub, nous découvrirons quelles sont les qualités que Sabrina cherche dans une relation gagnante.

Gagnante. Une relation n'avait rien à voir avec le fait de gagner ou de perdre. C'était un échange. Elle garda la bouche fermée. Elle en parlerait à la reprise du tournage.

James se tourna et parla au réalisateur.

Elle but de l'eau dans la tasse qui semblait être un élément de base des émissions télévisées. Cela se passait mieux qu'elle ne s'y était attendue étant donné la grossièreté initiale de l'animateur.

L'émission reprit et James lança une question inattendue :

— Sabrina, qu'est-ce qui te qualifie en tant qu'experte des relations ?

Elle se figea, ses sentiments d'être un charlatan revenant à la surface avant qu'elle puisse les repousser brutalement.

— Je suis une conseillère conjugale avec un Master en psychologie de NYU et un cabinet florissant de couples heureux et engagés.

Elle sourit.

— En tout cas, quand j'en ai terminé avec eux.

Le public rit. Ce ne fut pas un rire énorme, mais tout de même.

James continua sur le sujet.

— Alors que leur fais-tu ? Doivent-ils se donner des cartes à l'eau de rose ?

Il se tourna vers le public et il tira la langue.

— Beurk. C'est affreux, n'est-ce pas ?

Il poursuit d'une voix de fausset :

— Je t'aime pour toujours et pour l'éternité. Je t'aime à en mourir. Ça me rend malade. Quel type a envie de ça ?

Elle prit la parole comme s'il lui avait adressé la question et elle parla de l'importance de la bonne communication, qui commençait par une bonne écoute de la part des deux partenaires.

Elle fut surprise de le voir écouter attentivement.

Le reste de l'interview se passa très bien. Elle eut l'impression d'avoir dit des choses intéressantes avant d'avoir terminé.

Elle quitta le studio, très joyeuse. Des paparazzis et des journalistes attendaient dehors, prenant des photos et criant des questions, mais cette fois, elle fut prête. Elle ne s'arrêta pas et elle marcha rapidement jusqu'à sa voiture. Le chauffeur était déjà là et il tenait la portière ouverte pour elle. Elle fut sur le point de monter lorsqu'une voix masculine et dure demanda :

— Pourquoi la Gourou de l'Amour à Hollywood est-elle célibataire ?

Elle se retourna et vit le même photographe qu'à New York avec sa longue queue de cheval.

— Qui êtes-vous ?

— Logan Campbell n'a jamais été ton petit ami. Pourquoi as-tu menti, Sabrina ?

Elle fut prise de frissons en entendant son ton hostile.

— Sans commentaire.

Cette fois, elle sentit qu'elle avait le droit de rejeter la question.

Elle monta en voiture et essaya désespérément de respirer

calmement. Ce fut impossible, les muscles de sa poitrine se raidissant dans l'effort. Elle respirait rapidement, dangereusement proche de craquer. Il lui fut difficile d'ignorer les paparazzis lorsque la voiture s'écarta.

Elle ne savait pas si elle allait crier ou pleurer, mais la pression en elle ne pouvait plus être contenue. Non seulement elle détestait être dans la presse pour les mauvaises raisons, mais elle détestait aussi que le nom de Logan soit traîné dans la boue en même temps que le sien. Elle essuya une larme. Ce n'était qu'une question de temps avant que son père paparazzi fasse une apparition. Il n'aurait aucun problème avec le fait de vendre des informations sur elle pour une belle somme d'argent. C'était la triste et terrible vérité sur son père. Il ne s'était jamais soucié d'elle et il n'avait pas voulu faire partie de sa vie. Elle l'avait rencontré pour la première fois à treize ans, quand il était venu prendre des photos de sa mère avec son art lorsqu'elle était au sommet de sa carrière. Sa mère allait sûrement commencer à contacter la presse également, espérant attirer l'attention sur ses peintures érotiques. *Vie de merde*. Ne pouvait-elle pas avoir une seule bonne chose sans toutes ces complications ?

Elle parvint à ne pas craquer sur le trajet jusqu'à l'hôtel. Quand elle retrouva la sécurité de sa chambre, elle avait les idées plus claires. Elle sortit son téléphone en pensant rappeler Claire pour voir si elle avait avancé dans les preuves contre Tara Brinkman, la femme que Sabrina commençait à considérer comme une ennemie jurée. Son cœur se mit à battre plus fort en voyant le nom de Logan sur l'écran de son téléphone. Il lui avait envoyé un texto. Ils ne s'étaient pas contactés depuis la fête de Claire trois jours auparavant.

Logan : *J'ai créé une alerte Google avec ton nom pour voir comment tu t'en sortais là-bas. Mon nom est apparu également. Appelle-moi.*

Elle fixa le texto en digérant lentement cette information. Tout d'abord, il s'était suffisamment soucié d'elle pour regarder comment elle s'en sortait, alors même qu'elle lui avait dit adieu. Elle s'attendrit à cette pensée. Leur lien était plus fort qu'elle ne l'avait cru. Mais s'il avait vu leurs deux noms liés, il était sans doute mécontent. Il essayait d'arranger les choses avec Olivia, et les rumeurs sur le couple Sabrina et Logan n'allaient pas arranger cela.

Avant de l'appeler, elle créa une alerte Google à son nom. Tout en elle se raidit, la pression sur sa poitrine revenant avec plus de force, et elle eut des sueurs froides. C'était pire qu'elle ne l'avait cru. Les bons articles décrivant ses apparitions dans les émissions télévisées étaient complètement éclipsés par les rumeurs. La photo de la dispute entre Logan et elle était partout. De nombreux articles spéculaient sur la véritable histoire entre eux et doutaient de ses qualifications. Encore plus d'articles spéculaient sur les célèbres couples de stars dans sa liste de clients.

Elle ne s'inquiéta pas des interrogations sur les couples hollywoodiens, la plupart indiquant des couples heureux, mais les dégâts de sa réputation à cause des autres articles étaient un problème énorme. Tous les articles doutant de ses qualifications citaient une source anonyme. Si seulement elle pouvait trouver une façon de prouver que c'était cette psychopathe de Tara. Elle hésita à appeler Tara et à la confronter directement. Sabrina pouvait lui expliquer qu'il y avait largement assez de clients pour toutes les deux, pas besoin d'une telle escalade. Mais si leur conversation empirait encore les choses ? Et si Tara utilisait cette conversation contre elle ?

Elle appela Logan.

— Salut, dit-il sombrement.

Malgré les circonstances, la pression de sa poitrine se détendit en entendant sa voix grave familière.

— Salut. Je suis désolée que ton nom soit sans cesse lié au mien. C'est horrible. Je ne sais pas quoi faire. Je ne peux pas prouver qui est à l'origine de tout cela. C'est peut-être juste de la curiosité à mon sujet, mais j'ai l'impression que c'est malveillant.

— Effectivement, c'est malveillant.

Il marqua une pause.

— Écoute, je ne sais pas ce qui peut être fait, mais cela me fait du tort de plusieurs façons. Ça donne une très mauvaise image de moi… Je suis partout dans la presse comme une espèce de, je ne sais même pas quoi, un type qui n'a pas la tête sur les épaules, qui se dispute en public, qui ment en disant que nous étions ensemble quand ce n'était pas vrai. J'ai laissé faire quand tu as parlé de nous comme d'un couple la première fois, afin que tu puisses rester crédible, mais je ne veux pas aborder les réunions des investisseurs si la première chose qu'ils pensent en me voyant est que je ne suis pas du tout fiable.

Merde. Elle n'avait même pas pensé à ça. La première impression était importante, et s'ils le voyaient à travers le filtre salace de la rumeur, ils auraient plus de mal à le prendre au sérieux.

— Je ne sais même pas quoi dire. Je me sens très mal.

— Olivia est furax chaque fois que mon nom apparaît sur un de ces sites Internet à la con, même si c'est la même histoire recyclée à l'infini.

Elle aurait aimé que Logan la laisse parler à Olivia. Elle était certaine de pouvoir tout lui expliquer.

— Vas-tu quand même essayer de lui expliquer en personne ?

— Oui. Nous devons aller dîner ensemble vendredi soir après mon rendez-vous avec Elias Gold. C'est une grosse journée pour moi.

Effectivement. Logan lui avait déjà dit que la réunion avec Elias était la plus importante.

— Tu pourrais essayer une espèce de geste romantique qui montre à quel point tu te soucies d'elle, comme tu lui es dévoué.

Elle était maso. La voilà qui aidait l'homme qu'elle voulait pour elle-même. Mais elle avait tout fait foirer pour lui, et elle pouvait l'aider au moins dans le domaine des relations.

— Oui. Les fleurs, les bijoux, les sucreries. Je connais la marche à suivre. Mais tu sais ce qui m'énerve ? Pourquoi dois-je m'excuser alors que je n'ai rien fait de mal ?

— Ne vois pas cela comme des excuses.

C'était plutôt une façon classique de ramper à ses pieds.

— Mais c'est pourtant ça.

— Considère que c'est un symbole extérieur de ton amour.

— C'est ce genre de choses que tu dis à tes clients ?

Elle entendit très clairement qu'il était sceptique.

— Oui, qu'est-ce qui ne va pas avec ça ?

— Rien.

— Quoi ?

— C'est un peu gnangnan.

Elle souffla. N'était-ce pas déjà assez terrible qu'elle se sente comme un charlatan, que les rumeurs heurtent sa réputation, fallait-il maintenant que Logan mette en doute ses capacités ?

— Il existe un langage amoureux qui veut dire quelque chose pour les femmes. Il s'agit de mots, oui, mais aussi d'actes. Et je pense que tu as été un peu sur la défensive, tu as dû montrer ta colère avec Olivia alors qu'elle a besoin d'entendre que c'est elle que tu veux.

— Si j'ai été énervé, c'est seulement parce qu'elle hurlait contre moi.

— Elle est si fâchée ?

— C'est ce que je te dis depuis le début. Tout est merdique. S'il te plaît, retire mon nom de ce bazar.

— D'accord, je ferai de mon mieux.

— Merci. J'ai vu ton interview avec Joanne. Tu t'en es très bien sortie. Tu n'avais sans doute pas besoin de moi dans les coulisses, la première fois.

L'implication était claire : il avait été là pour elle et il le payait depuis.

— Je parie que tu regrettes d'être venu au studio de *Sunshine America*. Rien de tout cela ne se serait produit.

— Les regrets, ce n'est pas mon truc. Bon, je ferais mieux de retourner au travail. Je prends l'avion demain et je veux revoir la présentation avec Ben avant de tout préparer.

Elle se détendit un peu parce que maintenant, malgré tout, il parlait comme le Logan décontracté qu'elle connaissait. Il ne lui en voulait pas. Il voulait simplement qu'elle répare sa bêtise.

— Bonne chance !

— Merci.

Elle lui dit vite au revoir et raccrocha. Puis elle chercha la Fondation Slater sur Internet en se disant qu'elle pouvait au moins expliquer la situation à Olivia. Elle l'appela au travail et elle laissa un message auprès de son assistante.

Épuisée, elle se laissa tomber sur le lit de l'hôtel et elle jeta un bras sur ses yeux. Ce serait bientôt fini, se rassura-t-elle. Deux autres interviews le lendemain, une tôt le matin à la radio, puis un long week-end touristique en Californie. Elle avait prévu de louer une voiture et de faire un morceau de l'autoroute sur la côte pacifique. Après tout, c'était censé être ses vacances, et elle n'avait encore jamais visité la Californie. Elle avait l'intention d'aller voir les plages, les vieilles missions espagnoles, les phoques à La Jolla, et de passer un week-end de détente à San Diego.

Mais c'était difficile de s'enthousiasmer pour le tourisme en sachant que Logan était sur le point d'avoir la réunion la plus importante de sa vie alors que tous ces problèmes lui pendaient au nez.

Et elle en était entièrement responsable.

9

Logan fut si nerveux pour son rendez-vous avec Elias Gold qu'il transpira dans sa chemise et qu'il dut se changer. Ce type était un grand manitou, celui qui pouvait les conduire au niveau suivant. Pas seulement parce qu'il avait beaucoup d'argent. Elias avait du réseau, il avait de l'influence. Tout cela pouvait préparer la voie à leur croissance future, peut-être même à l'entrée en bourse pour le jackpot ultime. C'était ainsi que son frère, Jake, était devenu milliardaire. Logan répéta mentalement sa présentation pendant le trajet jusqu'au bureau d'Elias à San Francisco. Il le connaissait par cœur.

Il se mit à penser à Olivia. Ils allaient se voir pour dîner ce soir-là. Il avait une bague en rubis pour elle et l'intention d'acheter des roses. Le rubis était sa pierre de naissance. Il se dit qu'il devait avoir des points pour s'en être souvenu. C'était le genre de geste que Sabrina approuvait sûrement. Cela ne se passait pas bien pour Sabrina. Pour une raison qu'il ignorait, son cabinet et sa vie personnelle continuaient à être attaqués. Ce n'était pas beau d'être sous le feu des projecteurs. Il comprenait mieux maintenant pourquoi elle n'avait pas voulu toute cette attention pour commencer.

Il arriva au travail d'Elias, attendit une demi-heure dans la salle d'attente où il faillit perdre son sang-froid, et fut enfin conduit dans l'énorme bureau d'angle d'Elias. De grandes baies vitrées offraient une vue sur la ville et sur la baie au-delà.

Elias ne prit pas la peine de se lever, faisant simplement signe à Logan de s'asseoir dans un des fauteuils en cuir de l'autre côté de son bureau noir massif. Le fauteuil d'Elias était presque un trône, très large et haut.

Logan resta debout et il tendit le bras au-dessus du bureau pour lui serrer la main.

— Content de te revoir, Elias.

Ils s'étaient déjà rencontrés une fois à un gala de charité à New York, c'était ainsi qu'il avait obtenu ce rendez-vous.

— Moi de même. Je t'en prie, assieds-toi.

Logan faisait un mètre quatre-vingt-trois, mais quand il s'assit sur le fauteuil, il dut lever la tête vers Elias installé sur son trône. Il soupçonnait les fauteuils des invités d'être volontairement plus bas que celui d'Elias.

Elias croisa les mains sur son bureau.

— Logan, j'ai accepté ce rendez-vous, mais je dois admettre qu'il y a eu des rumeurs.

Logan n'allait pas fournir d'informations là-dessus. S'agissait-il de la fausse accusation de harcèlement sexuel contre Ben, des articles concernant Logan, ou de quelque chose de pire dont il n'avait pas conscience ?

— Quel genre de rumeurs ?

— Toi et une femme qui se présente comme une sorte de gourou de l'amour à Hollywood, vous êtes partout sur Internet. Franchement, nous n'avons pas besoin de ce genre de ragots. Cela n'inspire pas confiance quand on défraie la chronique.

Logan inspira profondément.

— Sabrina est un peu apparue dans les journaux, mais je peux garantir que ces journalistes ne font que spéculer. C'est une amie et elle est très respectée pour son travail avec les couples. Il ne doit pas y avoir beaucoup de nouvelles en janvier.

Elias grogna.

— J'ai également entendu parler de l'accusation de harcèlement sexuel de Ben.

— Cette accusation était sans fondement. Il a été entièrement blanchi.

Elias étala ses doigts sur le bureau.

— Alors, pourquoi n'est-il pas ici aujourd'hui ?

Logan sentit son estomac se nouer. Ça commençait mal.

— J'ai accepté de prendre la tête des réunions. Il gère les choses à la maison. Nous ne sommes que deux dans l'opération.

— Mais tu es celui qui gère le développement informatique. Lui, c'est celui de la finance.

— Nous partageons ces rôles.

Elias sourit avec une froideur qui mit Logan sur la défensive.

— Ben s'occupe donc également de la programmation ?

Il parvint à paraître calme :

— Non. Mais je fais les deux.

Elias s'inclina en arrière sur son trône et il posa une cheville sur son genou.

— Ça ne me semble pas très efficace.

Logan se mit à transpirer, regrettant un peu tard de ne pas avoir insisté pour que Ben l'accompagne. Son associé avait été certain que sa réputation souillée allait leur causer du tort. Logan avait pensé qu'il valait mieux confronter les inquiétudes des investisseurs et les détourner, mais Ben était toujours perturbé par toute l'affaire et il ne se sentait pas à l'aise pour les représenter dans les réunions.

— Je ne peux bien faire mon travail que quand je comprends où se trouvent nos priorités financières.

Elias posa son pied et se pencha en avant.

— Ce bazar fait peur aux actionnaires.

— Eh bien, jusqu'ici nous n'avons pas fait entrer d'actionnaires.

— Mais vous le ferez un jour. N'est-ce pas l'objectif ? Vous montez votre affaire, vous faites sauter la banque, vous monter une autre affaire. C'est ainsi que cela se passe avec la plupart des start-up dans les technologies.

Logan posa les mains sur le bureau d'Elias et il se pencha en avant.

— Ben et moi sommes dévoués à Checkin. Il ne s'agit pas d'un tremplin vers autre chose. Mon objectif est de faire venir des investisseurs pour faire grandir Checkin. Nous voulons un service commercial, une équipe marketing et un développement de nos logiciels pour les rendre compatibles avec les systèmes RH antiques dans les entreprises. Pouvons-nous maintenant parler de chiffres ? Car je pense que notre potentiel de croissance est intéressant.

Elias frappa son bureau.

— Montre-moi tes chiffres.

Logan poussa un soupir de soulagement et il sortit le dossier qu'il tendit de l'autre côté du bureau avant d'énumérer point par point comment ils avaient commencé par vérifier les antécédents de futurs employés pour d'autres entreprises des technologies aux États-Unis et au Canada, avant de s'étaler lentement vers d'autres industries. Il y en avait tant d'autres qu'ils souhaitaient toucher. Il avait également une vidéo qui démontrait le logiciel, mais il allait garder ça pour la réunion de l'équipe s'ils allaient jusque-là. Elias s'intéressait à l'aspect financier. Il avait déjà dit qu'il ne ferait pas participer son équipe s'il pensait que ça n'en valait pas la peine.

Vingt minutes plus tard, ce fut au tour d'Elias de parler. Il lança des questions les unes après les autres, et Logan put répondre à la majorité. Pour celle à laquelle il ne sut pas répondre, au sujet d'un éventuel développement en Europe, il lui dit qu'ils allaient y réfléchir, mais qu'il n'y avait pas de projet immédiat.

Elias griffonna sur une feuille de papier qu'il glissa vers Logan.

— Voici mon offre.

Logan écarquilla les yeux. Elias proposait le double de ce qu'ils avaient demandé. Quarante millions de dollars. Il resta momentanément sans voix.

Elias prit la parole :

— Je veux siéger au conseil et avoir un vote dans toutes les décisions d'affaires.

Logan sourit et toute sa tension s'évapora. Non seulement

il avait une offre généreuse entre les mains, mais les autres investisseurs pourraient s'enthousiasmer et augmenter leurs offres.

— Merci beaucoup pour cette proposition généreuse. Je dois organiser quelques autres réunions. Je vous recontacte au plus tard mercredi.

Elias fronça les sourcils.

— Tu vas voir d'autres investisseurs ? Écoute, Logan, tu connais ma réputation. Ma proposition est sur la table et elle expire à la fin de cette journée.

Logan s'inquiéta. Merde. Que devait-il faire pour ses autres réunions ? S'y rendre en sachant qu'il avait déjà pris une décision ? Les annuler avant même de savoir ce qu'ils pouvaient offrir ?

D'un autre côté, quarante millions de dollars. Ben lui aurait dit de foncer. L'instinct de Logan était d'attendre et de voir comment les choses se passaient avec les autres investisseurs, de faire monter la spéculation et de gagner gros.

Elias le fixait avec des yeux brillants. Il voulait faire partie de l'aventure, ce qui signifiait que c'était un partenaire enthousiaste.

Logan tendit la main.

— Marché conclu.

Elias lui serra fermement la main.

— Excellent. Je suis ravi de l'entendre.

— Je suis disponible jusqu'à mercredi si vous souhaitez me revoir avec votre équipe.

— Lundi matin, à neuf heures précises.

— Parfait.

Il se leva.

— À lundi.

Elias décrocha son téléphone et jeta un regard à Logan du genre *que fais-tu encore ici ?* Il ne pensait qu'au travail, et n'avait pas le temps pour les politesses. Logan s'en moquait. Ils avaient obtenu une offre très généreuse d'un homme qui serait un grand atout pour eux. Cela ne pouvait pas mieux se passer.

Il réussit à attendre d'être sur le trottoir à l'extérieur avant de pousser un cri de victoire. Il se dirigea vers sa voiture, le bref moment de jubilation se transformant en besoin urgent de commencer tout ce qu'il devait faire. Il devait appeler Ben, annuler tous les autres rendez-vous avec les investisseurs et, oh merde, il devait aussi s'occuper d'Olivia.

Le travail d'abord.

Sabrina termina sa dernière interview tard le jeudi et ce fut la plus facile de toutes. Il s'agissait d'une conversation chaleureuse avec quatre animatrices. Elle s'était sentie tellement à l'aise que c'était presque comme si elle était avec ses propres amies. Les questions n'étaient même pas des questions, mais plutôt des affirmations traitant son travail de fabuleux et expliquant qu'il était important que les femmes précisent ce qu'elles attendaient d'une relation. Bien sûr, elle était tout à fait d'accord.

Elle sortit du studio télévisé par un couloir privé à l'arrière, toujours un peu perplexe d'avoir réussi toutes ses apparitions télévisées cette semaine. L'émission de radio de ce matin avait été courte et adorable, pas du tout un problème. Et le lendemain, elle allait commencer ses véritables vacances. *L'autoroute de la côte pacifique, me voilà !* Elle avait loué une Jeep qui lui sembla amusante à conduire pour la partie vacances de son voyage.

Elle ignora les paparazzis et les journalistes en sortant du studio et elle se dirigea calmement vers la Mercedes qui attendait. Les cris et les questions au sujet de ses qualifications, de son abandon devant l'autel, et de sa relation avec Logan n'eurent aucun effet sur elle. Les célébrités devaient se sentir ainsi. Au début, toute cette attention était perturbante, mais ensuite cela devenait normal. Elle sortit son téléphone pour jeter un coup d'œil à ses messages. Waouh. Il y avait une tonne de messages vocaux sur la ligne de son bureau. Elle écouta le premier. *Bonjour, Sabrina, c'est Patty Mercer. Nous annulons notre rendez-vous. Pas besoin de le remettre à plus tard. Au revoir.*

C'était étrange. Ils avaient bien progressé. Elle ne pensait pas que Patty et son mari étaient déjà arrivés au bout.

Message suivant. *Bonjour, c'est Warren Pitt. Retirez-nous de votre calendrier de façon permanente.*

Bon, que se passait-il ? Elle écouta le reste des messages avec de plus en plus d'angoisse. Quinze annulations. Quoi ? Elle partait une semaine et elle perdait la moitié de ses clients ?

Elle rappela Patty en essayant de garder un ton professionnel.

— Bonjour, Patty, j'ai eu votre message. Je me demandais pourquoi vous aviez annulé. Vous êtes-vous réconciliée avec Matt ?

— Nous choisissons une autre voie, répondit Patty laconiquement.

— Vous rompez ? Je pensais que nous avions bien avancé…

— Nous allons travailler avec la Conseillère de l'Engagement. Nous aimons simplement beaucoup son approche et elle est assez connue. Elle a écrit ce livre. Je ne l'ai pas choisie avant parce qu'elle était en ville, mais elle augmente ses heures d'ouverture dans le Connecticut, alors nous nous sommes inscrits. Je suis désolée, Sabrina. Nous aimons simplement sa réputation et nous pensons que ce sera plus adapté pour nous.

— Comment avez-vous entendu parler d'elle ?

— J'étais déjà au courant de son livre, mais ensuite j'ai vu sa publicité partout : en ligne, sur ma messagerie, à la télévision locale. Elle a l'air incroyable et elle promet des résultats rapides. Et puis la publicité par mail offrait une réduction de cinquante pour cent sur la séance du premier mois !

Sabrina raccrocha, tremblant presque de rage. Elle devait se calmer, retourner à l'hôtel et appeler tous ses clients afin de les rassurer qu'elle était la bonne conseillère pour eux.

Cela ne se déroula pas bien.

Elle était assise au bureau de sa chambre d'hôtel, rappelant méthodiquement chaque couple qui annulait, aux prises avec un désespoir grandissant. Personne ne changeait d'avis.

Elle laissa tomber sa tête entre les mains. Toute cette publicité s'était complètement retournée contre elle. Au lieu de faire venir plus de travail et de conduire sa carrière au niveau supérieur, elle l'avait détruite. Elle sentit la bile monter dans sa gorge et elle courut à la salle de bains. Elle eut des haut-le-cœur dans le lavabo, mais rien ne sortit. Elle fit couler de l'eau froide et s'aspergea le visage.

Elle se regarda dans le miroir. Ce n'était pas le moment de craquer. C'était le moment de se battre.

Elle retourna au bureau, attrapa son téléphone et appela Claire qui joignit son avocat à l'appel. L'avocat rassura Sabrina en expliquant qu'il allait chercher s'il y avait eu des torts commis contre elle et il lui dit de ne pas contacter Tara avant de savoir ce qu'il en était. Sabrina le remercia et raccrocha. Puis elle atteignit ses limites, éclatant en sanglots. Tout était nul, et elle ne pouvait absolument rien y faire.

Elle finit par se rouler en boule sur le lit pour regarder des bêtises à la télévision, car elle en avait fini avec la réalité.

Le lendemain matin, le vendredi, Sabrina était toujours à bout de nerfs. Elle devait profiter d'un week-end relaxant bien mérité à San Diego, mais elle n'arrivait pas à ressentir le moindre enthousiasme à ce sujet. Elle se sentait impuissante, incapable de régler son problème de clientèle, incapable de confronter Tara parce qu'elle devait attendre. Elle détestait attendre. Et Olivia, la stupide petite amie jalouse de Logan ne l'avait jamais rappelée non plus. Tout autour d'elle avait complètement foiré.

Elle se dit que cela pouvait attendre lundi. Elle devait simplement s'amuser ce week-end. Elle fit les cent pas dans sa chambre d'hôtel. Allait-elle annuler son billet de première classe de dimanche pour prendre un vol pas cher aujourd'-hui ? La détente ne faisait pas partie de son avenir. Non, ça, c'était oublié. Elle allait pourtant regretter de ne pas profiter de cette rare occasion de visiter la région. Elle devait profiter du peu de bonheur qu'elle pouvait avoir.

Elle rangea ses affaires dans la Jeep et elle s'engagea sur l'autoroute de la côte pacifique en se disant qu'elle se sentirait mieux en arrivant à destination. Peu de temps après, de plus en plus agitée, elle prit une sortie et elle repartit sur l'auto-route dans la direction opposée. Il n'y avait qu'un seul problème qu'elle pouvait régler tout de suite. *San Francisco, me voici !*

Il était temps qu'elle répare les torts qu'elle avait causés à Logan.

Il était temps d'avoir une petite discussion avec Olivia.

10

Sabrina conduisit comme une femme en mission, ne s'arrêtant qu'une seule fois pendant le trajet de six heures jusqu'à San Francisco. Elle avait tout planifié. Elle allait dire qu'elle devait parler à Olivia d'un gros don de la part de Claire Jordan. Oui, elle allait oser mentionner le nom célèbre de son amie, et puis elle entrerait dans le bureau d'Olivia pour avoir une discussion calme et rationnelle. Elle lui expliquerait que Logan avait été son ami depuis un moment et qu'elle était aussi proche de sa sœur, Mad. Elle lui raconterait que les rumeurs entourant Sabrina et Logan n'étaient que des rumeurs et que son avocat était sur le coup. Elle lui demanderait de donner une seconde chance à Logan parce qu'il le méritait. C'était un type super.

Tout se passa bien pendant le trajet, ce qui rassura Sabrina et lui fit penser qu'elle suivait le bon chemin. Elle vit très peu de circulation et elle trouva un parking pas loin de la Fondation Slater.

Une fois dans le bâtiment, elle prit l'ascenseur jusqu'au quatrième étage, se rendit à l'accueil et annonça le but de sa visite à la réceptionniste, une femme à la cinquantaine avec des cheveux bruns coupés courts. La femme lui dit qu'Olivia était en réunion et qu'il lui faudrait attendre.

Sabrina s'assit et feuilleta un magazine, très consciente des bruits venant du bureau principal près de là. Une demi-heure s'écoula. Il était 16h30. Ceci semblait être le type de travail où les employés partaient à dix-sept heures, particulièrement le vendredi.

Sabrina appela la réceptionniste.

— Pouvez-vous s'il vous plaît dire à Olivia que j'ai besoin de la voir ? Je ne peux pas rester beaucoup plus longtemps.

Ce n'était pas vrai, elle n'avait pas d'endroit où se rendre, mais il fallait qu'elle parle à Olivia aujourd'hui. Logan avait dit qu'il la rejoignait pour dîner ce soir-là, et Sabrina voulait que le problème soit réglé pour lui avant leur repas.

La réceptionniste jeta un coup d'œil à son ordinateur avant de lever les yeux.

— Je suis désolée. Maintenant, Madame Slater a bloqué l'après-midi. Je peux prendre un message, ou organiser quelque chose pour lundi.

— Je ne suis en ville que jusqu'à dimanche matin. Je vais attendre. Veuillez me le faire savoir dès qu'elle sera disponible.

Elle retourna à magazine, son unique plan étant de s'adresser à Olivia quand elle partirait, mais elle préférait vraiment l'intimité du bureau d'Olivia pour cette conversation. Elle savait à quoi ressemblait Olivia d'après le site Internet de la Fondation Slater. Elle était magnifique avec de longs cheveux bruns soyeux, des yeux bleus et une peau claire et sans défauts. Exactement le genre de belle femme que Logan aimait. Même si Sabrina aurait aimé que ce soit faux, son expérience lui avait montré que les hommes étaient d'abord et surtout attirés par l'apparence. Sans tenir compte des causes biologiques de l'attirance pour une partenaire fertile, Sabrina trouvait que c'était nul. Il y avait de nombreuses femmes aimantes, merveilleuses et intelligentes qui auraient fait des partenaires excellentes, mais qui étaient oubliées. Non pas qu'elle soit amère. Pas trop.

Elle sortit son téléphone. Aucune nouvelle de l'avocat ni de Claire, quelques messages vocaux supplémentaires sur sa ligne de travail. Elle avait presque peur de l'écouter. Si elle perdait d'autres clients... non, inutile d'y penser. Elle allait attendre de le savoir après avoir terminé ici. Une seule crise à la fois.

La réceptionniste quitta le bureau d'accueil, attrapa une grosse étiquette en plastique avec une clé, sans doute la clé pour les toilettes du couloir, et sortit de la pièce.

Sabrina bondit de son siège et passa la porte pour se diriger vers le bureau principal. Elle ralentit un peu, marchant comme si elle travaillait là, passant devant de nombreux bureaux sur les bords et des rangées de box au milieu. Elle se dit qu'Olivia, étant la directrice, possédait sûrement le grand bureau d'angle.

Elle fut stupéfaite de parvenir jusqu'à une porte à l'angle portant une plaque dorée avec le nom d'Olivia. Personne n'avait été étonné par sa présence. La porte était fermée. Devait-elle frapper ou simplement entrer ? Elle jeta un coup d'œil aux employés très occupés. Si elle frappait, cela risquait d'attirer l'attention sur le fait qu'elle n'avait rien à faire là. D'un autre côté, si elle ne frappait pas, Olivia pouvait être surprise et demander d'une voix forte : « Qui êtes-vous ? »

Elle frappa doucement. Aucune réponse.

C'est maintenant ou jamais. Elle ouvrit doucement la porte et elle la referma derrière elle, entrant dans un grand bureau avec des bois clairs modernes et une table en métal avec une chaise de bureau en cuir blanc, deux fauteuils en cuir blanc pour les visiteurs et dans un coin, une table ronde avec d'autres chaises, mais pas d'Olivia. Tiens… elle était peut-être dans une salle de réunion quelque part.

Sabrina s'assit sur une des chaises en face du bureau d'Olivia. Elle finirait par devoir y retourner. Sabrina n'avait pas l'intention d'entrer dans une salle de réunion bondée.

Un bruit sourd et un petit rire lui firent comprendre qu'elle n'était pas seule. Elle regarda autour d'elle, apercevant une porte adjacente. Olivia avait peut-être une salle de bains privée dans son bureau. C'était un bel avantage.

La porte s'ouvrit brusquement. Olivia sortit en riant, les joues rouges, ses cheveux bruns tout ébouriffés. Elle était occupée à remettre son chemisier rose en place en levant les yeux vers un homme, un bel homme indien, dont la chemise blanche était complètement déboutonnée. Sa ceinture était défaite, le bouton du haut de son pantalon ouvert. Merde alors !

Il boutonna son pantalon et remit la ceinture en place. Son regard croisa celui de Sabrina.

— Euh, nous avons de la compagnie, dit-il à Olivia avec un fort accent.

Olivia la remarqua enfin et cria :

— Qui êtes-vous et que faites-vous dans mon bureau ?

Sabrina sauta de sa chaise.

— Je suis Sabrina, l'amie de Logan Campbell. Qui est-il ?

— Logan t'a envoyée pour m'espionner ? aboya Olivia.

Sabrina fixa l'homme. Il ferma sa chemise en marchant jusqu'à la porte, où il s'arrêta pour enfiler ses chaussures.

— À plus tard, Livvie, dit-il avant de se presser de sortir.

Sabrina se tourna vers Olivia, pleine d'indignation.

— Logan ne sait pas que je suis ici. Je suis venue aujourd'hui pour te demander de lui pardonner, pour expliquer que nous sommes vraiment simplement des amis, et que tu ne devrais pas écouter les rumeurs, mais maintenant… j'arrive à peine à croire ce que je vois ici.

Olivia lui jeta un regard assassin.

— Tu ne peux pas entrer dans mon bureau de cette façon. J'appelle la sécurité.

Elle se précipita vers son bureau.

— Attends ! Je suis seulement venue pour donner mon aide. Je m'en vais.

— Une seconde.

Olivia examina Sabrina pendant un moment avant d'agiter le doigt.

— Je me souviens maintenant de toi, sur tous les sites de la presse à scandale. La Gourou de l'amour à Hollywood. Trouve ton propre copain.

Sabrina serra les dents. Devait-elle révéler à Logan ce qu'elle avait vu ? Cela lui briserait le cœur. Mais elle ne pouvait pas simplement le laisser déménager à l'autre bout du pays pour une femme qui ne le méritait pas !

Olivia sortit une brosse du tiroir de son bureau et elle se brossa les cheveux.

— Je vois Logan au dîner ce soir, alors tu n'avais pas besoin de venir, finalement. Au revoir.

— Veux-tu être avec Logan ou avec cet homme ?

Elle fit un signe vers la porte, indiquant le type qui venait de sortir.

Olivia leva les yeux au ciel.

— Cela ne te regarde pas, mais Anil doit faire un mariage arrangé cet été, l'union de deux familles très riches. C'est un ami.

Pensait-elle vraiment que Sabrina était stupide ? Ils couchaient évidemment ensemble. Et puis elle comprit tout à coup.

— Pas étonnant que tu sois si jalouse en apprenant que Logan a une amie. C'est parce que tu es coupable de le tromper. Les gens rabâchent toujours la chose dont ils sont le plus coupables.

Olivia jeta sa brosse dans le tiroir, l'air légèrement irritée, mais trop satisfaite d'elle-même pour se soucier de Sabrina.

— Écoute, j'ai rompu avec Anil. Il ne s'agissait que de nos adieux.

Hors de question !

— Logan voulait déménager ici pour préparer un avenir avec toi et tu le trompes depuis tout ce temps, tu le mènes en bateau ?

— Je ne le trompais pas. Il n'est pas encore arrivé, n'est-ce pas ?

— Mais vous avez une relation longue distance.

Olivia se laissa tomber sur sa chaise de bureau.

— Peu importe ! Je n'ai pas besoin de me justifier auprès de toi !

Sabrina comprit rapidement.

— Tu l'as roulé. Tu as utilisé Logan pour mettre la pression sur Anil, et ça n'a pas fonctionné. Anil va quand même aller au bout de son mariage arrangé.

Olivia bondit de sa place.

— J'emmerde Anil et je t'emmerde !

Sabrina tourna les talons et se précipita vers la porte. Ce n'était pas bien du tout. Logan méritait tellement mieux que cette garce manipulatrice. Elle venait d'atteindre la porte lorsqu'Olivia lui lança sa dernière pique.

— Si tu parles d'Anil à Logan, je nierai tout. Ce sera ma parole contre la tienne !

Sabrina se tourna, ouvrant la bouche pour l'informer qu'elle en parlerait certainement à Logan, lorsqu'Olivia poursuivit d'une voix bien plus calme.

— Logan m'a demandé en mariage à la fac. Les circonstances n'étaient pas idéales, maintenant elles le sont. Alors, sois une bonne amie pour lui et tais-toi.

Sabrina cacha sa surprise. Il lui avait demandé de l'épouser ? Mais il avait dit à Sabrina qu'il avait du mal à imaginer s'engager pour toujours alors que les probabilités pour qu'un mariage fonctionne lui semblaient très minces. Ressentait-il cela à cause d'Olivia ? Olivia voulait-elle épouser Logan pour se venger d'Anil ?

Olivia reprit la parole :

— Tu peux partir, maintenant.

Sabrina resta plantée là, observant cette femme magnifique qui était une menteuse manipulatrice et infidèle. Une partenaire abominable pour Logan.

Olivia décrocha le téléphone sur son bureau.

— J'appelle la sécurité.

Sabrina partit sans un autre mot.

Elle sortit du bâtiment, hésita à appeler Logan et à lui raconter tout ce qu'elle venait de voir, avant de vite décider qu'elle devait le lui dire en personne. C'était une situation délicate qu'il fallait gérer avec soin. Logan logeait dans la maison de Claire, alors elle envoya un texto à son amie pour obtenir l'adresse. Il valait mieux que Sabrina aille le voir plutôt que de lui dire au téléphone qu'ils devaient se parler. Elle n'avait plus qu'à le trouver avant qu'il parte dîner avec Olivia.

Quelques minutes plus tard, elle fut en route avec la bénédiction de Claire :

— Va le récupérer ! Je suis à fond derrière toi !

~

Logan roula vers le nord en direction de la maison de Claire. Elle donnait sur la plage, c'était une maison de quatre chambres et de style Cape Cod étonnamment modeste qui valait des millions purement à la location. Il avait accepté la proposition de Claire essentiellement parce qu'elle lui avait demandé d'y jeter un coup d'œil afin de s'assurer que tout était en ordre. Elle avait un gardien qui passait deux fois par mois, mais elle voulait que Logan lui donne les vrais scoops. Il la soupçonnait de vouloir prendre soin de lui. Depuis qu'elle avait épousé son frère Jake, elle le chouchoutait. Quand il était arrivé la veille, il avait découvert que le gardien avait rempli le frigo pour lui, disposé des serviettes propres et fait les lits de toutes les chambres avec des draps super doux d'une qualité incroyable. Il avait choisi le lit king size dans la chambre principale quand il était arrivé la veille au soir et il devait admettre qu'il était plus détendu chez Claire qu'il ne l'aurait été dans un hôtel.

Il composa le code du portail en métal et il s'engagea dans l'allée. La sécurité ici n'était pas aussi drastique qu'il l'aurait cru. Il y avait un mur de briques à hauteur de taille autour de la propriété du côté rue, mais un fan déterminé de Claire Jordan pouvait facilement y grimper ou s'approcher depuis la plage privée et escalader le porche arrière. Bien sûr, il y avait des caméras de sécurité, et lorsque Claire résidait là, son garde du corps se trouvait normalement sur la propriété dans la petite maison pour les invités.

Il passa la porte d'entrée avec le code de sécurité et il entra au rez-de-chaussée lumineux. La grande pièce était ouverte, avec des plafonds hauts, des murs blancs et un plancher en bois clair constituant l'espace de vie, et la cuisine juste derrière. Des tapis colorés aux motifs géométriques délimitaient une zone pour les repas et deux pour les canapés. Les fauteuils et les canapés beiges étaient couverts de coussins aux couleurs vives. Tout était très chaleureux, pas impersonnel et glamour comme il s'y était attendu.

Il traversa la grande salle pour se rendre dans la cuisine

équipée avec ses appareils en inox, ses placards blancs et ses comptoirs en granite marron. Il posa sa veste et sa cravate sur le dossier d'un des tabourets en fer forgé autour de l'îlot central, installant son ordinateur portable sur le comptoir de l'îlot. Il sortit une bouteille d'eau du frigo et il but longuement. Il avait expliqué l'offre généreuse d'Elias et ses conditions à Ben pendant le trajet. Bien sûr, Ben avait été ravi, s'exclamant vivement pendant plusieurs minutes au sujet de la nouvelle incroyable.

Maintenant, il ne restait plus qu'à fêter ça. Claire avait laissé une bouteille de champagne au frigo avec un mot sur lequel il était écrit *Pour fêter ça*. Elle était si adorable, sa foi en eux était totale.

Il s'appuya contre le comptoir. Toute cette accumulation, toute cette inquiétude, ce stress et cette préparation, et voilà : le succès. C'était à cela que ressemblait la réussite. Exaltant, satisfaisant, mais étrangement silencieux.

Il aurait aimé que Ben soit là pour fêter ça avec lui. Il supposa qu'il pouvait boire du champagne avec Olivia plus tard, mais pour une raison étrange, il ne voulait pas célébrer cela avec elle. Elle ne savait pas tout le travail qui avait conduit à ce moment. Sabrina connaissait tous les détails, elle l'avait écouté en parler en long et en large, mais elle était à Los Angeles. Il pouvait peut-être lui envoyer la bonne nouvelle par texto. Elle lui avait dit au revoir, mais un texto n'était pas trop personnel et ils s'étaient contactés quand son nom avait encore été lié au sien dans la presse à scandale.

Il sortit son téléphone juste au moment où il entendit une petite sonnerie retentir dans la maison, comme une sonnette étouffée. Il rangea son téléphone dans sa poche et se dirigea vers la porte d'entrée. C'était peut-être le gardien qui venait voir si Logan avait besoin de quoi que ce soit. Il regarda l'écran de surveillance près de la porte. Il n'y avait personne dehors.

Il sortit et il vit une Jeep rouge près du portail. Il s'avança un peu plus et la vitre du côté conducteur descendit. Sabrina passa la tête et le salua de la main.

— Salut, c'est moi ! Peux-tu me laisser entrer ?

Il la regarda, bouche bée.

— Sabrina ! Je pensais que tu étais à Los Angeles !

Elle montra le portail. Il hocha la tête, retourna à l'intérieur et appuya sur le bouton. Claire lui avait donné des instructions pour laisser entrer les visiteurs, au cas où il veuille inviter Olivia. Mais c'était Sabrina. Il n'arrivait pas à croire qu'elle était vraiment là. Maintenant, il n'était plus obligé de fêter cela tout seul. Elle se gara dans l'allée derrière la BM noire qu'il avait louée.

Il lui ouvrit la porte.

— Entre ! Que fais-tu ici ?

Elle portait une de ses tenues professionnelles : un haut rouge à dentelle et à manches courtes avec un pantalon blanc et des ballerines beiges. Il portait encore ses vêtements de réunion : une chemise blanche, un pantalon gris et des chaussures en cuir noir. Il s'était dit qu'il aurait besoin de la tenue pour le restaurant chic de ce soir avec Olivia.

Bizarrement, Sabrina ne lui sourit pas comme elle le faisait normalement. Elle s'approcha vite et elle entra, d'un air sérieux.

— Claire m'a dit que tu logeais ici. Je voulais passer te voir.

— Ça va ? demanda-t-il. Comment a été le trajet ?

— Je vais bien.

Son ton devint plus joyeux.

— Le trajet s'est bien passé.

— J'étais sur le point de boire un verre de champagne pour fêter ça. Nous avons reçu une offre incroyable d'Elias. Le marché est conclu.

Elle lui fit un grand sourire et c'était comme si le soleil venait de se lever.

— Oh, Logan ! C'est merveilleux ! Je suis tellement contente pour Ben et toi !

Il lui sourit, ravi de partager cette nouvelle avec elle.

— Merci. Tu veux du champagne ?

Elle redevint sérieuse.

— Nous devrions peut-être parler d'abord.

Il fronça les sourcils.

— Est-il arrivé quelque chose ? Cette femme te harcèle encore ? Quelle connasse !

Sabrina en avait vu de toutes les couleurs avec les médias.

Elle se mordit la lèvre.

— Combien de temps as-tu avant de rejoindre Olivia pour le dîner ?

Il regarda son téléphone.

— Environ une heure.

Il l'observa.

— Qu'y a-t-il ?

Elle se dirigea vers le canapé blanc très rembourré et elle tapota la place à côté d'elle.

Il s'assit et il la regarda.

— Alors ?

Elle inspira profondément en croisant les mains sur ses genoux. Lorsqu'elle parla, ce fut de son ton réservé de conseillère professionnelle.

— J'ai une théorie selon laquelle les gens sont le plus contrariés par ce dont ils sont eux-mêmes coupables.

— D'acc-o-o-rd, dit-il lentement, ne sachant pas où elle voulait en venir.

Il n'avait rien fait dont il doive se sentir coupable.

— Merde.

Elle posa une main sur son front et elle ferma les yeux.

— Quoi ?

Elle croisa son regard.

— Je viens de comprendre que cela s'applique à moi. J'ai quelque chose contre les phobiques de l'engagement — elle posa la paume de sa main sur son cœur — et je suis phobique de l'engagement. C'est pour cela que je n'ai pas eu de relation amoureuse depuis des années. Arg. L'ironie de la chose. Je suis la personne que je demande aux gens d'éviter.

Il inclina la tête.

— Quoi ? N'importe quoi. Tu as dédié ta vie à l'aide des couples afin qu'ils s'engagent l'un envers l'autre. C'est ton truc.

Elle soupira.

— C'est mon truc pour les autres, oui. Mais pour moi, je

n'ai eu aucune relation longue depuis que mon ex m'a abandonnée devant l'autel.

Elle s'arrêta et lorsqu'elle se remit à parler, sa voix trahit sa souffrance.

— Logan, c'était tellement humiliant, j'étais là, debout dans ma robe de mariée, devant tous nos amis et notre famille, et puis il est parti par la porte arrière de l'église sans un seul regard en arrière.

— L'enfoiré, cracha-t-il.

Il eut envie de frapper ce type.

Elle lui fit un petit sourire pincé.

— Merci.

Elle hésita avant d'ajouter :

— Je pense que cela m'a affecté davantage que je ne l'ai compris. J'avais envie d'avoir une relation, pourtant je n'ai rien fait pour trouver un lien profond qui pouvait un jour y conduire.

Il fronça les sourcils, perplexe.

— Alors, tu as fait tout le chemin depuis Los Angeles pour avouer que tu es phobique de l'engagement ? Ne te sens pas mal. Tu sais clairement ce que tu fais avec les autres. Maintenant, il te suffit d'appliquer les mêmes conseils à toi-même.

Elle regarda droit devant elle.

— Je me suis arrêtée à la Fondation Slater.

Il eut un sentiment de malaise. Olivia allait arracher la tête de la gentille Sabrina.

— Ah bon ?

Elle le regarda en face.

— Je voulais régler ce que j'ai fait rater pour toi. Je voulais simplement m'assurer qu'Olivia n'ait pas besoin de s'inquiéter au sujet de toi et moi.

Il grimaça.

— Je suppose que ça ne s'est pas bien passé.

— Non. Ça s'est très, très mal passé.

Elle parla lentement comme si elle essayait de se faufiler dans un territoire dangereux.

— Je suppose que j'essaie de te dire que... ma théorie

selon laquelle les gens sont plus contrariés par ce dont ils sont coupables...

Elle marqua une pause en l'observant, avant de finir par dire :

— Eh bien, cela pourrait s'appliquer à Olivia également, avec ses problèmes de jalousie.

Il lut entre les lignes.

— Tu veux dire que sa jalousie et ses accusations viennent du fait qu'elle est coupable de me tromper ?

— Oui, dit-elle doucement.

Elle avait les yeux grands ouverts et pleins de sympathie.

— Je suis allée à son bureau et elle était avec un homme dans sa salle de bains privée. Ils sont sortis à moitié vêtus, ayant clairement couché ensemble. Elle a plus ou moins avoué...

— Ça suffit.

Il se leva et il s'écarta de quelques pas. Était-ce vrai ? Olivia le trompait après avoir piqué une crise parce qu'il avait des relations, même amicales, avec d'autres femmes ? Olivia était celle qui avait renoué le contact. Pourquoi l'avait-elle fait si elle était déjà dans une relation ?

Sabrina reprit la parole.

— Il y a autre chose que tu dois savoir.

Il secoua la tête.

— Je vais l'appeler, découvrir ce qu'il en est, et puis tu pourras boire du champagne avec moi. Si tu as faim, sers-toi dans le frigo.

Il se dirigeait vers les escaliers pour appeler Olivia en toute intimité lorsque Sabrina rajouta urgemment :

— Elle se servait de toi pour mettre la pression sur son petit-ami, Anil, afin qu'il laisse tomber son mariage arrangé. Il va quand même le faire. Je ne sais pas trop si tu étais son plan B ou si elle espérait t'épouser pour le narguer. Peut-être les deux.

Il ferma un instant les yeux. Et dire qu'il pensait qu'il y avait quelque chose de réel entre eux, alors qu'elle l'avait roulé. Si ce que Sabrina disait était vrai. Il fallait qu'il parle à Olivia et qu'il l'entende directement de sa bouche. Il leva la main afin de montrer à Sabrina qu'il avait entendu et il continua à monter les marches jusqu'à la chambre principale, ferma la porte et appela Olivia.

— Bonjour, ronronna-t-elle. Il me tarde de te voir ce soir. Ça fait tellement longtemps.

— Olivia, Sabrina m'a tout raconté. Tu es avec Anil et tu te sers de moi pour lui forcer la main et l'empêcher de faire son mariage arrangé. Il va quand même épouser cette autre personne. S'il te plaît, dis-moi si c'est vrai.

— C'est terminé avec Anil, je le jure. J'étais bête d'être avec lui. C'est toi, mon avenir.

Il se pinça l'arête du nez. Bon sang. Il n'arrivait pas à croire qu'il avait laissé les choses aller si loin avec elle. Il était prêt à quitter sa famille et ses amis et à déménager à l'autre bout du pays pour solidifier leur relation alors qu'il n'y en avait pas. Il avait laissé leur ancien lien à l'université peser trop lourdement sur leur avenir.

— Logan, s'il te plaît, toi et moi nous n'avons jamais explicitement dit que nous ne coucherions avec personne d'autre.

— Alors pourquoi as-tu fait une crise en pensant que je pouvais être avec Sabrina !

Il souffla.

— C'est terminé. Au revoir, Olivia.

Il raccrocha, extrêmement irrité. Puis il effaça les coordonnées d'Olivia de son téléphone. C'était une petite vengeance.

Il resta planté là pendant une minute, essayant de se calmer avant de redescendre. Il trouva Sabrina dans la cuisine en train de laver des raisins blancs. Il attendit qu'elle éteigne l'eau avant de dire :

— Hé.

Elle se retourna.

— Ça va ?

— Oui. J'ai rompu avec elle.

Elle posa les raisins sur du papier essuie-tout et elle se sécha les mains.

— Je suis vraiment désolée. Je sais que tu espérais que cela se passe différemment.

Il pinça les lèvres, toujours furieux d'avoir été dupé par Olivia.

— Oui, bon…

Sabrina parla d'un ton doux et apaisant.

— Je ne pouvais simplement pas te laisser aller plus loin sans savoir ce qu'elle fabriquait.

Il hocha la tête.

— Merci, tu m'as sauvé d'une énorme erreur. Veux-tu que l'on se saoule ?

11

— Faisons-le, dit Sabrina avant de rougir immédiatement.

Logan l'observa. Rougissait-elle parce que sa phrase était ambiguë ? Lui plaisait-il ?

Elle agita la main en l'air.

— Je veux dire, j'ai eu une semaine vraiment merdique. J'ai envisagé de rentrer plus tôt à la maison, la queue entre les jambes.

Il savait que sa semaine avait été remplie de rumeurs malveillantes. C'était évidemment son propre esprit mal tourné qui transformait ses paroles en autre chose.

Il s'avança vers elle et il fit semblant de regarder dans son dos.

— Je n'ai jamais remarqué de queue sur toi.

Elle rit.

— Tu prends ça beaucoup mieux que je le pensais. J'avais tellement peur que tu sois dévasté par la nouvelle.

Il la fixa un instant et il vit son inquiétude pour lui. Elle se souciait vraiment de lui.

— Tu es une bonne amie.

Elle détourna le regard en rougissant.

— J'essaie.

Il sortit le champagne du frigo et il le déboucha, le bouchon faisant un bruit satisfaisant dans le grand espace ouvert. Le début d'une célébration. Sabrina posa deux flûtes de champagne qu'elle avait trouvées dans le placard sur le comptoir. Il les remplit et il leva son verre en l'air.

— À Elias !

Elle leva son verre.

— À Checkin et à tout votre travail, à Ben et toi.

Ils trinquèrent avant de boire. Waouh, c'était du bon champagne. On pouvait faire confiance à Claire pour choisir le meilleur.

Il leva encore son verre.

— Aux bons amis.

Elle sourit. Ce fut un sourire chaleureux et tendre qui le toucha et il sentit son cœur se serrer. Il avait tellement de chance de l'avoir à ses côtés.

— Aux amis *fabuleux*.

Ils trinquèrent à cela.

Sabrina posa son verre sur le comptoir en granite derrière elle et elle sauta afin de s'asseoir dessus.

— Raconte-moi tout sur ta réunion d'aujourd'hui. Je veux entendre tous les détails.

Il s'assit sur le comptoir de l'îlot en face d'elle et il lui raconta tout, jusqu'à l'histoire de sa première chemise trempée de sueur.

Elle frappa le comptoir.

— J'adore. Je savais que tu allais tout déchirer.

Il leva un coin de la bouche. Elle utilisait rarement du langage familier. C'était sûrement le champagne. Elle avait fini son verre pendant qu'il parlait. Il le remplit à nouveau, vida le sien et remplit également celui-là.

Il trinqua encore avec elle.

— Au fait de tout déchirer.

— Santé !

Elle but, s'essuya la bouche du dos de la main et lui fit un grand sourire rayonnant qui lui fit de l'effet.

Sabrina qui rougissait, détendue et heureuse, c'était quelque chose à voir. Il eut soudain une vision de Sabrina, satisfaite au lit, ses longs cheveux blond sombre étalés sur l'oreiller, détendue en lui souriant. Elle secoua les épaules.

— Ouf ! Je commence à sentir les effets du champagne.

— Ah oui ? C'est bien.

Il parlait d'une voix rauque. Bon sang, il n'allait pas faire des avances à son amie juste parce qu'il était maintenant un homme libre.

Il était un homme libre.

Sabrina était célibataire.

Non. Elle ne lui avait pas envoyé de signal. Elle était simplement un peu éméchée.

Il y avait des limites qu'il ne fallait pas franchir si l'on voulait pouvoir en revenir.

Il retourna en sécurité sur son perchoir en face d'elle.

— À ton tour. Dis-moi tout sur tes interviews. Je connais déjà les rumeurs, et ça, d'ailleurs, tu ne devrais pas en tenir compte.

Elle se renfrogna.

— Je suis tellement énervée ! La moitié de mes clients ont annulé leur rendez-vous. Tara fait passer toutes ces publicités locales afin de me les voler. Elle veut me ruiner.

— Merde. La moitié ? Mais un avocat s'en occupe, n'est-ce pas ? Et je suis certain que Claire est sur le coup.

Elle regarda le sol en laissant tomber les épaules.

— Oui, mais c'est quand même nul.

Il eut le cœur serré de compassion. Il laissa son verre sur le comptoir, s'approcha d'elle et lui leva le menton.

— On ne va pas laisser ça gâcher notre célébration. J'ai été très fort aujourd'hui. Tu as été forte toute la semaine. Tu as peut-être perdu des clients, mais tu en auras d'autres. Dix fois plus.

Elle leva les sourcils et elle le regarda avec de grands yeux pleins d'espoir.

— Tu le penses vraiment ?

— Je le sais. Il est temps de mettre la musique pour fêter ça.

Il sortit son téléphone et il lança sa playlist pour le sport à plein volume. Il s'agissait essentiellement de chansons pop avec un bon rythme comme « Pump It » des Black-Eyed Peas.

Elle rit.

— C'est quoi ?

Il sourit.

— C'est de la musique pour m'aider à faire mon sport du matin.

Elle sauta du comptoir et elle se mit à danser, levant les mains en l'air. Il la rejoignit, lui prit la main et la fit tourner sur elle-même. Elle rit et il la fit tourner dans l'autre sens. Elle perdit l'équilibre et heurta son torse, lui donnant soudain conscience des courbes douces appuyées contre lui. Il posa les mains sur ses bras nus, chauds et doux comme le satin.

— Pardon, dit-elle en lui tapotant le torse avant de s'éloigner.

La musique était toujours à fond, mais il était entièrement concentré sur Sabrina qui se réinstalla sur le comptoir en buvant du champagne avec les yeux brillants, les joues rouges. Il eut envie de la sentir à nouveau appuyée contre lui. Le besoin intense de s'approcher d'elle faisait disparaître toutes les raisons pour lesquelles il devait garder ses distances. Il finit son verre de champagne en la regardant, l'esprit embrumé, le corps chaud. Puis il baissa la musique et il la rejoignit.

Il s'assit à côté d'elle sur le comptoir, ne laissant aucune distance entre eux, collant la jambe contre sa cuisse, bras contre bras. Elle resta à sa place en rougissant. Ce devait être lui qui la faisait rougir, pas la timidité, ce qui signifiait... qu'elle le désirait. Il inspira son odeur douce, le miel et les fleurs et la femme sexy. Il n'avait plus besoin de faire comme s'il ne le remarquait pas. Quand elle n'était pas en mode professionnel, c'était une femme incroyablement sexy, chaleureuse, ouverte et douce.

Il baissa la voix et il dit d'un ton rauque :

— Tu m'as manqué cette semaine.

Elle leva brusquement la tête en le regardant avec surprise. Elle chuchota :

— Toi aussi, tu m'as manqué.

Il sourit.

— Tu sais, maintenant il n'y a plus aucune raison pour que je déménage à San Francisco. Ben et moi pouvons gérer le plus gros du travail en ligne, avec quelques voyages d'affaires pour fixer les détails. On dirait que tu es coincée avec moi dans le Connecticut. Qu'en penses-tu ?

Elle lui sourit.

— Je suis heureuse de l'entendre.

— Tu n'as donc pas besoin de me dire au revoir.

Il lui donna un petit coup d'épaule.

— Tu peux me redire bonjour.

Elle rit.

— Bonjour.

Il la regarda dans les yeux.

— Bonjour.

Elle soupira.

— Je suis tellement détendue maintenant.

Elle sauta du comptoir et le montra du doigt.

— Je vais te faire à manger. Ne me remercie pas, c'est avec plaisir.

— Tu n'es pas obligée. Nous pouvons sortir.

Elle se dirigea vers le frigo.

— J'aime cuisiner et tu as tellement de nourriture.

Elle ouvrit la porte du frigo et commença à sortir des aliments.

— Tu peux préparer la salade. Et voyons, je vais faire…

De plus en plus de nourriture apparut sur le comptoir pendant que Sabrina fouillait. Elle trouva ensuite un garde-manger dont elle ouvrit la porte en grand. Elle se tourna vers lui.

— Je vais faire du poulet au citron, des pommes de terre au four et des carottes.

— Parfait.

Elle rayonna.

— Merveilleux. Cherche un grand saladier et une passoire. Oh, et quand la salade sera prête, pourras-tu mettre la table ?

— Bien sûr.

Elle fit un petit balancement des hanches.

— Et rallume ta musique ridicule.

— Ridicule !

Elle rit.

— J'aime écouter de la musique quand je cuisine.

— Qu'aimes-tu écouter ?

— Je suis une grande fan d'Adele.

— Moi, je n'ai que du *vrai* rock sur mon téléphone.

Elle agita la main.

— Mets ce que tu veux.

Il parcourut les playlists en cherchant de quoi créer une bonne ambiance. Il n'avait pas de chansons romantiques. Il n'était pas tellement sentimental, mais… Sabrina. Elle faisait de son mieux pour lui préparer le dîner. Elle était détendue par le champagne et le moment était parfait pour tenter sa chance.

Il envoya un texto à Claire. *Sabrina est ici et elle cuisine le dîner. As-tu une installation pour la musique ?*

Claire : *Oui ! La télécommande se trouve dans le placard blanc du salon. Bonne chance !*

Il fixa son téléphone et répondit rapidement. *Bonne chance ?*

Claire : *Ciao !*

Claire voulait-elle qu'il sorte avec Sabrina ? Il ne lui avait même pas dit qu'il avait rompu avec Olivia. Ou alors, Sabrina avait-elle avoué à Claire qu'il lui plaisait ?

Il jeta un coup d'œil à Sabrina qui frappait vivement le blanc de poulet avec un attendrisseur.

Elle le regarda en souriant.

— Ça défoule !

— Si tu le dis.

Il se dirigea vers le salon à la recherche de la télécommande.

— La salade est ici ! cria-t-elle.

— Je vais te mettre la musique. Claire m'a dit que c'était ici.

— D'accord, d'accord.

Il gloussa. Elle était si mignonne quand elle était ivre. Quelques minutes plus tard, il lança la musique. Du jazz très calme. *Oh, yeah.* De la musique d'ambiance.

Il retourna à la cuisine et Sabrina montra la passoire sur le comptoir.

— Rince, sèche et déchire la laitue en petits morceaux.

— Tu es autoritaire.

Elle utilisa le côté de son bras pour repousser une mèche de cheveux de son visage, les mains pleines de farine dont elle couvrait le poulet.

— Le chef règne sur la cuisine, larbin.

Il s'approcha d'elle et il fit passer la mèche de cheveux indisciplinés derrière son oreille avant de se pencher vers elle et de chuchoter :

— Je comprends. Moi aussi, j'aime être aux commandes, parfois.

Elle tourna brusquement la tête vers lui en écarquillant les yeux.

— Tu fais référence, euh, à une pièce différente de la maison ?

Sa voix finit dans les aigus.

Il se pencha contre le comptoir près d'elle.

— As-tu déjà pensé à toi et moi ?

Elle se détourna de lui, fixant le poulet, les joues rouges.

— Et toi ?

— Je commence à y penser.

— Ah.

— Alors ?

Elle le regarda dans les yeux avant de répondre :

— Je ne commence pas vraiment.

Il se redressa.

— Compris.

Heureusement qu'il avait vérifié avant de franchir cette limite. Cela aurait pu vraiment se retourner contre lui, gâchant leur amitié, rendant toute la situation très gênante. Il s'approcha de l'évier et il commença à préparer la salade.

Sabrina ne bougeait pas, restant immobile en fixant le poulet.

— Ce poulet ne va pas se cuire tout seul, la taquina-t-il.

Elle secoua la tête.

— J'étais ailleurs. C'était une loooongue journée. Au boulot.

Ils travaillèrent en silence, détendus par la musique, le

champagne ayant joué son rôle. Il la surprit plusieurs fois à le regarder, sans doute parce qu'il n'arrêtait pas de lui jeter des coups d'œil discrets. Elle ouvrit quelques fois la bouche avant de la refermer. Était-ce pour ne pas lui donner d'ordres, parce qu'il l'avait taquinée à ce sujet ? Être amis, ce n'était pas la pire chose au monde. Ce n'était pas comme s'il était désespéré. Peut-être que lorsque le champagne ne ferait plus effet, elle redeviendrait cette poupée en porcelaine intouchable... et il ne serait même pas tenté.

~

Une heure plus tard, Sabrina servit le dîner et elle porta deux assiettes à la table ronde où Logan était déjà assis. Elle s'en voulait d'avoir répondu de façon totalement dénuée de drague à la question de Logan. *As-tu déjà pensé à toi et moi ?* Pourquoi n'avait-elle pas simplement dit la vérité ? Oui ! Beaucoup trop ! Sa réponse, bien qu'honnête, n'avait pas fait avancer les choses. Elle ne *commençait* pas à penser à eux deux, elle y pensait depuis la première fois qu'il était entré dans son cabinet six mois et demi auparavant, qu'il avait appuyé un bras musclé contre l'embrasure de la porte, fait son sourire magnifique, et avait dit qu'ils étaient voisins.

Pourquoi ne pouvait-elle pas flirter ? C'était comme si elle en était incapable. Malheureusement, le champagne ne faisait plus son effet et elle était maintenant confrontée à un autre repas amical avec Logan, cherchant à rediriger la conversation vers eux deux et... tant pis. Elle allait boire un peu de vin. Il fallait qu'elle arrête de trop réfléchir. Elle était ici. Il était ici. Ils étaient tous deux célibataires. Si ça ne se passait pas ce soir-là, ça n'arriverait jamais.

— Sabrina, ça a l'air très bon, dit Logan en regardant son assiette.

— Merci. Veux-tu du vin ?

— Oui, si tu en prends.

— Oh oui.

Elle repartit à la cuisine où elle avait aperçu un petit frigo à vin.

— Oh mon Dieu, dit Logan d'une voix forte depuis la table.

Elle se raidit.

— Qu'est-ce qui ne va pas ?

— C'est incroyable ! Je ne savais pas que tu cuisinais ainsi ! C'est meilleur qu'au restaurant.

Elle sourit.

— Je suis contente que ça te plaise.

Il prit une autre fourchette de poulet.

— J'adore.

Elle sourit intérieurement avant de continuer jusqu'à la petite cave à vin. Elle avait au moins fait ça de bien. Quelques minutes plus tard, elle revint à table avec une bouteille ouverte de sauvignon blanc très coûteux et deux verres à vin. Elle les servit tous les deux avant de s'asseoir.

— Claire a très bon goût en ce qui concerne le vin, dit-elle.

Logan continua à manger en ignorant son verre.

— L'argent peut avoir cet effet.

Elle but quelques gorgées en les savourant avant d'avaler le reste. Elle s'en moquait. Il y avait un enjeu important. Elle coupa un morceau de son poulet et elle mangea une bouchée.

Logan était complètement absorbé par sa nourriture et il ne leva même pas la tête en disant :

— Tu pars dimanche, n'est-ce pas ?

— Oui. Dimanche matin.

— Tu peux rester ici, si tu veux. Il y a beaucoup de place. Quatre chambres à l'étage.

Il leva la tête vers elle.

— Sauf si tu as prévu autre chose.

J'ai prévu de te séduire.

— J'avais prévu un petit voyage solo à San Diego, mais… tout me convient.

Elle finit son verre de vin pendant qu'il dévorait son repas.

— Alors, si je reste ici, que ferons-nous ?

Il leva brusquement la tête.

— Ce que tu veux.

Elle traça un cercle sur la table avec l'index, essayant de

découvrir la meilleure façon de suggérer un retour à cette histoire de « toi et moi ».

Logan but une gorgée de vin.

— C'est vrai qu'il est bon. Si tu n'as jamais été à San Francisco, je pourrais te faire visiter. J'ai été à la fac là-bas.

— Mmm, peut-être, dit-elle de façon évasive.

— Ou alors, nous pourrions juste traîner ensemble. Regarder un film, par exemple.

Elle l'observa. Il lui fit un sourire rapide avant de se remettre à manger. Il ne donnait pas du tout l'impression de draguer. C'était comme s'il avait tout arrêté et qu'il était fermement retourné en territoire amical. Elle aurait apprécié cette limite respectueuse si elle ne s'en voulait pas autant d'avoir raté sa chance.

— Ne veux-tu pas manger ? demanda-t-il. C'est tellement bon.

— Pardon. Je crois que je suis plus fatiguée que je ne le pensais. Je n'arrête pas de rêvasser.

Elle se remit à manger.

Logan lui versa un nouveau verre de vin en souriant.

— Je dois dire que je te trouve très amusante quand tu es pompette.

— Pourquoi ? Dis-je des choses stupides ?

— Non.

— Alors, raconte-moi ce qui te plaît quand je suis ivre.

Elle se pencha au-dessus de la table en lui souriant. Voilà, elle savait draguer.

Il mâcha avant de déglutir.

— Tu es beaucoup plus chaleureuse. En général, tu es comme une poupée en porcelaine intouchable.

Vexée, elle se redressa en sentant son estomac virer à l'acide.

— Oh.

Intouchable. C'était peut-être pour cela qu'elle n'avait fréquenté aucun homme depuis si longtemps. Elle donnait l'impression d'être intouchable. Cette étiquette faisait mal. Sans doute parce que le seul homme qu'elle désirait vraiment la lui avait donnée. Toute cette histoire de flirt, ce n'était que l'alcool. Maintenant que Logan était sobre, il pensait qu'elle était… intouchable.

— Sabrina, je ne voulais pas te blesser.

Elle secoua la tête en fixant son assiette et elle se dit qu'il fallait simplement passer à autre chose. Il pensait qu'elle était intouchable, et alors ? Devait-elle prendre du recul ? Non. Il n'y avait aucun recul qui lui permette de voir les choses sous un meilleur angle. C'était nul, voilà tout.

— Hé, dit-il avec douceur. Je ne te connais sans doute pas assez bien. Je te vois surtout au bureau.

Elle serra la mâchoire. Vous savez quoi ? Elle était très touchable. Elle avait beaucoup de qualités : une nature aimante et empathique, de bons amis, une carrière qui aidait beaucoup de monde. À l'idée de sa carrière et de la perte de la moitié de ses clients, elle perdit son sang-froid. *Ça suffit !*

Elle avala une grande gorgée de vin et elle pointa le doigt vers lui.

— Voici ce que je pense de toi.

Il se frappa le torse avec le poing.

— Vas-y, je suis prêt.

— Laisse tomber, dit-elle doucement en détournant les yeux. Ce n'est pas très charitable.

Elle ne devait pas se défouler sur lui.

Il rit.

— Super ! Insulte-moi afin que je puisse arrêter de me sentir nul de t'avoir traitée de poupée en porcelaine, qui peut être plutôt jolie, d'ailleurs. Non pas que j'en ai déjà possédé une.

Il leva un doigt.

— Mais j'en ai vu.

— Oui, mais la porcelaine a des connotations négatives quand c'est appliqué à moi.

Elle souffla brusquement.

— Veux-tu vraiment le savoir ?

Il écarta les bras.

— Je veux vraiment le savoir.

Elle croisa les bras.

— Je pensais que tu étais un phobique de l'engagement.

— Oh. C'est le numéro un de ta liste de défauts.

Elle inclina la tête.

— Mais ensuite j'ai appris au sujet d'Olivia.

Il piqua une carotte avec la fourchette.

— Alors je suppose que nous nous sommes tous les deux mal jugés.

— Je suppose.

Elle soupira, mangea un peu plus et finit son verre. Elle était juste assez éméchée pour noyer son regret. Ce n'était pas trop tard. Il suffisait qu'elle fasse un geste, un signal de son désir, afin de lui prouver qu'elle n'était pas une poupée en porcelaine intouchable. Elle était certaine qu'il prendrait le relais ensuite. N'avait-il pas sous-entendu qu'il aimait être le chef dans la chambre à coucher ?

C'était sûrement ce qu'il voulait dire au sujet d'être aux commandes de temps en temps. Autrement, pourquoi l'aurait-il chuchoté d'une voix rauque qui l'avait fait frissonner ? Elle espérait vraiment avoir compris correctement, car c'était tellement plus facile pour elle. Elle n'avait alors pas besoin d'angoisser autant en se demandant comment elle s'en sortait. Elle avait seulement été avec son ex. Après lui, aucun de ses rendez-vous n'avait conduit à un deuxième. Bien sûr, elle avait embrassé plusieurs types, s'était fait peloter, mais en ce qui concernait l'acte en lui-même, pas tellement. C'était de sa faute. Elle avait été effrayée à l'idée de créer un véritable lien. Maintenant, elle était prête. Et elle avait confiance en Logan.

Elle l'observa pendant qu'il finissait son repas et qu'il s'essuyait la bouche avec une serviette. Il avait nettoyé son assiette.

Il leva la tête vers elle et lui fit un sourire qui fit sursauter son cœur.

— Incroyable, mes compliments à la chef. Je ferai la vaisselle, puisque tu as fait la cuisine. C'est-à-dire que je mettrai tout au lave-vaisselle.

Il lui fit un clin d'œil.

Elle rit.

— Pas de problème.

Il se leva et il ramassa leurs deux assiettes.

— Tu passes la nuit ici ?

Maintenant ou jamais.

— Oui.

— Merveilleux. Tu peux aller te mettre à l'aise à l'étage. Toutes les chambres sont prêtes pour des invités.

— D'accord, merci.

— Remercie Claire, dit-il en se dirigeant vers la cuisine.

— Merci, Claire ! chanta-t-elle vers le plafond.

Il la fixa.

— Es-tu encore pompette ?

— Un peu, admit-elle. J'essaie de perdre mon image de poupée en porcelaine intouchable.

Il lui jeta un regard de compassion.

— Je n'aurais pas dû dire ça.

Elle secoua la tête.

— Ne t'inquiète pas. Je vais chercher ma valise.

Elle revint avec quelques minutes plus tard, monta à l'étage et parcourut les chambres jusqu'à trouver celle qui contenait la valise de Logan. Elle entra. Sa valise pouvait peut-être parler à sa place. Ha-ha. Elle sortit son téléphone et annula sa réservation d'hôtel. Voilà. Elle ne pouvait plus faire marche arrière. L'étape suivante : se préparer à la séduction. Elle sortit sa trousse de toilette de sa valise, partit dans la salle de bains attenante et se rafraîchit.

Respire profondément et c'est parti !

Elle redescendit et elle s'installa à l'îlot de la cuisine, le regardant nettoyer. Il n'y avait rien de plus sexy qu'un homme nettoyant la cuisine. Sérieusement, ça pouvait être du porno pour femmes. *Boum-chicka-wow-wow.* Son dos large en chemise blanche, sa taille mince et son très beau cul mis en avant par son pantalon de costume. Observer tout cela pendant qu'il remplissait le lave-vaisselle lui donna envie d'arracher ses vêtements.

Lorsqu'il eut fini, il se tourna vers elle, les mains sur les hanches.

— Tu es fatiguée ?

Fatiguée ? Non. Déterminée ? Oui.

— Je ne suis pas une poupée, Logan, et je ne suis pas délicate. Je ne vais pas me casser.

Il frotta sa barbe châtain.

— Je le comprends, maintenant.

Elle révéla d'autres détails afin de s'assurer qu'il sorte cette image de sa tête une bonne fois pour toutes.

— J'ai grandi dans un loft monotone entouré de peintures érotiques de couples et de trios.

Elle leva les paumes de sa main.

— C'était mon enfance. Alors si je semble, je ne sais pas, réservé, c'était seulement mon acte de rébellion contre une mère embarrassante.

Il s'approcha de l'îlot, posant une main sur le dos de sa chaise, la regardant en souriant.

— As-tu appris des choses ?

Elle frissonna.

— Plus que je voulais en savoir.

— Alo-o-ors, dit-il d'une voix traînante. As-tu essayé ces choses ?

Un sourire apparut sur ses lèvres, ses yeux marron scintillant d'humour. Mon Dieu, ce qu'il sentait bon. Il sentait toujours le propre et le frais, mais aujourd'hui il portait une espèce d'eau de Cologne boisée qui lui donnait envie de le lécher de la tête aux pieds.

— Le fait est que…

Elle avait une idée de ce qu'elle allait dire, n'est-ce pas ? Son esprit s'était embrumé à cause de la proximité de Logan et de l'excès de vin.

— Je ne suis pas ma mère. Dieu merci !

— Amen, rétorqua-t-il. Non pas que je connaisse ta mère. C'est peut-être une femme très sympathique. Les trios, étaient-ils constitués de deux femmes et un homme ou d'une femme et deux hommes ?

Elle fronça les sourcils.

— Est-ce important ?

— Euh, oui, répondit-il, comme si c'était évident.

— C'était deux hommes et une femme. Je crois que c'était son fantasme.

— Ou sa réalité.

Sabrina leva la main.

— On passe à autre chose ! Une autre opinion que j'avais de toi.

Elle y était presque. Elle préparait son argumentaire.

— Vas-y. J'aime beaucoup la Sabrina sans filtre.

— Je pensais que tu étais du genre à prendre des risques.

— Ce n'est pas comme si je sautais des avions. Ty est le preneur de risques de la famille.

Son frère, Ty, était ancien cascadeur.

— J'ai compris que j'avais tort au sujet des prises de risque, dit-elle en souriant et en espérant qu'il était évident qu'elle le désirait encore plus maintenant qu'elle le connaissait mieux. Tu es en fait plutôt stable et agréablement prudent.

Il fronça les sourcils comme s'il ne comprenait pas son point très important.

— D'accord.

Elle se demanda soudain où il en était par rapport à Olivia. Cela venait tout juste de se produire. Elle pointa un doigt en l'air.

— Tu dois vraiment vouloir te venger de ton ex.

Il gloussa.

— Apparemment, je ne suis pas vengeur. Je suis plutôt du genre à exclure quelqu'un de ma vie et à ne jamais regarder en arrière.

— Ce n'est pas vrai. Tu as recontacté Olivia.

Non pas que cette connasse menteuse et infidèle le méritait.

Il sourit tristement.

— Je suppose que je suis aussi du genre à pardonner. J'étais peut-être à un moment de ma vie où j'étais prêt pour une relation, et cela m'a semblé facile.

Ding, ding, ding ! Nous avons un gagnant !

— Pourquoi es-tu prêt pour une relation maintenant ?

Il la contourna et il s'assit à côté d'elle.

— Parce qu'avant, je travaillais à fond. Maintenant je vois la lumière au bout du tunnel, c'est enfin la réussite.

Mon esprit est simplement passé à l'étape suivante. J'ai un de ces cerveaux analytiques qui organisent et mettent en pratique.

— Je suppose que c'est logique. Les choses se mettent en place pour toi au travail, et désormais tu es prêt à mettre de l'ordre dans ta vie personnelle.

Il inclina la tête.

— Je n'y avais pas si bien réfléchi, mais oui, quelque chose du genre. Et toi ? Tu veux te venger de ton ex ?

Elle frappa le comptoir de l'îlot.

— Absolument. J'adorerais lui envoyer une invitation de mariage. Tu sais qu'il m'en a envoyé une ? C'est ce qui m'a motivé à écrire mon article sur les phobiques de l'engagement.

— Quelle vengeresse, la taquina-t-il.

— Un mariage de vengeance, dit-elle lorsqu'une nouvelle idée émergea. Faisons un faux mariage.

— Pardon ?

Elle continua avec un enthousiasme grandissant. C'était comme ce que ses amies avaient suggéré avec le faux fiancé, et ça la rapprocherait sûrement assez de Logan pour tenter des avances. Après tout, un faux mariage devait avoir une fausse lune de miel.

— Si nous faisons un faux mariage, cela règle ma réputation de conseillère conjugale instable et *solitaire* et ce serait un gros doigt d'honneur à nos ex. Il y a déjà tellement de rumeurs et de spéculations au sujet de notre relation. Putain, ne serait-ce pas...

Oups ! Le gros mot s'était échappé. Elle se laissait emporter par son imagination. L'embrasser, le baiser. Elle fixa sa bouche : ses lèvres donnaient tellement envie. Sa barbe châtain bien taillée la rendait folle, elle imaginait sa sensation contre ses doigts, ses lèvres, son corps nu. Un frisson chaud la parcourut à cette idée.

Il resta silencieux. Peut-être était-il perplexe, car elle n'avait pas vraiment fini sa phrase. Elle baissa les yeux en regardant le haut de sa chemise qui laissait voir une petite partie de torse viril.

— Je voulais dire, hum, ne serait-ce pas super ? Ce serait super de faire semblant. Et amusant !

Elle le regarda enfin dans les yeux, il la fixait attentivement, et elle humidifia ses lèvres.

— *Vraiment* amusant.

Il fit tourner la chaise de Sabrina vers lui, la regardant soudain avec des yeux brûlants. Elle sentit son estomac faire un petit bond et son corps se réchauffa. Il parla d'une voix basse et grave :

— Te rends-tu compte qu'un faux mariage de vengeance a des conséquences ?

Elle fixa sa bouche.

— Oui, souffla-t-elle. Une fausse lune de miel.

Un petit sourire sexy s'étala lentement sur la bouche de Logan.

Elle arrêta de respirer.

Il glissa la main sous ses cheveux, posant les doigts autour de sa nuque et l'attirant vers lui. Elle sentit le souffle chaud de ses paroles sur ses lèvres :

— Sabrina, es-tu en train de me faire des avances ?

12

— J'essaie, chuchota Sabrina, les yeux remplis de désir.

Un flot de désir brûlant s'éleva en lui. C'était le signal dont il avait besoin.

— Alors, j'accepte.

Il la garda contre lui, la main autour de sa nuque chaude.

— Tu peux faire semblant pour tout, mais ceci est très, très réel.

Il frôla ses lèvres avec les siennes une fois, puis encore. Elle écarta les lèvres en un soupir.

Il lui tint la mâchoire avec l'autre main, approfondissant le baiser, sa langue se glissant dedans. Il grogna presque, elle avait un goût de menthe, ses lèvres étaient douces et elles lui cédaient. Une chaleur électrique lui traversa les veines, son intensité le prenant par surprise. Le baiser devint sauvage, il menait, mais elle le suivait de près, retournant le baiser avec autant de passion. Fiévreusement. Les nerfs à fleur de peau. Son odeur douce, son goût, il avait besoin d'embrasser son corps, de l'embrasser *toute entière*.

Elle gémit du fond de la gorge, un bruit érotique qui le fit bander. Le désir pulsa en lui, c'était un instinct primal. Il la voulait sous lui, voulait s'enfouir profondément en elle. Il n'avait jamais autant désiré une femme à cause d'un simple baiser. Il devait ralentir…

Avec toute la force de sa volonté, il rompit le baiser et il glissa la main depuis sa mâchoire jusqu'à sa gorge.

— J'aime ce bruit.

Les yeux noisette de Sabrina étaient embrumés de désir. Sa voix fut un chuchotement, ses lèvres le frôlant en se penchant vers lui :

— Plus, s'il te plaît.

Oh, mon Dieu, elle était si adorable avec son petit *s'il te plaît*. Il se sentait comme une bête, vibrant presque de désir, luttant pour se contrôler. Il relâcha la prise sur sa gorge et il fit descendre son doigt en fixant le pouls rapide dans son cou. Elle le désirait, mais elle ne cherchait pas à le toucher avec les mains, ce qui lui indiqua qu'il fallait vraiment y aller doucement.

Il glissa la main de son cou jusque dans ses cheveux, les agrippant et tirant sa tête en arrière. Il appuya les lèvres sur sa gorge. Sa peau était chaude et douce, son goût glorieux pendant qu'il remontait jusqu'à son oreille.

— Dis-moi que tu me veux, Sabrina.

Il avait besoin d'entendre les mots.

— Je te veux depuis si longtemps.

Il sursauta et il la regarda dans les yeux. *Depuis si longtemps ?*

Elle lui saisit la tête et elle l'embrassa brutalement, avidement. *Oui !* Il posa les mains sur sa taille, sortit son tee-shirt du pantalon, cherchant désespérément à sentir de la peau.

Elle arracha sa bouche à la sienne et enleva son haut par-dessus la tête. Il eut soudain la bouche sèche. Un soutien-gorge en dentelle rouge entourant des seins magnifiques. Il eut besoin qu'elle soit entièrement serrée contre lui. Tout de suite.

Il n'hésita pas. Il vint vite se placer devant elle et il la souleva dans ses bras, ses courbes douces appuyées contre lui lorsqu'il posa sa bouche sur ses lèvres. Maintenant elle avait les mains sur lui, courant le long de ses épaules et dans son dos. Dieu merci. Il se moquait de l'endroit où elle le touchait, tant qu'elle voulait bien le faire.

Il pivota en la coinçant contre le mur et il l'embrassa

longuement, appuyant tout son corps contre elle, son désir de la posséder devenant féroce. Il recula afin de descendre le bonnet de son soutien-gorge, caressant son téton dur avec un doigt. Elle gémit et il s'enflamma. Il se pencha et il prit le sein dans sa bouche, suçant avec force. Elle enfonça les doigts dans ses cheveux afin de le serrer contre elle tout en gémissant du fond de la gorge. Les bruits aguichants l'encouragèrent. *Encore, encore, encore.*

Il se redressa, écrasant sa bouche contre la sienne. Elle remonta les mains le long de sa chemise et elle chercha maladroitement à ouvrir son bouton du haut. Il repoussa sa main et le fit à sa place. Il y avait trop de foutus boutons sur cette chemise ! Elle tira sur sa boucle de ceinture. *Oui !* Retirer l'essentiel. Il abandonna sa chemise et il défit le pantalon de Sabrina qu'il tira vers le bas, culotte comprise, puis il se pencha pour libérer ses chevilles lorsqu'il sentit l'odeur de son désir. Il faillit jouir dans l'instant.

Il se leva et il lui saisit les cheveux, la possédant avec sa bouche pendant que ses doigts plongeaient entre ses jambes. Elle était brûlante, elle mouillait, putain. Il la caressa de haut en bas et elle serra ses épaules en se cambrant contre sa main. Il décrivit un cercle lent, s'approchant progressivement de sa cible, et elle poussa un petit cri lorsqu'il finit par atteindre le centre. Elle bougea les hanches en rythme, cherchant à le toucher davantage. Il glissa les doigts vers le bas en un geste habile et puis en elle. Elle était si serrée. *Putain, putain, putain.*

Il leva la tête, faisant de son mieux pour se retenir. Elle était toute rouge, elle respirait fort, ses lèvres étaient mouillées et gonflées à cause du baiser. Il retira ses doigts et elle poussa un miaulement de protestation, saisissant son poignet et reposant fermement sa main entre les jambes.

Il grogna.

— Sabrina, j'ai tellement envie de toi. Repousse-moi si je vais trop vite.

Elle répondit d'une voix rauque :

— Tu sens comme je suis mouillée. Baise-moi tout de suite ou je crie.

Il perdit tout contrôle. Il posa brutalement la bouche sur la

sienne, agitant les doigts en elle, son pouce caressant rapidement le centre du plaisir. Elle gémit, puis elle enfonça les
ongles dans ses épaules, poussant les hanches vers lui,
essayant de le sentir encore plus. Mais ce n'était pas suffisant.
Il avait besoin d'être en elle, besoin de la sentir jouir quand il
était au fond d'elle.

Il arracha sa bouche de son visage. Elle ouvrit brusquement les yeux en se frottant contre sa main.

— J'y suis presque, Logan. Ne t'arrête pas.

— Je veux te sentir jouir quand je suis en toi, grogna-t-il à
moitié dans son oreille.

Elle frissonna.

— Dépêche-toi.

Il attrapa un préservatif dans son portefeuille, se libéra, et
l'enfila en un éclair. Pas le temps de se déshabiller correctement. Il devait la prendre maintenant. Il la souleva, sa chaleur
et son odeur submergeant tous ses sens, et il glissa en elle, se
faufilant là où elle serrait. Le corps de Sabrina le saisit comme
si elle prenait possession de lui. *Putain.* Il banda encore plus,
entrant et sortant lentement, essayant de ne pas être la bête
qu'il était, car tout ce qu'il voulait, c'était la baiser violemment, encore et encore.

Il glissa une main entre eux, caressant son sexe chaud et
humide. Elle laissa partir la tête en arrière, ses gémissements
le rendant fou de désir. Il continua à la caresser, de plus en
plus vite en la prenant plus profondément. Elle s'arqua contre
lui, le serrant, chantant son nom. Putain, il ne pouvait plus se
retenir. Et puis elle tressaillit en criant, son corps se serrant
autour de lui. Il pompa plus fort, tout en la caressant plus
doucement avec ses doigts, la maintenant sur la voie du
plaisir.

Il bougea afin de chuchoter directement à son oreille :

— Jouis pour moi.

Il mordit sa nuque. Elle sursauta et puis elle gémit lorsqu'il continua à la faire monter, caresse, va-et-vient, caresse,
va-et-vient.

— Logan, chuchota-t-elle férocement, son corps le serrant
en rythme.

Elle était sur le point de jouir. *Oui. Putain, oui.*

Il continua le va-et-vient pendant son orgasme, profondément et avec force, le son de son cri exultant emplissant ses oreilles lorsqu'elle jouit. Il se laissa enfin aller à une explosion de lumière derrière les paupières, une montée brûlante de plaisir en pompant, frissonnant contre elle jusqu'à ce qu'il se relâche enfin.

Longtemps après, il lui tint la mâchoire et il l'embrassa, lentement, profondément. Pas encore prêt à la lâcher, il rompit le baiser, son regard suivant sa propre main pendant qu'il caressait sa joue brûlante, puis son cou, son épaule nue, aimant pouvoir la toucher ainsi désormais.

Il retira une mèche de cheveux de son visage.

— Est-ce mal de vouloir seulement passer le week-end à te faire des choses cochonnes ?

Elle sourit. C'était un sourire lent et satisfait qui le remplit de joie.

— C'est notre lune de miel, mais je ne suis pas certaine que tu en as l'énergie.

— Ah bon ?

Il mordilla la lèvre inférieure de Sabrina avant de la sucer.

— Teste-moi.

Elle se lécha les lèvres, le regardant avec des yeux de braise, les cheveux ébouriffés par ses mains. *Putain, je la désire à nouveau.*

Trop tôt. Il la posa sur ses pieds, la tenant par les bras afin qu'elle ne tombe pas. Il ne put s'empêcher de la toucher encore, faisant courir les mains sur ses flancs et ses hanches, avant de les poser de chaque côté de son visage.

— Avant, tu as dit que tu ne commençais pas à penser à nous deux. Qu'est-ce qui a changé ? Est-ce seulement parce que le vin t'a excitée et que j'étais le seul homme disponible ?

Elle jeta les bras autour de son cou, collant tout son corps contre lui.

— Tu es l'homme le plus canon à avoir foulé cette planète. Et ce n'est pas le vin qui parle.

Il ne put empêcher un large sourire. Il est évident qu'il lui plaisait. Il passa les bras autour d'elle, glissa les mains vers ses fesses et les pinça.

Elle parla d'une voix douce contre ses lèvres.

— Je veux tout avec toi.

Tout. Son esprit mal tourné passa immédiatement en revue toutes les façons dont il voulait la prendre. Il grogna et il la serra contre lui.

— Moi aussi, je veux ça.

Il s'écarta avant d'ajouter :

— Donne-moi une heure.

Il s'occupa du préservatif, le rangeant dans son emballage, et il remit son pantalon en place.

— Je reviens.

Elle souffla un baiser vers lui en souriant, nue et tellement sexy. Il eut le cœur serré en la voyant ainsi. Il l'embrassa durement, tourna les talons et monta à l'étage avant d'avoir le temps de se trahir. Il ressentait bien trop de choses en ce début de relation. Le sexe n'impliquait pas nécessairement l'amour. Ça ne pouvait pas lui être arrivé si vite. Il n'avait même pas su que Sabrina l'avait désiré. Ils avaient été amis. Son aveu lui tournait dans la tête. *Je te veux depuis si longtemps.*

Il se dirigea vers la grande chambre à coucher, se sentant un peu étourdi. C'était sans doute à cause du stress de la journée. Son rendez-vous d'affaires avec Elias, son ex infidèle, et la conclusion inattendue de ce soir auraient déjà fait beaucoup en une semaine, alors en un jour…

Il alluma et il s'arrêta net. La valise de Sabrina se trouvait juste à côté de la sienne.

Ce n'était pas son propre désir qui dirigeait tout. Elle avait *prévu* de le séduire. Sinon, pourquoi se serait-elle installée dans sa chambre ?

Un coin de sa bouche se leva. Ce week-end allait être très, très cochon. Aucune retenue. Il allait la rendre aussi folle de lui qu'il la trouvait irrésistible. Il chassa fermement toutes ses précédentes pensées à l'eau de rose. Elles n'étaient qu'un effet secondaire du vin, du désir et du stress. Un cocktail de prise de tête.

Plus tard ce soir-là, Sabrina monta au premier avec un Logan silencieux, se disant qu'elle devait simplement se détendre et en profiter. Ce n'était pas le moment de faire quelque chose de stupide comme gâcher leur amitié ou s'inquiéter de ce que Logan ressentait pour son ex. Ils avaient regardé la télévision pendant un petit moment, mais il ne pouvait s'empêcher de la toucher, et elle ne pouvait s'empêcher de le toucher — alors qu'ils étaient vêtus tous les deux — et ils étaient d'accord sur le fait que le lit king size était mieux que le canapé.

Il entra le premier dans la chambre, allumant la lampe de chevet.

— J'ai trouvé ta valise ici tout à l'heure. On dirait que tu avais prévu de me séduire.

Il se tourna en souriant. Il avait la chemise à moitié déboutonnée à cause d'elle. Elle avait eu terriblement envie de faire courir ses mains sur son torse nu. Les manchettes étaient défaites et roulées vers le haut, exposant des avant-bras musclés.

Elle flotta presque vers lui avant de poser les bras autour de son cou. Maintenant, il avait une odeur d'eau de Cologne boisée et de sexe. C'était un mélange puissant.

— Oui.

Il fit un sourire qui illumina son beau visage et il posa la main sous la mâchoire de Sabrina.

— Eh bien, ça a parfaitement marché.

Il l'embrassa passionnément, le bras autour de sa taille, la serrant contre lui.

Elle sentit son corps vibrer de désir. Il la posséda avec sa bouche, son érection dure appuyant contre son ventre, sa main glissant de ses fesses jusqu'entre ses jambes… tout la rendit folle de désir pour lui. Elle saisit sa chemise et elle la retira de ses épaules. Elle était encore habillée, mais elle ne pouvait s'empêcher de revoir son corps canon.

Il parla contre ses lèvres.

— Je perçois ta chaleur à travers tes vêtements. Tu brûles pour moi.

— Je mouille pour toi, rétorqua-t-elle.

Il eut un éclat dans les yeux et il appuya fermement ses doigts entre les jambes de Sabrina.

Elle avait besoin de lui *maintenant*.

— Je te veux en moi.

Les pupilles de Logan se dilatèrent, révélant un désir brutal. Il la surprit en la soulevant dans ses bras.

Elle mit le nez dans son cou, adorant la sensation de sa barbe douce et de sa peau chaude. Il retira les couvertures et il la posa doucement. Elle attendit qu'il lui saute dessus pour du sexe sauvage et rapide comme avant, mais il n'était pas pressé. Il retira lentement la ceinture de son pantalon, la posa sur la table de nuit et déboutonna la braguette. Elle avait assez attendu. Elle s'assit, attrapa ses épaules et tira.

Il tomba sur elle en riant.

— Tu es presque comme je veux, dit-elle en souriant. Décale-toi de quinze centimètres vers la gauche et entre.

— Les chaussures.

Il se releva, enleva les ballerines de Sabrina et les jeta sur le côté. Puis il s'assit sur le bord du matelas et il défit les lacets de ses chaussures de ville.

Lent, lent, trop lent. Elle avait attendu assez longtemps.

— Logan, arrête avec ça ! Je veux baiser, pas regarder tes chaussures !

Il retira ses chaussures et il retomba vers elle, posant les mains de chaque côté de sa tête.

— Et dire que j'attendais un signal clair de ta part !

Il la dévisagea pendant un long moment torride.

Elle entrouvrit les lèvres, rongée par le désir, serrée sous lui sans qu'il soit en elle.

— S'il te plaît.

Il posa les lèvres sur les siennes et il l'embrassa fermement. *Oui, oui, oui.* Elle s'ouvrit pour lui, et il en profita, sa bouche la possédant comme le corps de Sabrina en avait désespérément besoin. Elle remonta les hanches, l'invitant silencieusement à poursuivre.

Il se redressa et il la fit remonter avec lui.

— Retire ton tee-shirt, ordonna-t-il en se relevant pour se déshabiller.

Elle ôta son tee-shirt qu'elle jeta sur le sol. Puis elle dégrafa son soutien-gorge qu'elle jeta également.

— Tu es tellement belle, Sabrina. Touche-toi.

Son regard était rivé sur ses seins pendant qu'il finissait de se déshabiller.

Elle posa les mains sous ses seins et caressa ses tétons avec les pouces, un frisson de plaisir faisant tomber ses paupières.

— Oui, bébé, c'est bon. Continue à faire ça.

Elle n'eut qu'un instant pour observer son torse et ses abdos musclés, son immense érection qui l'attendait — il était bien pourvu — avant qu'il la saisisse par les hanches et qu'il la couche sur le dos. Elle poussa un petit cri de surprise et puis elle gémit lorsqu'il referma la bouche sur son sein. Il le suça et fit naître un éclair de désir entre ses jambes. Elle glissa les doigts dans ses cheveux doux, le serrant contre elle, ses jambes tombant en s'ouvrant. Il fit courir sa main le long des côtes jusqu'à son autre sein, faisant rouler le téton entre ses doigts et tirant dessus juste au moment où il mordillait son autre téton. Elle cambra le dos, serrant les doigts dans ses cheveux. Il changea de côté, léchant tranquillement son téton dur avant de sucer doucement, la taquinant presque, son autre main caressant l'autre sein.

— Logan, dit-elle en gémissant doucement.

Il relâcha lentement le sein de sa bouche en le frôlant avec les dents, la faisant sursauter. Dès qu'il la lâcha, elle saisit ses épaules, essayant de le tirer sur elle.

— Maintenant, Logan, dit-elle avec passion.

— Attends, tu es trop pressée.

Il sortit un préservatif du tiroir de la table de chevet et il l'enfila. Elle constata qu'il avait préparé les préservatifs pour Olivia, mais elle n'avait pas l'intention de mettre le sujet sur la table. C'était *son* moment avec Logan après avoir attendu si longtemps. Elle le regarda, profitant de la vue spectaculaire : il était musclé, sportif et bien pourvu.

— Logan, tu es si beau que tu pourrais être une star de porno.

Il rit et il se pencha sur elle, mordillant son lobe et tirant dessus avant de lui chuchoter à l'oreille :

— Écarte les jambes.

Elle obéit immédiatement, à plat sur le dos, les jambes écartées. Mais au lieu de la prendre, il s'installa à côté d'elle et il glissa la main entre ses jambes.

— Tellement mouillée, grommela-t-il.

Elle gémit, fermant les yeux de plaisir.

— Depuis combien de temps me désires-tu ? demanda-t-il en la caressant doucement.

Il l'allumait, la caressant partout sauf là où elle en avait le plus envie. Elle se cambra contre sa main, mais il continua à la taquiner, décrivant de petits cercles.

— Dis-le-moi et je te donnerai ce que tu veux.

Il la caressa légèrement de haut en bas, lui donnant presque, mais pas tout à fait, ce qu'il savait qu'elle voulait.

Elle ouvrit les yeux et elle posa les mains autour de son visage, sentant sa barbe douce contre sa paume, et elle lui dit la vérité.

— Je te désire depuis que je t'ai rencontré.

Elle vit ses dents quand il sourit.

— Sabrina, bébé, j'adore entendre ça.

Elle ferma les yeux, les joues brûlantes, et elle laissa tomber sa main. Elle fut immédiatement récompensée par une caresse ferme qui envoya une montée de plaisir en elle. Puis il la pinça, créant un éclair incandescent qui la fit tressaillir. Il couvrit sa bouche avec la sienne, y enfonçant sa langue juste au moment où ses doigts glissèrent en elle. Elle était fiévreuse, consumée par lui, le cœur battant dans ses oreilles. Il frotta le talon de la main contre elle. Elle jeta la tête en arrière, respirant bruyamment pendant qu'il l'embrassait le long de sa gorge exposée, sa barbe frottant la peau sensible, maintenant un rythme de va-et-vient qui l'excitait de plus en plus.

Elle trembla en haletant, au bord de l'orgasme. Elle n'eut plus de voix pour le lui dire, mais il sembla le savoir, augmentant le rythme. Sa langue courut le long de son oreille, ajoutant encore à la surcharge sensorielle. Elle gémit doucement.

Il appuya ses lèvres contre l'endroit sensible sous son oreille, et elle serra les poings dans les draps. Il parla d'une voix basse et grave :

— Te voir jouir me fait bander.

Elle explosa, se balançant contre sa main. Il continua, plus doucement, créant de nouvelles vagues de plaisir jusqu'à ce qu'elle s'immobilise. Il la serra fermement entre les jambes pendant que le monde redevenait net. Elle écarta sa main et il lui caressa l'intérieur de la cuisse.

Elle tourna la tête en lui souriant, tellement satisfaite, tellement heureuse.

— C'est ton tour, bel homme.

Il roula sur elle et il la pénétra lentement. Même après leur première fois, elle était encore bien serrée.

Il posa la main sur sa mâchoire et il appuya.

— Ouvre.

Elle s'ouvrit pour lui. Il posséda sa bouche en même temps que son corps la prit d'un mouvement dur, dont le choc fut atténué par son baiser. Il était enfoui profondément en elle, ne bougeant pas, l'embrassant seulement. Quelque chose en elle se défit à ce moment-là, une émotion qui l'aurait secouée si la façon dont Logan la possédait – avancé au fond d'elle, sa chaleur, le poids de son corps appuyé contre le sien – ne l'avait pas aidée à se laisser aller, possédée par lui, unie à lui.

Il leva la tête, la regardant dans les yeux, quelque chose de profond passant entre eux.

— Sabrina, dit-il d'une voix rauque.

Puis il commença à bouger, un va-et-vient lent et profond qui refit monter le plaisir en elle. Elle serra les jambes autour de lui, son corps s'accrochant à lui avec chaque à-coup.

Il saisit ses hanches, les inclina vers le haut, entrant plus loin, plus dur, plus vite jusqu'à ce qu'il la pilonne. Leurs peaux humides de sueur claquèrent l'une contre l'autre, de manière primitive et bestiale. Elle ferma les yeux, en haletant, perdue dans le désir obscur qui montait, qui menaçait de la briser.

— Sabrina, regarde-moi.

Elle regarda ses yeux sombres. Il avait un air féroce, il respirait fort, son souffle se mêlait au sien. Un cri grave fut arraché à sa gorge, une explosion de sensations la traversa violemment. Il s'enfonça encore et encore en elle, la secouant par de nouvelles vagues de plaisir avant son propre orgasme dans un grognement. Il se laissa tomber sur elle.

Tremblant toujours, les jambes frémissantes, elle le serra contre elle.

Au bout de quelques instants, il leva la tête et il l'embrassa en tenant sa mâchoire. Il s'attarda pour un long baiser, plus doux maintenant. Il rompit le baiser, la dévisageant avant de faire passer ses cheveux derrière ses oreilles et de poser la main sur sa joue.

Elle s'appuya contre sa paume en souriant.

— C'était incroyable.

Il la fixa longuement, l'air indéchiffrable, avant de détourner les yeux. Puis il sortit et il roula sur le matelas à côté d'elle.

Elle tendit les mains vers lui, mais il sortit du lit en disant :

— Donne-moi une minute.

Elle paniqua un instant, se disant qu'il la rejetait, mais il partit à la salle de bains et elle décida que tout allait bien. Il s'occupait simplement du préservatif.

Elle se roula en boule sur le côté, tout endormie et au chaud. Elle ne se souvenait pas s'être un jour sentie ainsi, si satisfaite, si contentée. Logan tenait à elle. Il la regardait dans les yeux quand il faisait l'amour, il lui donnait du plaisir avant de prendre le sien. Il était merveilleux. Elle ressentit un pur bonheur. Malgré tout ce bazar avec sa carrière ruinée et le faux mariage, c'était un bonheur qui rayonnait.

~

Logan s'occupa du préservatif, puis il resta dans la salle de bains, ayant besoin d'espace. Il y avait eu un moment, plus d'un, à vrai dire, en regardant dans les yeux de Sabrina, où il avait ressenti quelque chose de si fort qu'il avait été étranglé par l'émotion. Il ne pouvait pas faire semblant que c'était le vin, dont les effets s'étaient estompés plusieurs heures auparavant, ou juste du désir, car il savait ce que ça lui faisait, et pourtant, la vitesse de tout cela n'avait aucun sens.

Trop fatigué pour analyser quoi que ce soit, il retourna à la chambre, éteignit la lumière de la table de chevet et la rejoignit au lit, roulant sur le côté, se calant derrière elle, et passant un bras autour de sa taille.

Il poussa les cheveux de Sabrina et il enfouit le nez dans son cou, incapable de résister à sa douceur.

— Tu sens toujours le miel et les fleurs.

— C'est le savon au chèvrefeuille. J'adore cette odeur.

Il fit courir sa langue le long de son cou qu'il goûta. Puis il se souvint d'une autre chose intéressante qu'elle avait dite à son sujet, et il ne put s'empêcher de la taquiner.

— Qui est l'homme le plus canon à avoir foulé cette planète ?

Elle tortilla les fesses contre lui, mais elle ne répondit pas.

— Tu es la femme la plus canon avec laquelle j'ai couché.

Elle se raidit.

— Vraiment ?

— Oui.

— Olivia est très belle.

Il posa les lèvres sur l'endroit sensible sous son oreille.

— Olivia qui ?

— Penses-tu toujours que je suis une poupée en porcelaine intouchable ? Il entendit le sourire dans sa voix.

— Non.

Il passa la main sur la courbure de sa hanche, heureux de la sentir, sa peau comme du satin chaud, lisse et douce.

— Il s'avère que tu es très touchable.

Elle fit un petit bruit de bonheur avant de le regarder par-dessus son épaule.

— J'aime notre vengeance, chuchota-t-elle.

— Quelle vengeance ?

Elle se retourna en silence.

— Sabrina ?

Il eut soudain une pensée horrible. Tout ce sexe n'avait été qu'une vengeance contre son ex ? Elle avait été contrariée par son ex.

Et lui qui avait le béguin pour elle...

D'un autre côté, ça n'était pas le genre de Sabrina de chercher la confrontation et la vengeance. Quoique... elle avait affronté Olivia. Et ne voulait-elle pas un mariage de vengeance ? Et il avait dit oui. Eh bien, pourquoi ne pas faire semblant ? C'était une bonne façon de les emmerder, cela réparait sa réputation, et il aimait déjà leur lune de miel. Ils avaient une journée complète le lendemain avant qu'elle doive reprendre l'avion.

La Californie était comme une oasis juste pour eux. Que du sexe, tout le temps.

Il aurait bien le temps de s'occuper de la réalité une fois de retour à la maison.

13

———

Sabrina s'éveilla nue et seule dans un lit inconnu. Quel hôtel, LA ou San Diego ? Elle roula sur le côté, s'éloignant de la lumière du soleil qui agressait ses yeux à travers les stores. Lorsqu'elle retira les cheveux de son visage, sa bague s'emmêla dedans. *Ouille*. Elle sortit avec précaution les doigts du nœud dans ses cheveux. Une seconde. Elle ne portait pas de bague, habituellement…

Elle fixa sa main gauche où un anneau en or entourait son annulaire. Un anneau de mariage. Elle réfléchit à toute vitesse. Logan et elle avaient bu du champagne dans la maison de Claire et ils avaient comploté autour d'un mariage de vengeance. S'étaient-ils mariés à la va-vite à San Francisco ? Était-ce possible ? Elle roula sur le dos et cria :

— Logan !

Quelques instants plus tard, il apparut dans l'embrasure de la porte en tee-shirt bleu et jean usé, pieds nus, l'air aussi détendu que possible.

— Tu as crié ?

Elle leva sa main qui portait la bague.

Il leva sa main avec un anneau.

— L'ai-je raté ? demanda-t-elle en s'asseyant lentement.

Elle n'avait tout de même pas été si ivre qu'elle en aurait oublié son propre mariage ?

Il s'approcha du lit et il s'assit sur le bord.

— Ce n'est pas réel, c'est juste pour emmerder les autres. Un faux mariage, une merveilleuse lune de miel.

Il se pencha et il l'embrassa sur la joue.

Elle fixa sa bague en ne comprenant toujours pas.

— Quand as-tu récupéré ces bagues ?

Merde. Avait-il déjà eu les bagues parce qu'il avait l'intention de faire la surprise à Olivia ? Arg. Qu'avait-elle fait ? Elle devait être le lot de consolation de Logan. C'était bien le pire. Elle voulut le pousser hors du lit et se rouler en boule.

Il grimpa au lit avec elle, se glissant sous les couvertures. Il s'assit contre la tête de lit matelassée blanche en tendant les jambes devant lui.

— Je les ai récupérées ce matin, répondit-il joyeusement. Il est midi, marmotte. Apparemment, je t'ai épuisée.

Elle rougit, ce qui était ridicule après tout ce qu'ils avaient fait. Elle était montée sur lui au milieu de la nuit, l'éveillant pour un troisième round intense. Dans l'obscurité, la passion s'était déchaînée avec encore plus de sauvagerie qu'avant. Elle avait été encouragée par ses paroles salaces qui faisaient baisser ses inhibitions. Elle avait été bien baisée et elle s'était effondrée, dormant du sommeil des morts.

Lot de consolation.

Il souleva la main gauche de Sabrina et il observa la bague à la lumière du soleil.

Elle retira sa main et elle s'assit contre la tête de lit en remontant les couvertures jusqu'à son menton.

— Regrettes-tu d'avoir couché avec moi ?

— Il est bien trop tard pour te cacher.

Il tira sur les couvertures et il fit courir un doigt sur la courbe de son sein.

— Tu portes ma marque sur toi.

Elle baissa la tête et elle vit une petite zone rouge faite par la succion ou par ses dents, elle ne le savait pas. Il l'avait touchée de toutes les façons possibles, partout, et elle avait adoré.

Elle déglutit.

— Tu n'as pas répondu à ma question.

Il souleva son menton en inclinant le visage vers lui pour un baiser.

— Pas de regrets.

Elle faillit s'effondrer de soulagement. Elle n'osa pas demander s'il en avait terminé avec Olivia. C'était assez pour l'instant. Il acceptait clairement de restaurer sa réputation professionnelle avec un faux mariage. Elle ne pouvait pas lui en demander plus.

— Bien, dit-elle.

Il poussa les cheveux emmêlés de Sabrina derrière son oreille.

— Veux-tu faire savoir à ton ex que nous nous sommes mariés ?

Bizarrement, Kevin ne faisait plus partie de ses préoccupations. Elle était passée à autre chose : la mariée abandonnée, la stupide invitation au mariage, l'e-mail enthousiaste pour dire que sa fiancée était merveilleuse. Rien de tout cela n'avait d'importance.

Elle regarda les yeux marron et chaleureux de Logan, le cœur dans la gorge. Elle ne pouvait pas être son lot de consolation quand il la regardait de cette façon, avec tant de chaleur, tant de tendresse. Elle connaissait cet homme et il faisait partie des hommes bien. Elle pouvait lui faire confiance. Elle lui faisait confiance.

— Tout ce qui importe, c'est toi et moi, dit-elle.

— Tu es si adorable, grogna-t-il avant de l'embrasser avec force.

Elle laissa échapper un soupir de bonheur, caressant la barbe de Logan comme elle en avait eu envie depuis si longtemps.

Il saisit sa main et déposa un baiser sur sa paume, la regardant au fond des yeux.

— Envoyons un texto à nos amis. Dis à Claire de prévenir la presse. Et hop, la réputation de Sabrina est réparée. Prête ?

Elle hocha la tête. Il semblait si enthousiaste à cette idée, et puis il avait pris le temps de leur trouver des bagues. Cela ne pouvait que les aider, n'est-ce pas ?

Il attrapa le sac de Sabrina à côté de sa valise, et il le lui tendit. Elle sortit son téléphone et elle envoya un texto à Claire pendant qu'il prévenait ses amis. Puis elle envoya un texto groupé à toutes ses amies. LES FILLES ! LOGAN ET MOI NOUS SOMMES MARIÉS !

Une série de textos défila pour les féliciter. Il y eut quelques remarques au sujet de ne pas avoir été invités au mariage, mais ils promirent une fête plus tard.

— Tu as terminé ? demanda-t-il. Tout le monde sait que nous sommes faussement mariés ?

Elle posa brusquement la main sur sa bouche.

— Oh merde. J'ai dit que nous étions vraiment mariés.

— Aucun souci. Je règle ça.

Il composa un message rapide.

— Je vais leur dire que nous avons décidé de le faire aujourd'hui à Vegas. Voilà, maintenant tout le monde est au courant.

Ils se regardèrent.

Elle voulut soudain revenir en arrière. Elle commençait tout juste une relation avec Logan, et ceci allait ajouter une énorme complication à leur relation toute neuve. Qu'avait-elle fait ? C'était une idée terrible avec des conséquences terribles. Si les gens découvraient que c'était faux, elle serait encore plus ruinée qu'elle ne l'était maintenant, avec le départ de la moitié de ses clients. Elle ressemblerait à une conseillère conjugale désespérée, qui avait été abandonnée devant l'autel avant de faire semblant d'être nouvellement mariée. La seule chose pouvant être pire était sa famille de fous apparaissant sous le feu des projecteurs pour commenter leur longue lignée de relations sans engagement. L'amour libre et toutes ces idées de hippies avant même que ce soit considéré comme cool. Son estomac se noua.

Elle déglutit.

— Il me faut peut-être demander à Claire de ne rien dire.

— Laisse. Cette conseillère psychopathe cherche encore à t'atteindre. Ça calmera au moins les choses. Ça ne me gêne pas de t'aider.

— Mais je suis censée être dévouée à l'engagement. Et si les gens découvraient que c'est faux ?

Elle grimaça.

— Parfois, mon côté vengeur prend le dessus.

Il posa la main sur sa joue et il la caressa avec le pouce.

— Profitons simplement d'un petit week-end de lune de miel. Plus tard, nous pourrons avoir un faux divorce quand tout sera revenu à la normale.

Son estomac se contracta et se retourna et menaça de se révolter. Quelqu'un allait souffrir de cette histoire et elle avait le terrible sentiment que c'était elle.

— Nous avons peut-être besoin d'une stratégie de sortie après le faux mariage. Tu vois, afin qu'il n'y ait pas de rancœur.

Il laissa tomber sa main et il la fixa.

— Des rancœurs à cause d'un faux divorce ?

Elle essaya de cacher l'inquiétude de sa voix.

— Une stratégie de sortie pourrait clarifier les limites pour nous : c'est un grand bond depuis là où nous étions jusque là où nous sommes aujourd'hui. Honnêtement, j'en ai besoin pour me sentir tranquille.

Il adopta un air pensif.

— Que penses-tu de ça ? Tu peux dire que j'étais secrètement phobique de l'engagement et que tu m'as dit au revoir.

— Mais nous sommes censés être mariés. Les phobiques de l'engagement ne vont pas si loin.

Il se frotta la barbe.

— D'accord, dis que j'étais un enfoiré qui regardait d'autres femmes.

Elle pinça les lèvres.

— Ça donne mauvaise impression, si je choisis un enfoiré.

— Alors, quoi ?

Elle fixa un point au-dessus de son épaule, perdue dans ses pensées, avant de le regarder dans les yeux et de dire joyeusement :

— Nous dirons que tu es déjà marié, mais que je ne le savais pas.

— Non.

— Nous dirons que tu es gay, mais que tu ne le savais pas.

— Non !

— Eh bien, quoi, alors ?

Une lueur d'amusement dansa dans ses yeux marron.

— Et si nous disions que tu es secrètement tombée amoureuse d'une femme et que j'ai demandé à vous observer en action ?

— Logan !

Il lui fit un demi-sourire sexy.

— Ça ne serait pas la pire chose à regarder pour moi.

Elle se mordit la lèvre inférieure. Ils devaient trouver un bon argument.

Logan sortit du lit, se leva et tendit les bras vers elle.

— D'accord, conseillère, je vois où ça nous mène. Tombe en arrière et je te rattraperai.

Elle écarquilla les yeux.

— Comme un exercice de confiance ?

— Oui. Ça va aider à te calmer.

Il ne souriait pas, mais quelque chose dans son ton évoquait le jeu. Peut-être parce qu'il jouait au psychologue pour elle, alors que sa véritable expertise était dans les technologies.

Elle hésita un moment, mais ensuite elle pensa qu'elle se sentirait sûrement mieux en sachant qu'il la rattraperait. C'était une de ces choses où le corps comprenait le message puis transmettait l'information au cerveau. Ça ne pouvait pas faire de mal, d'autant qu'elle se sentait très nerveuse en ce moment.

Elle sortit lentement du lit, entièrement nue, et le regard de Logan descendit immédiatement vers ses seins avant de faire tout le tour de son corps. Elle pointa un doigt vers lui.

— Concentre-toi. Tu me laisses tomber et ça annulera complètement l'intérêt de l'exercice.

Il recula de quelques pas.

— D'accord, je suis prêt.

Elle avança vers lui, tourna le dos, ferma les yeux et tomba. Elle continua à tomber pendant que Logan la laissait chuter…

Jusqu'au sol.

Au ralenti.

Et puis il se retrouva sur elle, les avant-bras de chaque côté des bras de Sabrina, et il la regarda dans les yeux. Il sentait si bon, frais et propre.

Elle retint un sourire. Il semblait si satisfait de lui-même.

— C'était exactement l'opposé de ce qui est censé se passer dans un exercice de confiance, l'informa-t-elle. Tu n'es pas censé me laisser tomber.

Il sourit.

— Une chute au ralenti avec un résultat très satisfaisant.

Elle pinça les lèvres.

— Si tu ne le fais pas de la bonne façon, tu ne dois pas appeler ça un exercice de confiance.

Un petit sourire apparut sur ses lèvres.

— Quelqu'un t'a déjà dit que tu faisais trop les choses en suivant les règles ?

— Je t'ai dit pourquoi. Ma famille est complètement folle. C'était de l'autodéfense.

Il ricana.

— La première étape vers une solution est de reconnaître que tu as un problème.

— Super, maintenant tu me psychanalyses.

Elle gigota sous lui.

— Laisse-moi remonter.

— Non.

— Logan !

— Détends-toi. Tu dois te détendre, ne pas essayer de tout contrôler.

Elle se raidit.

— C'est toi qui essaies de me contrôler en ce moment.

— J'essaie de t'embrasser en ce moment.

— Oh, chuchota-t-elle.

— Sérieusement, tu ne le savais pas ?

Il la taquina en tenant sa mâchoire. Puis il l'embrassa tendrement avant d'enfouir son nez dans son cou.

— Retournons au lit, chuchota-t-elle.

Il se leva en lui tendant la main pour remonter.

— J'ai une meilleure idée. Prenons la douche ensemble.

— Je n'ai jamais fait ça.

Il lui jeta un regard lubrique.

— Super. Comme ça, je peux te faire croire que tout ce que je fais est complètement normal.

Elle rit.

Il l'embrassa rapidement.

— Avec un peu de chance, après notre douche j'aurai suffisamment domestiqué la bête pour te montrer San Francisco.

— Suis-je la bête dans ce scénario ?

Elle sourit en aimant assez l'idée. C'était mieux qu'une poupée en porcelaine intouchable.

— Je suis la bête dans toute sa gloire vigoureuse.

Il lui mordit la lèvre inférieure.

— Mais tu peux l'être aussi.

— D'accord, donne-moi quelques minutes d'intimité.

Elle attrapa son sac de toilette, se précipita à la salle de bains et ferma la porte. Après avoir utilisé les toilettes et s'être lavé les mains, elle l'appela :

— Tu peux entrer.

Il fit couler la douche et elle saisit l'occasion pour se brosser les dents.

Logan leva la voix par-dessus le bruit de l'eau qui coulait.

— Je me suis dit que nous pourrions faire un tour en tram, aller voir le pont du Golden Gate, nous promener un peu et puis nous diriger vers le quai des Pêcheurs, plus tard dans la journée. Ça te paraît bien ?

Elle parla avec la bouche pleine de dentifrice.

— Super.

— Super.

Il retira ses vêtements et il les posa sur le bord du long comptoir de la salle de bains.

Elle se pencha pour se rincer la bouche et Logan poussa un grognement. Elle aurait peut-être dû mettre des habits ? Cela n'aurait servi à rien. Il les aurait simplement arrachés à nouveau.

— Je ne sais pas ce que je veux le plus, dit-il d'une voix rauque, que tu sois penchée sur le comptoir ou contre le mur de la douche.

Elle rit en passant vite dans la douche.

Il la rejoignit, passa les bras autour d'elle, posa sa bouche sur la sienne. C'était tout ce qui importait. C'était bien entre eux, et elle n'allait pas y réfléchir davantage.

Sabrina venait de terminer de ranger les couverts du petit déjeuner au lave-vaisselle lorsque Logan arriva derrière elle, posa les bras autour de sa taille et enfouit le nez dans son cou. Elle se sentit parcourue de chaleur. Les baisers se muèrent en petits suçotements et mordillements. Le désir se rassembla en une masse qui pulsait entre ses jambes.

— Logan, dit-elle en gémissant.

L'intensité quand il la touchait ne ressemblait à rien qu'elle ait vécu avant. Un seul contact la faisait fondre, un baiser faisait vibrer son corps, elle était entièrement consumée par ses instincts primitifs. Leur douche avait eu lieu plus d'une heure avant, une exploration lente, tranquille. C'était comme s'ils ne pouvaient pas être proches sans que cela se transforme en sexe.

Il la fit tourner vers lui en glissant la main sous ses cheveux et autour de son cou. Il parla contre ses lèvres :

— Je n'arrive pas à croire que je n'ai pas vu ce qui était sous mon nez.

— J'ai caché mon désir, chuchota-t-elle.

— Pourquoi ?

— Je voulais ton corps sexy, mais ça ne suffisait pas.

Il leva un coin de la bouche.

— C'est un début.

— Je pensais que tu étais un mauvais pari en ce qui concerne une relation.

Il monta l'autre main et il traça le contour de sa nuque et de sa clavicule.

— Je te trouve bien critique.

Elle serra son bras pendant qu'il continuait à faire courir ses doigts sous le col en V de son tee-shirt.

— Eh bien, tu ne semblais jamais avoir de relations

sérieuses, et puis il y avait le problème de l'absence de ta mère.

Il laissa tomber la main et il fit un pas en arrière.

— J'ai très peu de souvenirs de ma mère. J'avais quatre ans. Et pour être franc, ce n'était pas un gros événement. Mon père était fabuleux : j'avais une maison remplie de grands frères pour s'occuper de moi et une petite sœur plutôt cool.

— Il pourrait y avoir des problèmes sous-jacents.

Lorsqu'il se renfrogna, elle leva les mains.

— Nous en avons tous. Moi aussi.

— Peut-être, mais je suis plutôt heureux. Je suppose que si je devais choisir un problème, je dirais que la femme qui me désirait depuis si longtemps ne m'a jamais donné un seul indice de ce qu'elle ressentait.

Il fronça les sourcils avant d'ajouter :

— Nous aurions pu coucher ensemble il y a six mois.

Elle franchit la distance, passa les bras autour de son cou et l'embrassa.

— Alors, nous avons du temps perdu à rattraper.

Il lui tint la mâchoire et il l'embrassa en la faisant reculer lentement jusqu'à ce qu'elle heurte le comptoir, puis il appuya fortement son corps contre elle. Oh merde. Pas ici. Il y avait des fenêtres : tout l'étage inférieur était conçu sans cloisons. Elle arracha sa bouche à leurs baisers et il descendit dans son cou, frôlant sa peau sensible avec les dents, glissant la main entre ses jambes.

— Logan, à l'étage, parvint-elle à dire à bout de souffle. S'il te plaît. Les fenêtres.

Il leva la tête, regarda autour de lui et la fixa dans les yeux.

— Il n'y a personne. Enlève ton jean. On va faire ça vite fait.

Elle frappa légèrement son épaule.

— Non.

Elle s'échappa de son emprise et elle se dirigea vers les escaliers.

— Non ? demanda-t-il d'un ton plus tranchant.

Elle jeta un coup d'œil par-dessus son épaule et elle le vit avancer vers elle avec un éclat déterminé dans les yeux. Elle courut à l'étage, suivie de près par Logan. Il la rattrapa dans le couloir, la saisissant par la taille. Elle poussa un petit cri. Il referma les dents sur le lobe de son oreille et il tira doucement.

— Je sais quand tu mouilles pour moi. Ta respiration est plus forte quand ton corps veut la même chose.

Elle sentit naître une pulsation en entendant ces mots.

— Oui, je le veux. Mais il me faut juste de l'intimité.

Il la fit tourner sur elle-même, attrapa ses mains et les colla contre le mur.

— Est-ce assez intime pour toi ?

Elle regarda autour d'elle. Pas de fenêtre.

— Oui.

L'instant suivant, elle eut le jean et la culotte autour des chevilles avant de les retirer. Il se leva et il la saisit par les cheveux, inclinant son visage pour l'embrasser, sa bouche réclamant celle de Sabrina pendant que ses doigts plongeaient entre ses jambes, la caressant jusqu'à atteindre un rythme fiévreux. Oh mon Dieu, cet homme. Il savait comment la faire monter rapidement et comment l'allumer avec une lenteur atroce. C'était rapide, trop rapide. Elle saisit ses épaules en sentant ses membres devenir lourds et faibles. Un gémissement s'échappa d'elle et fut avalé par la bouche de Logan.

Elle était rongée par un besoin violent. Elle attrapa ses fesses, le serra contre elle, voulant le sentir en elle, pas ses doigts. Il comprit le message et il fit un pas en arrière afin de sortir un préservatif de la poche de son jean.

— Enlève ton tee-shirt et ton soutien-gorge, lui dit-il pendant qu'il se déshabillait et qu'il enfilait le préservatif.

Elle fit ce qu'il dit, la bouche sèche, en l'observant, se souvenant de la sensation qu'il donnait quand il était au fond d'elle. Il la souleva d'un seul coup, la prenant contre le mur avec férocité, dureté et une chaleur torride. Elle haleta, enfonçant les ongles dans les épaules de Logan, la tête rejetée en arrière. Plus haut, plus chaud, tout en elle se serra avant d'exploser. Il continua le va-et-vient pendant qu'elle jouissait, créant d'autres secousses avant de laisser échapper un gémissement guttural lorsqu'il la relâcha, refermant les dents sur le muscle de son cou en la serrant d'une façon primitive qui électrisa Sabrina.

Bien plus tard, il lui tint la mâchoire et il l'embrassa d'un long baiser lent et profond comme s'il n'était jamais rassasié d'elle. Elle se perdit en lui, comme droguée, dans un brouillard de désir et d'émotions. Il rompit le baiser, caressant sa joue avec sa main chaude, son cou, son épaule et le long de son bras. Elle aimait qu'il soit si affectueux, même après avoir fait l'amour. C'était bien ça. Ce n'était pas simplement du sexe.

Il fit passer ses cheveux derrière ses oreilles.

— Je suis une bête. Laissons tomber San Francisco. Je veux juste que tu reviennes dans mon lit.

Elle ne put s'empêcher de sourire. Il était clair qu'il était entièrement concentré sur elle, pas sur son ex.

— Nous devrions faire un peu de tourisme. Je ne sais pas quand je reviendrai.

Il la caressa encore un peu le long de sa cage thoracique, puis il la tint par les hanches.

— Deux heures de visite, ensuite je te veux nue et à quatre pattes.

— C'est très spécifique, le taquina-t-elle. On dirait que tu y as réfléchi.

Il passa le pouce sur sa lèvre inférieure.

— Depuis que tu t'es penchée au-dessus du lavabo ce matin.

— Alors, pourquoi ne m'as-tu pas prise de cette façon ici ?

Dans la douche, il lui avait fait plaisir d'une autre manière, validant à tout jamais l'amour de Sabrina pour la bouche de Logan. Ensuite, elle lui avait rendu la pareille.

Il l'embrassa et parla contre ses lèvres.

— J'ai perdu le contrôle, car je te désirais trop.

Il glissa les mains vers ses fesses et il les serra.

— Maintenant, je planifie.

— Il me tarde, chuchota-t-elle.

Il grogna et il la serra contre lui avant de s'écarter.

— Deux heures.

Il ramassa ses vêtements sur le sol et il marcha vers la chambre en roulant des mécaniques.

~

Lorsqu'ils furent habillés, tous deux heureux et rayonnants, elle suivit Logan par la porte. Ils s'arrêtèrent dans l'allée, où la BMW noire de Logan était garée devant la Jeep de Sabrina.

— Quelle voiture ? demanda-t-il.

— La Jeep est peut-être plus amusante.

— D'accord. Ça t'ennuie si je conduis ? Tu pourras en profiter pour voir le paysage pendant le trajet.

Elle sourit, émue par sa considération.

— Parfait.

Elle fouilla dans son sac à la recherche des clés de voiture. Un bruissement dans les fourrés lui fit brusquement lever la tête. Un téléobjectif était visé sur eux.

— Logan, dit-elle à voix basse, il y a quelqu'un ici.

Oh merde. Et s'ils n'étaient pas montés à l'étage ? Il aurait pu y avoir des photos sexuelles d'eux partout dans les médias. Peut-être même une vidéo. Elle attrapa le bras de Logan, saisie de vertige.

— Hé ! cria-t-il. Dégage. C'est une propriété privée, ici.

L'objectif se baissa et son père sortit dans l'allée. Elle eut les entrailles nouées et elle s'écarta de Logan, se dirigeant droit vers son père. Son père et elle étaient seulement liés par la biologie. Il n'avait jamais voulu faire partie de sa vie. Grand et mince, les cheveux blond foncé soigneusement séparés par une raie sur le côté, il s'approcha lentement, l'objectif à la main. Elle allait détruire l'appareil, mais il était possible qu'il ait déjà envoyé des photos numériques vers un autre appareil ou en ligne.

Logan se précipita vers son père comme s'il allait physiquement le faire partir.

— Logan ! C'est mon père.

Logan s'arrêta et il tourna brusquement un visage interrogateur vers elle.

Elle hocha la tête, les lèvres pincées. Elle devait maintenant expliquer que son père paparazzi harcelait sa propre fille.

Son père s'arrêta devant elle.

— Salut, Sabrina.

Elle tendit la main.

— Fais-moi voir ton appareil photo. As-tu pris des photos de Logan et moi ?

— Non, je viens d'arriver.

Il lui montra, parcourant des photos de célébrités. Il n'y avait rien de Logan et elle. Il la scruta un moment.

— Tu as l'air vraiment heureuse.

Elle grinça des dents. Elle avait été heureuse. Maintenant, il avait transformé un merveilleux moment en merde.

— Ça fait un moment que je ne t'ai pas vu.

La dernière fois avait été à son mariage désastreux, quatre ans plus tôt. D'humeur à pardonner, tout émerveillée d'être une future mariée, elle l'avait invité.

— Les circonstances sont bien meilleures maintenant, dit son père avant de se tourner vers Logan. Bonjour, je m'appelle Charlie. Ravi de te rencontrer.

— Logan Campbell.

Son père hocha la tête, puis il se tourna vers Sabrina.

— Pardon de m'être caché dans les buissons. Je ne savais pas si tu voudrais me parler.

Elle croisa les bras.

— Comment m'as-tu trouvée ?

— J'ai suivi les indices : ton lien avec Claire Jordan, les réunions d'investisseurs de Logan, ta soudaine annonce de mariage. J'étais déjà en Californie.

— Beau travail de détective, dit-elle.

Il hocha la tête.

— Si je t'ai trouvée, il ne faudra pas longtemps avant que tous les autres y parviennent. Puis-je s'il te plaît prendre une photo de vous en tant que couple marié ? Ça m'aiderait vraiment d'obtenir l'exclusivité.

— Non.

Logan leva un doigt.

— Une minute.

Il l'entraîna vers la maison et il lui chuchota à l'oreille :

— Faisons-le. C'est un gros doigt à tous ceux qui nous emmerdent. Une fois qu'il aura le scoop, il n'y aura plus de paparazzi sortant des buissons.

Elle fit la grimace.

— Mon propre père vendant des photos de moi.

— Nous le laissons faire pour une bonne raison.

— Il ne s'est jamais soucié de moi. Je ne savais même pas que c'était mon père avant l'âge de treize ans. Il a réapparu lorsque ma mère a progressé dans sa carrière d'artiste. Il voulait vendre des photos d'elle avec son art, et elle a accepté. J'ai même cru qu'ils allaient se remettre ensemble, car il a emménagé pendant quelques semaines. Mais ensuite, il est reparti. Je ne lui dois rien.

— C'est nul.

Il jeta un coup d'œil à son père qui trafiquait son appareil photo.

— Ma famille ne s'engage jamais.

Logan prit ses mains dans les siennes et il les serra doucement.

— Mes parents ne sont pas restés ensemble non plus.

— Alors nous sommes tous les deux perturbés.

Il lui sourit.

— Je propose que nous tentions le coup. Fais-lui un grand sourire niais, puis nous continuerons notre journée tranquille.

Elle regarda son père qui s'était légèrement retourné, leur laissant un peu d'intimité. Logan avait sans doute raison : une photo choisie par eux valait mieux que devoir gérer des inconnus leur sautant dessus à tous les coins de rue.

Elle appela son père.

— D'accord. Une photo. Nous nous tiendrons devant ces buissons. Je ne veux pas que la maison de Claire figure sur la photo.

— Super !

Son père sourit, mais elle ne lui rendit pas le sourire. Il se servait d'elle.

Logan et elle se mirent en place. Logan passa un bras autour de ses épaules.

Son père leva l'appareil photo et il fit la mise au point.

— Tenez-vous face à l'autre, regardez-vous dans les yeux et souriez. Sabrina, pose ta main gauche sur son épaule afin que la bague de mariage figure sur la photo.

Elle fut sur le point de dire *c'est bon, ça va*, lorsque Logan se tourna vers elle, passa les bras autour de sa taille et l'attira contre lui. Il se pencha et il lui chuchota :

— Allez, pose les mains sur moi comme si je te plaisais.

Elle rit et elle posa les mains sur ses épaules. Il lui sourit, ses yeux noisette chaleureux se plissant dans les coins. Il semblait vraiment heureux, et cela la rendait heureuse. Une bouffée d'affection pour lui la fit sourire.

— Parfait ! s'exclama son père en prenant de nombreuses photos.

Elle revint à la réalité et elle se tourna vers son père.

— Tu as ce qu'il faut ?

Il jeta un coup d'œil à son appareil et il sourit.

— Oui. Joli.

Il s'approcha de Logan et il lui serra la main avant de serrer celle de Sabrina.

— Merci beaucoup. Ça me gardera à flot pendant un mois.

Logan le fixa d'un air dur.

— Tu as l'exclusivité. Je suggère que tu la fasses circuler très vite. Nous allons sortir et quelqu'un d'autre pourrait te doubler.

— Absolument, dit son père en hochant la tête. Merci.

Son père se tourna pour partir, mais Logan l'attrapa par le bras.

— Je ne veux plus que tu nous harcèles, compris ? Peu importe qui tu es, j'appellerai la police.

— Aucun souci, dit son père en détournant le regard. Je n'ai besoin que de ceci.

— Une seconde, dit Logan. Je vais ouvrir le portail pour que tu n'aies pas encore à grimper par-dessus la palissade.

Son père rougit en regardant Sabrina avant de fixer le sol et d'attendre. Il enfonça la main dans sa poche, en sortit une carte de visite et la lui donna.

— Au cas où tu voudrais rester en contact.

Elle rangea la carte dans son sac, irritée. Il espérait sûrement qu'elle le contacte pour une nouvelle photo exclusive.

— Au revoir.

Logan composa le code pour ouvrir le portail et son père partit presque en courant.

Logan revint à côté d'elle.

— Ça s'est mieux passé que je ne l'aurais cru. Es-tu contrariée ?

Elle secoua la tête.

— Je veux seulement faire comme si ce n'était jamais arrivé. Je te jure que si ma mère apparaît elle aussi, j'en mourrais.

— Que ferait-elle ?

— Elle essaierait d'attirer le feu des projecteurs sur elle et son art. Son travail n'intéresse plus grand monde. Les modes dans l'art vont et viennent, et elle n'a jamais changé de sujet de prédilection.

Il leva un coin de sa bouche.

— J'ai un peu envie de voir ces peintures érotiques.

Elle lui jeta un regard noir.

— Je suis ravie que ma mère gênante te fasse rire.

Il haussa les épaules.

— Je suis simplement curieux.

— Pouvons-nous aller visiter la ville, maintenant ?

Il lui leva le menton et il l'embrassa.

— Tout à fait.

Quelques minutes plus tard, ils partirent enfin en jeep. Elle espérait vraiment que c'était la dernière fois que sa famille profitait d'elle.

14
____

Logan fut émerveillé par Sabrina. Maintenant qu'elle était normale avec lui, il vit qu'elle était passionnée et qu'elle avait un sens de l'humour sarcastique. Elle n'hésitait pas à lui donner la réplique, à dire ce qu'elle voulait, alors il n'avait pas besoin de s'inquiéter de l'écraser. Il y avait un véritable aller-retour entre eux, mieux encore que leur amitié, car maintenant qu'elle n'agissait plus en professionnelle réservée et qu'elle était davantage elle-même, ils étaient sur un pied d'égalité. À vrai dire, elle avait le dessus, car elle lui plaisait bien trop, mais elle ne le savait pas. Le sexe était incroyable, elle cuisinait comme un gourmet et plus il la connaissait, plus il l'appréciait. Il fut un peu effrayé de ressentir autant de choses si vite. Il essaya de le rationaliser... peut-être était-elle sa consolation après une rupture, ou alors le faux mariage promettait un engagement inexistant. Quelle qu'en soit la raison, il ne pouvait nier ressentir quelque chose de... profond.

Ils s'amusèrent comme des fous en visitant San Francisco. Il joua au guide et quand il avait constaté combien elle s'amusait, il avait laissé tomber son décret de deux heures et ils avaient passé toute la journée dehors ensemble. Ils s'étaient librement déplacés dans la ville, sans se faire ennuyer par quiconque, dans leur propre petite bulle de bonheur.

Lorsqu'ils retournèrent à la maison de Claire, Sabrina lui cuisina un dîner fantastique sans recette. Du bœuf finement coupé avec du basilic, des pâtes cheveux d'ange et de la salade. Il mangea même la salade, car elle y avait mis toutes ces bonnes choses dedans, des amandes mondées grillées et des tranches de poire avec une vinaigrette maison.

Il s'écarta de la table, le ventre plein, très satisfait.

— Je n'arrive toujours pas à croire que tu aies fait tout cela sans recette. Tu aurais dû être chef.

Elle sourit.

— J'aime cuisiner. Quand on le fait assez souvent, on sait ce qui va ensemble et quel temps de cuisson il faut choisir.

— Je sais tout juste faire cuire une pizza surgelée.

Elle rit.

— Je suis sûre que tu sais faire plus que ça.

— Tu manges ainsi tout le temps ? Des repas de gourmet ?

— Ce n'est pas de la gastronomie. Je garde ça pour les occasions spéciales. Ces repas prennent plus de temps, comme il se doit. Tout vient à point à qui sait attendre.

Il se pencha au-dessus de la table et il prit sa main qu'il frôla avec les lèvres. Elle entrouvrit les lèvres en fixant sa main.

— Est-ce une façon subtile de dire que je dois attendre avant de te séduire à nouveau ?

Elle secoua la tête en souriant.

— Je parlais du repas.

Elle jeta un coup d'œil à la cuisine.

— Mais nous devrions sans doute laver les casseroles avant que tout colle, et quand je dis nous, je veux dire toi.

Il rit et il serra sa main.

— D'accord, j'ai compris.

— S'il y avait eu plus d'ingrédients, j'aurais pu te préparer un bon dessert.

Il posa la main sur le cœur.

— Tu fais aussi des pâtisseries ?

Elle jeta ses cheveux en arrière et cligna des paupières.

— Mes amies m'appellent la fée du logis.

— C'est ce que tu es.

— Je trouve simplement que ça détend. Ce sont des choses que je n'ai pas eues en grandissant. Tu sais, les repas faits-maison, un foyer chaleureux, alors j'ai appris à le recréer.

— J'ai grandi dans une maison chaleureuse, mais nous n'avons jamais si bien mangé. Maintenant, j'ai une grande maison qui est presque entièrement vide.

— Peut-être que pour toi, qui viens d'une maison remplie de gens, c'est agréable d'avoir tout cet espace.

Il sourit.

— Je pensais juste que c'était parce que j'étais trop paresseux pour choisir des meubles.

Elle rit.

— Il y a ça, aussi.

Il se leva et il rassembla leurs couverts avant de se diriger vers la cuisine. Il posa tout dans l'évier et il fit couler l'eau.

Sabrina le suivit.

— Sais-tu comment faire la vaisselle ?

Il fronça les sourcils.

— Je t'en prie. Me prends-tu pour un barbare ?

— D'accord, d'accord. C'est juste qu'avant tu as tout mis au lave-vaisselle.

Il commença à le remplir.

— Oui, mais j'ai dit que j'allais laver les casseroles, et je le ferai.

Il finit de charger tout ce qui était possible dans le lave-vaisselle pendant que Sabrina l'observait.

— Je m'en occupe. Pas besoin de me surveiller.

— Te regarder faire des corvées domestiques me donne chaud.

Il éclata de rire.

— J'ai l'impression que tu utilises la psychologie inversée sur moi, conseillère.

— Mais c'est vrai, insista-t-elle. Occupe-toi des casseroles.

Il secoua la tête, pas entièrement convaincu, mais au cas où cela l'excitait vraiment, il allait la séduire dès que la corvée serait terminée. Il attrapa un essuie-tout sur lequel il fit gicler du liquide vaisselle.

— Attends.

Elle fouilla sous l'évier et elle sortit une éponge grattante propre.

— Tiens, essaie avec ça.

Il se mit au travail.

— Alors, quel genre de desserts sais-tu faire ?

Elle s'appuya contre le comptoir à côté de lui.

— Eh bien, je suppose que ça dépend de ce dont tu as envie. Des cookies, des brownies, un gâteau au chocolat sans farine, de la mousse au chocolat, des tartes aux fruits…

— Waouh, commençons par la tarte. Quel genre de tarte ?

— N'importe quel genre qui te plaît. La pomme serait sans doute la plus facile à trouver à cette époque de l'année.

— Oui, s'il te plaît. Que sais-tu faire d'autre ?

— Que veux-tu dire ?

— Jusqu'où vont tes talents de fée du logis ?

Elle haussa les épaules.

— Je suppose que c'est une histoire d'opinion. Mes amies aiment venir chez moi. Elles disent toujours que ça sent la cannelle et la vanille, et que les meubles sont bien confortables. J'ai cousu les coussins décoratifs et j'ai tricoté le plaid.

Il écarquilla les yeux.

— Il faut que je voie ton appartement.

— Alors, après… nous allons continuer à nous voir ?

Il se raidit, surpris qu'elle ait pensé que c'était seulement pour le week-end. En fait, il avait dit qu'il s'agissait d'une lune de miel d'un week-end, mais il avait supposé qu'ils étaient tous les deux assez enthousiastes pour continuer. Putain. Il posa la casserole et se tourna vers elle.

— Je pense que nous le devons.

— Pourquoi, exactement ? demanda-t-elle doucement.

Il chercha désespérément un bon argument sans dévoiler toute sa main. Il ne voulait pas qu'elle sache comme il était accro à elle, car s'il ne s'agissait que de faux-semblants pour réparer la réputation de Sabrina, il était mal.

— Le plaisir mutuel.

Elle pinça les lèvres.

— Jusqu'à…

— Je ne sais pas. Voyons où ça nous mène.

Elle hocha une fois la tête, se tourna et se mit à faire claquer les portes des placards. Il eut l'impression qu'elle était énervée.

— Quoi ? demanda-t-il.

— Rien. Je cherche juste un torchon.

Bam.

— Pas là.

Bam.

— Il doit bien y en avoir quelque part, n'est-ce pas ?

Il coupa l'eau, se sécha les mains sur un essuie-tout et la rattrapa juste après qu'elle ait claqué le placard numéro cinq. Il passa le bras autour de sa taille et il l'attira contre lui, glissant la main sous ses cheveux et autour de sa nuque.

— Sabrina.

— Quoi ? aboya-t-elle, tout à fait énervée, mais elle fixait sa bouche et elle respirait plus vite.

Elle se gardait pourtant bien de le toucher, laissant pendre les mains près de ses hanches.

— Je sais qu'il y a cette histoire de faux mariage, mais je t'ai dit que cette partie-ci était réelle.

Il frôla ses lèvres avec la bouche, cherchant à l'amadouer.

— Ne sois pas fâchée.

Encore une caresse de ses lèvres.

— Profite, c'est tout.

Elle soupira.

— Je pars demain matin et j'ai simplement besoin de savoir où j'en suis. Alors, une fois que nous serons tous les deux rentrés, après la fausse lune de miel, continuerons-nous à nous fréquenter pour le plaisir mutuel, c'est-à-dire pour baiser ?

Il eut une érection en entendant sa bouche si douce dire le mot « baiser », mais elle le scrutait avec ses yeux marron, alors il lui dit la vérité.

— C'est-à-dire pour plus que baiser.

Elle passa les bras autour de sa taille et elle serra fort. La bête était de retour. Il ne voulait pas l'enlacer, il voulait la pencher sur le comptoir et s'enfouir profondément en elle. Il tenait à elle, mais le besoin intense qu'il ressentait quand elle était appuyée contre lui l'empêchait de se retenir. Il fit passer ses cheveux autour de son poing et il tira, inclinant le visage de Sabrina vers lui.

Elle rougit et le pouls dans sa gorge se mit à battre rapidement. Il caressa sa gorge en appréciant la façon dont elle réagissait. Il fut sur le point de se baisser et de faire courir sa langue sur ce pouls lorsqu'elle parla :

— Faire claquer les portes de placard, c'était un peu passif-agressif de ma part. Je m'en excuse. À partir de maintenant, je ferai des efforts pour communiquer.

Il secoua la tête.

— Tu es trop adorable. Ne t'excuse pas d'avoir été fâchée.

Elle le regarda dans les yeux.

— J'étais fâchée parce qu'on aurait dit qu'il ne s'agissait que de sexe, alors que pour moi c'est bien plus. J'aurais dû le dire tout de suite. Je suis encore un peu novice dans les relations, mais je veux *vraiment* m'améliorer. En théorie, je suis une experte, en tout cas aux yeux des autres, mais de mon point de vue, pas tellement.

— Tu te connais bien, la taquina-t-il. Si tu es fâchée parce que tu ne sais pas où tu en es, je peux le comprendre. Je n'ai pas besoin que tu sois une experte.

Il parla contre ses lèvres.

— J'ai simplement besoin que tu sois avec moi.

Il l'embrassa en lui faisant savoir qu'il la désirait. Ce fut un baiser exigeant qui les enflamma. Elle mêla sa langue à la sienne, passant les bras autour de son cou, le gardant contre elle, appuyant son bassin contre lui avec insistance.

La vaisselle pouvait attendre. Il ne pensait pas pouvoir un jour se lasser d'elle. Cela aurait dû l'effrayer, mais il était déjà trop accro. Il se laissa aller.

~

Une fausse journée de bonheur conjugal fut tout ce qu'elle obtint avant de devoir reprendre l'avion. Logan allait rester jusqu'au mercredi afin d'avoir plus de temps au bureau de son investisseur. Elle se dit que ce n'était qu'un au revoir. Il rentrerait et ils poursuivraient par une nouvelle phase de leur relation. Le problème était qu'elle n'était pas sûre de ce qu'était cette phase. Il lui plaisait beaucoup trop et si elle était honnête avec elle-même, cela faisait des mois qu'elle tombait lentement amoureuse de lui. Une part d'elle voulait reprendre à zéro avec lui, le trouver avant qu'il se remette avec Olivia, avant qu'elle-même se trouve sous les feux des projecteurs dans tout ce bazar. Il y avait simplement trop d'éléments stressants ajoutés à une relation toute neuve.

C'était le dimanche matin et ses bagages étaient prêts. Il ne restait plus rien à faire que de dire au revoir à Logan et de conduire sa Jeep de location à l'aéroport.

Elle s'arrêta devant lui près de la porte d'entrée, essaya de sourire et échoua misérablement.

— Bon, au revoir. Je suppose que je te verrai à la maison.

Il remonta un coin de la bouche.

— Ne prends pas un ton si triste. Je rentre dans trois jours. Tu peux survivre aussi longtemps sans que je sois dans ton lit.

Alors, d'accord, oui, le sexe était phénoménal, mais elle s'inquiétait un peu que cela éclipse tout le reste. Non pas qu'elle n'aimait pas ça. C'était un amant exigeant, mais généreux, et ça lui convenait bien. Carrément. Mais toutes ces émotions étaient en train de monter en elle, et elle était certaine qu'il n'en était pas au même point. Elle avait simplement besoin de minuscules indices montrant qu'elle n'était pas seule dans ces eaux profondes.

— Penses-tu que nous devons continuer à faire comme si nous étions mariés à la maison ?

— Oui, pas de problème.

— Nous devrions peut-être dire la vérité à nos amis.

— Laisse faire. Nous leur dirons quand tout se sera calmé et que ta réputation sera rétablie.

Elle eut une autre pensée :

— Et s'il y avait des journalistes qui s'en mêlaient ? N'est-ce pas bizarre que nous ne vivions pas ensemble ?

Il rit et il tira sur une mèche de ses cheveux.

— Tu t'inquiètes trop. Je suis certaine que toute l'attention va se tasser. Tu n'as plus d'interviews télévisées prévues. Tu vas retourner au travail, je vais retourner au travail, et nous nous verrons pour le déjeuner ou *autre chose*.

Il lui fit un clin d'œil.

— Autre chose comme le sexe.

Il leva les mains.

— C'est toi qui le dis.

Elle poussa un soupir d'exaspération.

Il passa la main autour de sa nuque et il la rapprocha de lui pour l'embrasser. Il laissa tomber sa main.

— Fais bon voyage. Je te vois bientôt.

Elle ne bougea pas, pas tout à fait prête à mettre fin à ce séjour merveilleux en Californie.

Il lui donna une tape sur les fesses.

— Arrête de me regarder avec ces grands yeux inquiets. Sérieusement, tu me tues avec ces yeux. Tu me connais, non ?

— Oui.

— Tu me fais confiance.

— Oui.

— Alors ça va. Maintenant, pars vite avant que je fasse à nouveau ce que je veux de toi.

Elle sourit. Il arrivait toujours à la faire sourire. Il fit de même, se pencha et la mordilla dans le cou en la faisant sursauter.

Elle partit de bonne humeur. Grâce à Logan.

Elle rentra d'humeur maussade. Épuisée et perturbée par le décalage horaire, elle se gara tard ce soir-là. Il faisait sombre et froid. Bienvenue au Connecticut en janvier ! Elle sortit de sa voiture, ouvrit le coffre pour en retirer sa valise et hurla.

Un journaliste se tenait à côté d'elle. Elle ne l'avait même pas entendu approcher. C'était le même type qu'en ville avec la longue queue de cheval brune.

Elle lui jeta un regard noir avant de sortir sa valise sans ménagement, pas d'humeur à supporter ces conneries.

— Écoutez, je reviens d'une longue journée de voyage et je veux simplement rentrer chez moi en paix.

Elle fit claquer le coffre et elle verrouilla la voiture.

L'homme la fixa.

— Alors, vous vivez toujours ici dans votre appartement après votre mariage avec Logan Campbell ?

Elle serra les dents. Elle avait soupçonné que ce serait un problème, mais Logan avait agi comme si ce n'était rien.

— Je n'ai pas encore eu le temps d'emménager chez lui, mais nous sommes extrêmement heureux.

— C'est un mariage plutôt rapide.

Elle l'ignora et elle se dirigea vers le trottoir en tirant sa valise à roulettes. Il resta à sa hauteur.

— Des commentaires sur les œuvres d'art de Willow Clarke ?

Elle se figea. C'était sa mère.

Il continua :

— Elle m'a donné une interview à son studio. Elle avait des choses intéressantes à dire sur vous.

Elle sentit la bile monter dans sa gorge. Ça ne l'étonnait pas du tout. Elle avait certainement préparé toute une série d'interviews pour parler de l'enfance de Sabrina, en s'arrangeant pour que ses peintures se trouvent en pleine vue des caméras.

— Sans commentaire.

— Elle dit que vous étiez une enfant rêveuse qui inventait toujours des réalités alternatives complexes.

Sans rigoler. Que devait-elle faire d'autre ? Elle ne pouvait même pas inviter des amis. Les parents de ses amis ne permettaient pas à leurs enfants de s'approcher de « toutes ces cochonneries » et dans tous les cas, elle aurait été morte de honte qu'ils s'en approchent.

Sabrina continua à marcher. Son père l'avait trahie. Sa mère l'avait trahie. Son demi-frère allait peut-être suivre en prenant la pose tout nu dans ses peintures corporelles de science-fiction. Il dirait qu'il avait toujours trouvé Sabrina bizarre. Quelle ironie.

La voix de l'homme devint plus douce et il parla d'un ton complice :

— Hé, je comprends. Ma famille n'est pas parfaite non

plus. C'est peut-être pour cela que vous êtes devenue conseillère conjugale. Willow a dit que votre famille ne s'engageait jamais et que c'était une grande surprise quand vous aviez choisi cette carrière.

Elle sentit son estomac se retourner sur lui-même, mais elle parvint à continuer à marcher, regardant droit devant elle en montant les marches.

Il s'arrêta en bas des escaliers.

— Ça semble un peu frauduleux de se vanter d'être une experte en relations étant donné vos origines et le fait que Logan et vous ne viviez même pas ensemble. Le mariage était-il faux, lui aussi ?

Elle se pressa sur le reste du chemin et elle entra dans son appartement avec les mains qui tremblaient. Une fois à l'intérieur, elle verrouilla la porte et elle se laissa glisser contre, faisant de l'hyperventilation pendant quelques instants tout en essayant désespérément d'inspirer profondément. Elle finit par éclater en gros sanglots bruyants, rattrapée par tous les événements de la semaine précédente.

Après avoir bien pleuré, elle s'assit sur le canapé et elle essaya d'analyser ses possibilités. Logan était de son côté et elle avait Claire, elle avait un avocat, bien que celui-ci n'ait pas fait grand-chose. Elle se dit soudain qu'elle n'avait besoin de personne. Ce dont elle avait besoin, c'était d'affronter cette conseillère conjugale psychopathe en face à face pour mettre fin à tout cela. Elle était forcément la cause de toute cette situation. Elle ne voyait pas pourquoi ce journaliste en particulier la harcelait de cette façon en fouillant autant dans son passé. Il était sûrement payé pour le faire.

Elle allait demander l'aide de Lexi qui vivait au bout du couloir. Lexi pouvait prendre rendez-vous avec la psychopathe, et puis Sabrina irait à sa place. Elle ne pensait pas que Tara la laisserait passer la porte, autrement. Elle sortit le téléphone de son sac pour envoyer un texto en espérant qu'elle était encore debout. Il y avait un message de Logan. *Bien rentrée ?*

Elle répondit rapidement. *Il y avait un journaliste à mon*

appartement. Maintenant, il sait que nous ne vivons pas ensemble. Et ma mère donne des interviews sur moi.

Son téléphone sonna. Logan. Elle décrocha et il commença immédiatement à lui donner des ordres.

— Récupère la clé de ma maison chez Ben et puis emménage. Reste avec moi jusqu'à ce que ça se calme.

— Hors de question.

C'était bien trop tôt pour vivre ensemble. Leur relation éclaterait à cause de la pression.

— C'est juste pour qu'ils passent à autre chose.

— Je ne peux pas emménager, s'entêta-t-elle. Nous n'avons eu qu'un seul rendez-vous ensemble. Il faut faire les choses dans l'ordre.

— Ce serait juste pour une visite. Rien d'important. Je rentre mercredi soir et nous réfléchirons à un plan. Nous sommes une équipe maintenant. Tu n'es pas obligée de tout gérer toute seule.

Elle eut le souffle coupé. Elle aimait vraiment le fait qu'il les considère comme une équipe. Elle pensait toujours que les meilleures relations étaient de véritables partenariats.

Il souffla bruyamment.

— Ton silence est-il une de ces réactions passives agressives ?

Elle pinça les lèvres. Il lui balançait ses propres termes de psychologie.

— Non, je réfléchissais.

— Il n'y a pas à réfléchir.

— Combien de temps vivrai-je avec toi ?

— Je ne sais pas. Jusqu'à ce que ta mère arrête de parler de toi aux journalistes et que ton père arrête de vendre des photos de toi ? Jusqu'à ce que tout le monde cesse de s'intéresser à nous ?

Il baissa la voix.

— J'ai lu l'interview donnée par ta mère. Bon sang, Sabrina, c'est horrible. Elle est vraiment rentrée dans les détails personnels sur toi.

Elle se frotta les tempes. Elle ne voulait même pas savoir ce que sa mère avait dit. Logan était de son côté et elle aurait été bête de rejeter ce qu'il lui proposait. Ressembler à une femme mariée heureuse au lieu d'un charlatan avec une enfance perturbée était très attirant à ce moment-là.

— D'accord, j'emménage chez toi.

— Merveilleux. Cela inclut-il la cuisine ?

Elle repoussa une pointe d'anxiété en constatant qu'il la voulait dans son lit et dans sa cuisine, dans cet ordre.

— Oui, je cuisinerai. Je cuisine tous les soirs.

— Bon sang, c'est de mieux en mieux.

— Je dois partir. Merci, Logan.

— Aucun souci. Au revoir.

Elle raccrocha. Il était vingt-deux heures passées. Elle envoya un texto à Lexi qui répondit tout de suite. *Passe chez moi.*

Sabrina ouvrit la porte de son appartement avec précaution, passa la tête dans le couloir pour s'assurer que le journaliste était parti et longea le couloir jusqu'à l'appartement de Lexi.

Elle appuya sur la sonnette et la porte s'ouvrit sur une Lexi souriante, les bras grands ouverts. Elle avait les cheveux bruns attachés en queue de cheval et elle portait un long débardeur avec un pantalon de sport, comme si elle venait de faire une séance de yoga.

— Félicitations !

Elle prit Sabrina dans ses bras.

Sabrina la serra très légèrement contre elle.

— Merci, mais cette annonce de mariage n'était que pour la presse. Entre toi et moi, nous ne sommes pas vraiment mariés.

Lexi fronça les sourcils.

— Oh, pardon.

Elle se dérida ensuite.

— À vrai dire, je suis plutôt contente, parce que j'étais déçue d'avoir raté le mariage.

Elle indiqua son canapé vert sombre.

— Installe-toi. Veux-tu du vin ?

— Non, merci. Je voulais simplement te demander un service avant d'aller me coucher.

— Tout ce que tu veux.

Sabrina sentit ses yeux brûler. Elle avait vraiment de bonnes amies. C'était la famille qu'elle avait choisie.

— Merci pour ça.

Elle attendit que Lexi la rejoigne sur le canapé avant de l'informer des dégâts causés par Tara selon elle.

— Quelle connasse ! s'exclama Lexi.

— C'est exactement ce que je pense. Je veux lui parler en face à face et mettre fin à tout ça.

— Et si ça dégénère ? Elle pourrait utiliser tes paroles contre toi. Tu as dit qu'elle t'avait menacé avec son avocat.

— Mon avocat ne met pas un terme à tout ça. Il faut donc que ce soit moi.

Lexi se pencha vers elle, ses yeux noisette brillant de curiosité.

— Quel est le plan ? Tu vas juste entrer dans son bureau ?

— C'est là que tu entres en jeu. J'aimerais que tu prennes rendez-vous dans son cabinet de Fieldridge, à l'heure qui t'arrange. Elle fait aussi un peu de soutien individuel. Puis j'arriverai à ta place. Elle aura réservé l'heure. Cela me laissera assez de temps pour entrer et dire ce que je pense.

Lexi fronça les sourcils, inquiète.

— Je devrais peut-être t'accompagner. En tant que témoin.

— Non, merci, je préfère un face-à-face.

— En tout cas, enregistre tout sur ton téléphone. Pour ta propre protection. Elle admettra peut-être tout ce qu'elle a fait afin de te le jeter au visage.

— D'accord, bonne idée.

Lexi se frotta les mains.

— On va la faire tomber. Elle va regretter tous ses mauvais coups.

Elle sourit. Lexi n'hésitait pas à jouer les dures.

— Je suis contente que tu sois de mon côté, tigresse.

Lexi fit semblant de griffer l'air.

— Rrrrr.

— Tiens-moi au courant dès que tu auras obtenu un rendez-vous.

— Pas de problème.

Elle se leva.

— Merci. J'apprécie vraiment.

Lexi la scruta.

— Que se passe-t-il avec Logan ? Nous étions toutes tellement heureuses pour toi. Ça semblait naturel que votre amitié devienne un jour plus que cela.

Elle se laissa retomber à sa place.

— Je ne sais pas. Tout était tellement fou.

Elle raconta toute la situation avec Olivia, y compris le fait qu'ils avaient couché ensemble le soir même.

Lexi lui donna un coup de coude.

— Bien joué !

Elle soupira.

— Et toute cette histoire de faux mariage servait à réparer ma réputation, mais maintenant je le regrette, car cela complique le début hésitant de notre relation.

Lexi attrapa son téléphone sur la table basse et remonta jusqu'au texto gênant de Sabrina en lettres majuscules. LES FILLES ! LOGAN ET MOI NOUS SOMMES MARIÉS !

— Tu paraissais si heureuse, dit Lexi. Je pense que c'est amusant. Et puis, cela fait plus de six mois que vous apprenez à vous connaître. Je dirais que vous avez dépassé le stade des débuts.

— Demain, j'emménage chez lui, lâcha-t-elle.

Lexi frappa le bras de Sabrina.

— Quoi !

— Aïe ! grogna Sabrina en se frottant le bras.

— Je croyais que tout était faux.

Elle lui parla du journaliste et de sa mère gênante.

— Il est simplement gentil en m'aidant.

Elle se pencha vers son amie en avouant enfin sa véritable angoisse.

— Lex, je suis un peu inquiète. Je crois que je suis amoureuse de lui.

Lexi lui jeta un regard compatissant.

— Oh, ma chérie, je sais que tu l'es. Tu es amoureuse de lui presque depuis que tu l'as rencontré. C'est un type bien. Il n'y a pas à s'inquiéter.

— Mais si !

Toutes ses inquiétudes se déversèrent d'un coup.

— Les relations, c'est nouveau pour moi, il vient de rompre avec une femme pour qui il allait vivre à l'autre bout du pays, il y a une tonne de pression sur nous à cause de l'attention des médias, sans parler de la pression de vivre soudain ensemble après un seul week-end de sexe torride. Il me dit de ne pas m'inquiéter, tu dis de ne pas m'inquiéter, mais je m'inquiète, Lex ! Je sais par mon travail comme c'est difficile pour les couples de s'engager et de rester engagés l'un avec l'autre.

Elle se frotta les tempes en sentant le début d'un mal de tête.

— Je pense que j'ai pris tout cela par le mauvais bout et que je ne peux plus revenir en arrière pour tout réparer.

Lexi tapota le bras de Sabrina.

— D'accord, j'ai très bien compris.

— Que veux-tu dire ?

— Je comprends très bien que tu manques d'assurance au sujet d'une relation. C'est l'histoire de ma vie. C'est pour cela que je n'en aurai plus.

— Je ne manque pas d'assurance.

Elle savait ce qu'elle ressentait pour Logan, elle en était certaine. Oui, c'était un type bien, mais ça ne signifiait pas qu'il ressentait autant de choses pour elle qu'elle pour lui. Oh, merde. Lexi avait raison. Tout le reste — ses autres inquiétudes — était secondaire. Elle était effrayée et elle manquait d'assurance parce qu'elle était enfoncée jusqu'au cou dans les sentiments.

Elle l'aimait.

Son cœur se mit à battre fort en comprenant cela. Bon sang, Lexi aurait aussi fait une bonne conseillère conjugale.

— Tu as peut-être raison, dit-elle.

Lexi lui donna un coup de coude.

— Évidemment. Tu te calmeras quand tu seras plus sûre de lui. Et laisse-moi te dire que la plupart des types ne laissent pas une femme emménager aussi facilement avec eux. Cela implique un gros engagement de couple.

Elle balaya cela de la main.

— Ce n'est que jusqu'à ce que tout ce bazar soit terminé.

— Si tu le dis.

— Je pense qu'il me veut seulement pour mes talents culinaires et pour mon corps, dit-elle d'un ton léger, à moitié pour plaisanter et à moitié par inquiétude. On dirait qu'il a un orgasme chaque fois que je lui prépare un repas.

Lexi éclata de rire.

— Et avec ton corps aussi, ne l'oublie pas !

— Sérieusement, c'est comme si je ne pouvais même pas lui parler sans qu'il me touche, et c'est gênant de voir à quelle vitesse nous nous remettons à baiser ensuite.

Lexi secoua la tête.

— Je n'arrive pas à croire que je doive te l'expliquer, Madame l'Experte en Relations, mais ceci n'est pas un problème. Lâche-toi ! Sois heureuse !

Sabrina soupira.

— Je suis heureuse. Je suis juste… eh bien, je suppose que nous verrons.

— Comment est le sexe ? demanda Lexi.

— Euh…

Elle hésitait à partager les détails intimes. Elle avait l'impression que c'était entre Logan et elle.

— D'accord, d'accord, sur une échelle d'un à dix, dit Lexi. Un étant « bof », dix étant torride comme dans la trilogie Féroce.

C'était la série de romances érotiques qu'elles aimaient toutes au club de lecture.

— Un milliard de fois mieux que la trilogie Féroce, avoua-t-elle en rougissant.

Lexi lui tapa dans la main.

— Bien joué, Logan.

— Comment sais-tu que c'est lui ? C'est peut-être grâce à moi que c'est super.

— Oui, bien sûr.

Elle ricana.

— C'est sans doute vous deux.

C'était essentiellement Logan qui prenait les choses en

main dans la chambre, mais tout de même. Ses amies la voyaient-elles aussi comme une poupée de porcelaine intouchable ? Elle aurait dû expliquer pourquoi elle avait besoin d'une vie tranquille et stable, mais elle n'en avait pas le courage pour l'instant. Le week-end tumultueux et le voyage étaient en train de la rattraper.

— Bon, sur ces belles paroles, je vais me coucher.

Elle se leva et elle se dirigea vers la porte.

— C'est ta dernière nuit de célibataire.

Elle s'arrêta et elle regarda Lexi par-dessus son épaule. Son amie lui fit un clin d'œil.

Sabrina secoua la tête en souriant avant de sortir, espérant qu'une partie de la confiance de Lexi en la nouvelle relation de Sabrina s'avérait exacte.

15

Logan rentra chez lui le mercredi soir tendu comme un coucou. Ce n'était pas à cause du travail, qui se passait bien, ni parce que Sabrina avait emménagé chez lui de façon temporaire, c'était à cause de ce qu'il devait lui dire. Il resta assis dans sa voiture au garage, essayant de se préparer mentalement à la meilleure façon de lui annoncer la nouvelle. Il ne voulait vraiment pas la blesser. En vérité, ils commençaient tout juste à former un couple, et il ne savait pas du tout s'ils allaient pouvoir continuer une fois qu'elle aurait appris la nouvelle.

Allez, sors tes fesses de cette voiture. Il devait simplement lui dire, expliquer la situation et espérer qu'elle comprenne. Il était toujours sous le choc, lui aussi.

Il quitta la voiture, attrapa ses affaires dans le coffre et entra dans la maison. Il passa dans la cuisine, s'attendant à moitié à ce que celle-ci soit remplie d'appareils étranges et de décorations kitsch représentant des animaux de ferme comme une femme pourrait décorer une cuisine, mais tout était comme avant. Les comptoirs en granite gris sombre étaient bien propres et vides. Ça sentait bon, cependant, comme si Sabrina avait préparé le dîner, une sorte de viande.

Il posa son ordinateur portable sur l'îlot et il abandonna ses sacs sur le sol. Il fut sur le point de la chercher lorsqu'elle apparut, ses longs cheveux blonds attachés en une queue de cheval haute mignonne. Elle portait un haut de pyjama rose à manches longues et un pantalon de pyjama rose à fleurs. Elle était pieds nus et les ongles de ses orteils étaient vernis en rose. Elle avait l'air de vivre ici, se détendant en pyjama. Mon Dieu, ce qu'elle lui avait manqué. Trois jours de séparation lui avaient paru une éternité.

— Salut, dit-elle presque timidement. J'ai fait un rôti.

— Merci. J'ai mangé dans l'avion, mais je pourrai en prendre pour le déjeuner, demain.

Elle hocha la tête en croisant les bras. Il fut pris d'un moment de panique, parce qu'elle semblait avoir repris son air intouchable et professionnel qu'elle avait autrefois avec lui. Avait-elle entendu quelque chose ?

Il lui ouvrit les bras et elle s'avança en lui faisant un câlin. Ce n'était pas un câlin gêné, mais il était un peu raide.

Il s'écarta et il s'éclaircit la gorge.

— Je dois te parler.

Elle rougit.

— Cette histoire venait de Claire. Elle a fait sortir cette info par l'intermédiaire de ses contacts, afin d'agir contre la mauvaise presse. Tu sais, toi et moi heureux et nouvellement mariés dans notre nid d'amour.

Il hocha la tête. Heureusement qu'il y avait Claire. La mère de Sabrina continuait à donner des interviews et elle était apparue dans un journal télévisé important ce matin, un concurrent de *Sunshine America*. Il préférait ne pas avoir de mère plutôt qu'une mère qui profitait de lui comme elle le faisait avec Sabrina. Et les choses que révélait sa mère… elle ne connaissait aucune limite. Par exemple le fait que Sabrina avait traîné avec ses animaux en peluche comme d'autres enfants traînaient avec leurs amis, imaginant avoir des soirées pyjama bien au-delà de l'âge où la plupart des filles allaient déjà dormir chez leurs amies. Il lut entre les lignes, imaginant une jeune Sabrina solitaire, mais la plupart des gens allaient simplement penser qu'elle était bizarre.

— Ce n'est pas à ce sujet, dit-il.

Il lui prit la main et la guida jusqu'au canapé du salon.

Une fois qu'elle fut assise, il la regarda directement dans les yeux.

— Je tiens à toi. Beaucoup. Je voudrais commencer par dire cela.

Les yeux de Sabrina devinrent brillants comme si elle était sur le point de pleurer, et il se sentit étranglé par l'émotion à son tour, car il voyait bien que les sentiments profonds étaient partagés. Bon sang. Cela commençait tout juste entre eux et ce qu'il était sur le point de dire pouvait bien y mettre définitivement fin.

— Moi aussi, chuchota-t-elle. Beaucoup.

Il poussa un soupir.

— Olivia m'a contacté aujourd'hui et elle m'a dit qu'elle était enceinte. Elle prétend que c'est le mien.

Elle se couvrit la bouche avec la main en écarquillant les yeux.

Il se passa la main dans les cheveux.

— Je te jure que j'ai utilisé un préservatif, mais je suppose que ce n'est pas fiable à cent pour cent. J'étais avec elle il y a deux mois, alors c'est possible.

Sabrina laissa tomber sa main.

— Tu la crois ? Elle t'a trompé. C'est peut-être l'enfant de l'autre type. Il doit faire un mariage arrangé. Elle savait peut-être qu'elle ne pourrait rien obtenir de lui.

— Elle a entendu dire que nous étions mariés. Je ne crois pas que ça l'aurait arrêtée. Je lui ai dit vouloir un test de paternité. J'ai découvert qu'elle peut en faire un dès la semaine prochaine, un test non invasif. Elle fait une prise de sang et moi un prélèvement buccal. Je repars en Californie dès qu'elle aura obtenu un rendez-vous. Je voulais simplement te préparer à la possibilité.

Sabrina l'observa avec de grands yeux interrogateurs.

— Qu'est-ce que cela signifie pour nous ? Vas-tu déménager à San Francisco pour être avec elle ?

— Pas pour être avec elle, mais si c'est vrai, si c'est mon enfant, je veux faire partie de sa vie. Et ne pas avoir un petit rôle de figuration. Alors oui, je déménagerai là-bas pour l'enfant, pas pour elle.

Elle se leva brutalement.

— Où vas-tu ?

Elle ne le regarda pas dans les yeux.

— Je… je rentre chez moi. C'est idiot de faire semblant d'être mariés. Elle dira sûrement à tout le monde qu'elle a ton bébé, alors que tu es censé être marié avec moi et toute cette histoire est tellement sordide.

Elle serra les bras sur son ventre.

— Oh, mon Dieu, je crois que je vais vomir.

Elle courut vers la salle de bains du rez-de-chaussée, juste après la cuisine.

Il grimaça en entendant le bruit de ses vomissements. Quelle situation de merde. Mais quel choix avait-il ? Ne jamais connaître son enfant ? Son propre père avait donné un tel exemple à ses propres enfants et à tous les enfants qu'il prenait sous son aile par l'intermédiaire de la Ligue Athlétique de la police. Il était impossible que Logan soit un père à distance. Il ne s'était pas attendu à être un père si tôt, mais voilà, il fallait qu'il assume.

~

Sabrina se rinça la bouche et monta à l'étage pour préparer sa valise, l'estomac toujours retourné, le cœur serré, les yeux brûlants. Elle aurait dû savoir que c'était trop beau pour être vrai. Bien sûr que Logan allait vouloir être un bon père, mais savoir qu'il était super de l'autre côté du pays pour l'enfant d'une autre femme, cela dépassait ce que Sabrina pouvait supporter.

Elle était ravie de ne pas avoir apporté beaucoup d'affaires avec elle. Cela rendait les choses bien plus simples. Comme si dire au revoir à Logan pouvait être simple. Elle partit tout droit vers la chambre de Logan, où elle s'était attendue à passer plus de temps dans ses bras, et maintenant elle voulait partir aussi vite que possible. Elle enfila des chaussettes et des chaussures, trop perturbée pour prendre la peine de mettre des habits. Elle jetterait juste son manteau d'hiver par-dessus le pyjama.

Logan entra.

— Sabrina, je sais que c'est un choc. Je suis moi aussi encore à moitié sous le choc, mais ça ne signifie pas que tu doives partir.

Elle lutta pour respirer profondément.

— Je ne peux pas. Je suis désolée, mais c'est trop.

Elle leva une main en essayant de garder de la distance entre eux.

— Ce n'est pas toi, ce n'est pas nous, c'est juste… la situation.

Elle fit rouler sa valise hors du placard et elle la posa au bout du lit.

— Alors, ça signifie que c'est terminé pour ce faux mariage, ou bien que c'est terminé pour nous ? demanda-t-il doucement.

Elle sentit sa lèvre inférieure trembler et elle la mordit.

— Je crois que nous avons besoin de temps chacun de notre côté.

— Je ne veux pas ça.

— Moi, oui.

Elle vida rapidement son unique tiroir et elle jeta tout dans la valise.

— Tu pourrais peut-être déménager avec moi, s'il le faut. Ouvrir un cabinet à San Francisco.

Elle tira sur la fermeture éclair de sa valise, sa vue se troublant de larmes. La fermeture se coinça et elle lutta avec, en jurant violemment.

Il referma sa grande main sur la sienne, la retirant de la fermeture éclair et attirant Sabrina dans ses bras.

Elle repoussa son torse.

— Je dois partir.

— Je ne veux pas que tu partes alors que tu es si bouleversée.

Elle leva le menton en essayant d'être forte.

— Je vais bien.

— Tu ne vas pas bien.

Une larme s'échappa et elle l'essuya.

— D'accord, tu veux savoir la vérité ? Avant que tu me

dises ta grande nouvelle, je cherchais à me donner le courage pour te dire que je t'aime. Voilà, je l'ai dit. Je t'aime. Et puis tu me dis que tu vas déménager pour être un père avec une femme qui ne t'a jamais mérité, et ça *fait mal*. D'accord ? J'ai mal et je dois partir afin de ne plus avoir mal.

— D'accord.

Il la relâcha et il ferma la valise pour elle avant de la déposer à ses pieds.

Elle attrapa la poignée et elle sortit avec les jambes tremblantes, la nausée montant dans sa gorge. Pas seulement à cause d'Olivia et Logan, ce qui était déjà assez affreux. Mais parce qu'il n'avait pas dit à son tour qu'il l'aimait.

Sabrina ne fut pas surprise de voir les sites Internet de la presse à scandale révéler le scoop de son faux mariage, le lendemain. Claire avait tourné la chose de façon à dire que Sabrina et Logan n'avaient pas rempli les papiers administratifs, alors le mariage n'était pas valide, mais la une sur un faux mariage était bien plus croustillante. Rien de tout cela n'avait plus d'importance à la lumière de la nouvelle concernant Olivia.

La nuit précédente, elle était rentrée chez elle sans craquer sur le trajet, puis elle avait fait un pas dans son appartement avant de se mettre à pleurer comme une madeleine. Ensuite, elle avait envoyé des messages à toutes ses amies, leur expliquant que c'était terminé entre Logan et elle et pourquoi. Ce n'était pas simplement un break, c'était une rupture. Sa vie était devenue comme le cirque de son enfance, avec des relations compliquées, des enfants nés en dehors du mariage, et bien trop de drames.

Elle ne pouvait *pas* revivre cela.

Le lendemain, vendredi, elle coupa ses alertes Google lorsqu'un site de potins de stars écrivit un article vraiment horrible au sujet d'un triangle amoureux entre la Gourou de l'amour de Hollywood, son faux mari, et son ex enceinte. Olivia était la seule à avoir pu révéler la grossesse. Les amis de Sabrina n'auraient jamais mis de l'huile sur le feu. Logan non plus. Mais pourquoi Olivia voulait-elle que le monde sache qu'elle était enceinte d'un homme qui était lié à quelqu'un d'autre ? Il fallait que ce soit de la pure malveillance venimeuse envers Sabrina.

Elle se traîna au travail, n'osant pas annuler les rendez-vous de ses clients restants, malgré l'amertume qu'elle ressentait en pensant que ça ne finirait jamais bien pour qui que ce soit dans une relation engagée. Ce n'était pas juste que ce soit si dur pour les couples. L'amour devait aider les choses. Mais s'il n'y avait pas d'amour, ou de l'amour non réciproque, alors il n'y avait rien.

Elle rentra du travail le vendredi, soulagée de ne pas avoir croisé Logan dans l'immeuble de leurs bureaux. Elle s'était précipitée pour entrer et sortir du bâtiment et elle était restée dans son cabinet toute la journée afin de l'éviter. Il allait sûrement bientôt prendre un vol pour la Californie afin de faire le test de paternité.

Et si ce n'était pas le sien ?

Et si Olivia n'était même pas enceinte ? Si elle avait menti pour se venger de Logan parce qu'il l'avait larguée ? Ou pour se venger de Sabrina parce qu'elle avait révélé l'infidélité d'Olivia à Logan ?

Il y avait un moyen de le découvrir. Pourquoi n'y avait-elle pas pensé plus tôt ? Dès qu'elle rentra chez elle, elle fouilla dans son sac à la recherche de la carte de visite qu'elle y avait jetée. C'était une bonne chose qu'elle n'ait pas vidé son sac, sinon elle aurait jeté le lien à l'unique homme qui pouvait l'aider, qui se spécialisait dans la prise de photos compromettantes, qui lui devait un service pour le scoop qu'elle lui avait donné avec une photo exclusive : son père.

Deux jours plus tard, dimanche soir, Sabrina avait quelques preuves photographiques. Son père, qui était heureusement encore en Californie, lui avait envoyé des photos d'Olivia avec Anil, le même homme que pour le sexe dans la salle de bains. Et devinez ce qu'ils faisaient ? Ils faisaient les magasins de vêtements pour bébés. Elle était certainement enceinte si elle achetait des affaires pour bébé, et il semblait qu'Anil était potentiellement le père. Dans la photo, Anil montrait une grenouillère et Olivia rayonnait.

Elle envoya la photo à Logan et elle l'appela, lui disant immédiatement qu'elle pensait qu'Anil était le père.

Il campa sur sa position.

— Je ne serai pas satisfait avant d'avoir vu les résultats du test de paternité.

— En as-tu fait ?

— Non. Elle a dit ne pas pouvoir obtenir de rendez-vous pour l'instant.

Sabrina grinça des dents. Olivia n'avait sans doute même pas essayé. Elle faisait sûrement marcher les deux hommes en profitant de tout le cinéma et de leur attention.

Logan continua.

— Je sais que ce n'est pas pratique d'attendre le test, mais elle sera enceinte pendant neuf mois de toute façon. Et je ne déménagerai pas avant la naissance du bébé.

— Ne dirait-on pas qu'elle est avec Anil maintenant ? Elle lui a peut-être dit que le bébé était le sien, et il veut être avec elle.

— Je me moque de lui. Je m'intéresse à l'enfant.

— Je sais. Je suppose que j'espérais…

— Tu me manques. Viens chez moi, sinon c'est moi qui viens.

Elle resta silencieuse. Il lui manquait aussi, mais cette situation était hors de contrôle.

— Écoute, dit-il. Il n'y a que deux possibilités. L'enfant n'est pas le mien et tout revient à la normale. Ou alors, l'enfant est le mien, je déménage, et tu dois décider si tu acceptes de déménager pour être avec moi.

Quitter sa vie stable et tranquille ? Quitter son cabinet qu'elle avait construit en partant de rien ? Quitter ses amies qui étaient comme une famille pour elle ? Pour vivre comme une pièce rapportée dans une autre famille ? Comme quand elle était enfant — toujours la laissée-pour-compte — mais pire, car elle devait accepter le fait que Logan soit toujours lié à Olivia.

— Sabrina ?

— Quoi ? demanda-t-elle doucement.

— Tu as dit que tu m'aimais. Quand on aime quelqu'un, on ne l'abandonne pas.

Elle explosa.

— Ne me mets pas ça sur le dos. Il s'agit de ton drame.

— Et tu as eu ta part, aboya-t-il, pour laquelle je t'ai aidé.

Elle inspira pour se calmer.

— Je veux que tu demandes à Olivia si Anil est le père.

— Je n'ai pas confiance en sa parole. Je veux les résultats du test. Pour ce que j'en sais, elle se joue à la fois de moi et de cet autre type. Mais si elle achète des vêtements pour bébé, elle n'a sans doute pas menti au sujet d'être enceinte.

— J'ai pensé la même chose concernant le fait qu'elle se jouait de vous deux.

— Et tout cela n'a aucun rapport avec nous deux.

— Si !

— Bon, restons-en là.

Elle écarta le téléphone de son oreille et elle le fixa. Était-il fou ? Ne voyait-il pas le problème ? C'était un énorme problème merdique. Elle rapprocha le téléphone de son oreille juste au moment où il disait :

— Cela fait quatre jours que je t'ai annoncé ça. Je t'ai donné du temps, mais ne devrais-tu pas être calmée maintenant ? Ne pouvons-nous pas en parler, tout simplement ? N'est-ce pas ta spécialité ?

Elle fut frappée par un tourbillon d'émotions : la colère, l'indignation, la surprise. Vraiment ? Se calmer ? Comme si elle réagissait trop violemment pour une telle nouvelle qui changeait la vie. Et puis il lui avait envoyé son statut de conseillère conjugale à la figure. *N'est-ce pas ta spécialité ?* Comme si elle ne tenait pas sa part du marché de la relation. C'était lui qui avait mis une autre personne enceinte. Peut-être. Elle était trop perturbée.

Il continua à parler.

— Nous avons sans doute besoin de conseil conjugal, et pas venant de toi.

Elle eut le souffle coupé.

— Qui devrions-nous aller voir ? La conseillère psychopathe qui cherche à me faire tomber ? À vrai dire, ce serait logique, pourquoi ne pas avoir une psychopathe pour me conseiller sur ma vie insensée ?

— Lexi a-t-elle réussi à obtenir un rendez-vous avec elle ?

Elle lui avait envoyé son plan de confronter Tara par texto, avant tout le drame avec Olivia.

— Oui. Jeudi prochain.

— Je veux y aller avec toi. Pas pour une consultation, juste pour m'assurer qu'elle ne tente rien de mal.

Elle serra les dents.

— Non. J'ai besoin de faire ça toute seule.

Il soupira vivement dans le téléphone.

— Je t'ai dit que nous étions une équipe, mais tout ce que tu fais, c'est essayer de me repousser. Tu es nulle en relations.

Elle jeta un regard assassin au téléphone, la fureur montant en elle, et elle raccrocha. Il l'avait touchée là où ça faisait mal. Il connaissait tout son passé avec sa famille qui n'aimait pas s'engager, le manque de succès dans les relations qu'avait Sabrina, à quel point elle voulait vraiment être douée pour une relation avec lui, et puis il avait tourné le couteau dans la plaie de son cœur tendre.

Tu es nulle en relations ? Il était allé trop loin.

Il rappela, mais elle laissa l'appel passer sur le répondeur.

L'amour ne devait pas faire aussi mal.

16

Le seul rayon de soleil dans la vie de Sabrina fut un appel exubérant de son agent littéraire, quelques jours plus tard. Son livre s'était vendu à un éditeur pour environ cinq cent mille dollars. En tout cas, elle avait repris confiance en sachant que les affaires de son cabinet reprendraient après la parution du livre. Bien sûr, c'était dans plus d'un an, et son enthousiasme précédent pour l'écriture s'était considérablement estompé. Comment pouvait-elle être enthousiaste au sujet de l'engagement dans les relations quand sa propre relation était un tel désastre ? Elle n'avait plus eu de nouvelles de Logan et elle ne l'avait pas non plus vu au travail. Parce qu'elle l'évitait. Elle se dit qu'il en avait fini avec elle, qu'il était fatigué de fréquenter quelqu'un de si peu doué pour les relations. Mais que devait-elle faire devant un tel enjeu ? Comment pouvait-elle avancer avec Logan en ne sachant pas dans quelle direction il allait ?

Le lendemain de la grande nouvelle pour son livre, jeudi, elle se rendit au rendez-vous de Lexi au cabinet de cette folle de Tara. Sabrina avait planifié tout ce qu'elle allait dire. Elle était certaine de pouvoir trouver un accord. Elles partageaient un objectif commun : aider les couples à rester ensemble en s'engageant l'un envers l'autre. Elle allait souligner que son nouveau livre ne pouvait pas éclipser la grande réussite du merveilleux livre de Tara, qui était bien documenté et bien écrit. Sabrina l'avait lu en préparation du rendez-vous. Et surtout, il y avait largement assez de clients pour tout le monde, particulièrement dans cette partie très peuplée du Connecticut. En outre, Tara avait un deuxième cabinet dans la grande ville remplie de couples à problème.

Sabrina était arrivée au cabinet de Tara cinq minutes avant l'heure prévue et elle s'assit dans la salle d'attente vide. Elle portait toujours ses vêtements de travail, un chemisier en soie rose pâle, un pantalon noir et des chaussures à talons. Elle se dit que cette tenue aidait à projeter une image professionnelle et à garder leur conversation sur un niveau professionnel. Elle répéta silencieusement son discours avant de regarder l'heure sur son téléphone. D'une minute à l'autre. Elle venait d'appuyer sur le bouton d'enregistrement de son téléphone lorsque la porte de la salle d'attente s'ouvrit et que Logan entra.

Elle poussa un petit cri. On aurait dit un mètre quatre-vingt-trois de virilité puissamment déterminée qui se dirigeait tout droit vers elle. Pendant un bref moment, le cœur battant, elle pensa qu'il pouvait la soulever, la jeter par-dessus son épaule et la ramener dans son lit comme un homme des cavernes sexy. À la place, il prit le siège à côté d'elle sans un mot. Elle inspira son odeur fraîche et masculine familière, tout son corps souhaitant à nouveau le toucher. Il portait ses vêtements de travail habituels : un tee-shirt noir à manches longues, un jean usé et des tennis. Elle pensa immédiatement aux muscles bien formés de ses épaules et de ses bras, de son torse... et plus. Elle leva le regard, surprise par elle-même. Peut-être qu'après tout ce qu'ils avaient fait, elle ne pouvait plus jamais le revoir sans se souvenir de son apparence sous les vêtements.

Elle étudia son beau profil, ses cheveux châtains courts, son nez qui remontait un peu au bout, ses lèvres sexy, sa barbe soigneusement taillée. Pendant un moment, elle oublia pourquoi ils n'étaient pas ensemble. Puis il la regarda dans les yeux, d'un air sérieux, et tout lui revint subitement. C'était exactement l'air qu'il avait eu en lui révélant la nouvelle du bébé.

— Que fais-tu ici ? chuchota-t-elle.

Elle lui avait dit vouloir faire ça toute seule.

Il répondit d'une voix basse et grave :

— Je voulais être là pour toi. Lexi m'a donné l'heure et l'endroit.

Elle grinça des dents. *Lexi, tu vas me le payer.*

Elle continua à parler à voix basse :

— Va-t'en. Je suis censée être ici pour un rendez-vous individuel.

Il chuchota directement dans son oreille.

— Tu ne sais pas de quoi est capable cette femme. Elle a été manipulatrice, vindicative, et elle t'a menacée.

Elle poussa son épaule, mais il ne bougea pas.

— Va-t'en.

— Je pense vraiment que nous avons besoin de thérapie de couple, dit-il sans une trace d'humour.

— Eh bien, nous n'en aurons pas ici !

La porte du bureau de Tara s'ouvrit. La voilà, exactement comme sur sa photo, ses cheveux blonds coiffés dans une coupe dégradée, son visage angulaire dur et mince. Ses yeux bleus lancèrent des éclairs.

— Toi ! cracha-t-elle en fronçant les sourcils. J'ai vu que ton livre a obtenu une plus grosse avance que le mien. N'essaie même pas de me dire que tu ne cherches pas à me pousser vers la sortie.

Logan se leva.

— Hé, gardons notre calme.

Sabrina leva une main vers Logan et s'avança vers Tara. Cette femme irradiait du pur venin, ses yeux bleus étaient glacés de rage.

— Tara, je suis venue ici aujourd'hui pour communiquer avec toi, de conseillère à conseillère. Nous partageons toutes les deux l'objectif commun d'aider les couples à rester engagés l'un envers l'autre, et il ne manque pas de…

— C'est moi la Conseillère de l'Engagement !

Tara agita la main en l'air.

— C'est mon truc. J'ai déposé la marque. Tu me l'as volé. C'est tout ce que tu as fait au cours des dernières semaines, tu as siphonné mon travail. Sais-tu comme il m'a été difficile d'arriver où j'en suis aujourd'hui ? Maintenant, j'ai l'air d'être passée de mode, et tu es la jolie petite nouvelle.

— Je suis certaine que tu sais qu'il n'y a aucun rapport avec les apparences. Notre travail dépend de nos qualifications, de la satisfaction de nos clients…

— Oh, la ferme. Tu es une idiote, si tu le crois vraiment.

Logan vint se placer à côté de Sabrina.

— Ne lui parle pas de cette façon.

Tara eut un rictus.

— Tiens, tiens, voilà le faux mari avec une ex enceinte. Merci de me rendre les choses si faciles. Je n'ai eu à payer qu'un seul type pour lancer la rumeur, et tu as pris le relais.

Sabrina sauta sur cette information.

— Tu admets donc avoir payé quelqu'un pour écrire des histoires négatives sur moi ?

Tara sourit. C'était un grand sourire malveillant.

— Quelques-unes seulement, tu as fait le reste en étant stupide.

Le sang-froid de Sabrina s'évapora.

— Et tu as volé mes clients ! Tu leur as proposé une réduction de cinquante pour cent. La moitié de ma clientèle est allée chez toi ! C'est une sérieuse perte de revenus.

Tara pinça les lèvres.

— Je suis certaine que ton contrat d'édition compensera cela.

Sabrina lui jeta un regard noir.

— Mes clients représentent tout pour moi.

— Tes clients sont des idiots, ricana Tara. Je les ai fait venir ici avec tant de facilité, nous avons fait une séance et je leur ai dit qu'ils étaient guéris. Ils sont partis d'ici en pensant que tu les faisais poireauter depuis des mois sans aucune raison. Sauf l'argent, bien sûr. La rumeur se répand rapidement. As-tu vérifié les commentaires en ligne sur ton cabinet ?

Sabrina vit rouge et elle serra les poings.

— Espèce de connasse !

Tara s'approcha d'elle.

— Ooh, tu es fâchée maintenant. Vas-y, frappe-moi. Je pourrais finir de te crucifier.

Logan parla à voix basse.

— Sabrina, non, allons-y.

Elle grinça des dents en fulminant. Tara fit un signe de la main pour les congédier.

Sabrina se tourna pour partir, et Tara la poussa de derrière, la faisant trébucher. Logan la rattrapa avant qu'elle tombe en avant.

Sabrina pivota. Tara souriait comme si elle avait gagné. Sabrina n'avait jamais autant voulu frapper quelqu'un de sa vie. *Non, tu es au-dessus de ça.* Tout ce dont elle avait besoin de la part de Tara était enregistré sur le téléphone, comme toutes les preuves accablantes de ce qu'elle avait fait.

— Tu auras des nouvelles de mon avocat, cracha Sabrina.

Elle n'attendit pas une réponse, sortant de là à toute vitesse. Logan la suivit de près, fermant la porte du cabinet derrière eux.

Tara ouvrit violemment la porte, hurlant toutes sortes de noms d'oiseaux à l'encontre de Sabrina, mais Logan bloqua l'entrée, empêchant Tara de l'atteindre.

— Retourne à l'intérieur, Tara, dit calmement Logan. Ceci ne va pas aider ton cas.

Sabrina s'éloigna à grands pas, l'adrénaline s'estompant rapidement, ce qui la rendit toute tremblante. Tara se moquait de ses clients. Elle ne s'intéressait qu'à la célébrité : son grand statut de marque déposée qu'elle s'était attribué elle-même et son best-seller. Elle n'était pas faite pour être conseillère.

Elle avança dans le brouillard de son esprit, quittant le bâtiment et se dirigeant vers sa voiture, se glissant au volant. Elle fut surprise lorsque la portière du côté passager s'ouvrit et que Logan monta.

— Démarre, dit-il.

— Mais ta voiture est ici.

— Tu pourras me déposer plus tard pour que je la récupère. Je veux te parler, et je ne veux pas que cette folle nous observe depuis son bureau.

Elle sortit du parking, pressée de s'éloigner de Tara.

— Je suis un peu secouée pour l'instant.

— Tu as été géniale. Ça devrait être ton nouveau titre avec une marque déposée, Conseillère Géniale.

Elle rit malgré les tristes circonstances. Logan savait toujours la faire rire.

Il lui serra l'épaule.

— Je sais que tu ne m'as pas demandé d'être ici, mais j'avais un mauvais pressentiment à son sujet. Et à vrai dire, je me suis dit qu'il valait mieux que tu aies un témoin pour toute la scène.

— J'ai tout enregistré sur mon téléphone.

— Moi aussi.

Elle lui jeta un coup d'œil.

— Merci.

— Gare-toi dans ce parc, là, juste après le feu.

Quelques minutes plus tard, elle se gara sur le parking d'un grand parc vide. La neige avait fondu et tout était gris et marron. En jachère. Certaines personnes le voyaient comme mort, mais elle avait toujours pensé que la nature hibernait, attendant la renaissance glorieuse du printemps. C'est en étant une optimiste invétérée qu'elle en était arrivée à ce point de sa carrière, le drame récent étant la seule exception. Seule-ment, d'une façon ou d'une autre, son optimisme n'était jamais appliqué à ses relations.

Logan lui prit la main.

— Ça ne fait qu'une semaine, et tu me manques tellement que j'ai envie de frapper quelque chose.

— Moi aussi, tu me manques, parvint-elle à dire malgré la boule dans sa gorge.

— Je sais que nous n'avons pas une relation convention-nelle avec toutes les merdes qui nous arrivent…

— C'est un début affreux pour n'importe quelle relation.

— Je suis d'accord. Nous devons repartir à zéro.

Elle eut peur de poser la question, la pression sur sa poitrine l'empêchant de respirer correctement.

— Amis ?

Il souffla brusquement.

— Non. Nous ne pouvons absolument plus être amis. Je sais à quoi tu ressembles quand tu es nue. Je connais ton goût…

— Logan !

Mon Dieu, elle allait encore se faire embobiner. Mais qu'en était-il d'Olivia et du bébé ?

Il leva leurs mains jointes et il frôla les doigts de Sabrina avec ses lèvres, créant des frissons chauds, sa barbe frottant la peau sensible.

— Nous devons avoir des rendez-vous. À un moment, tu me feras suffisamment confiance pour surmonter ta phobie de l'engagement. Je sais que c'est la véritable raison pour laquelle tu as fui.

Elle le fixa, surprise.

Il lâcha sa main en la regardant sans broncher.

Était-ce vrai ? Elle pensait avoir dépassé ce problème lorsqu'elle avait enfin franchi la limite de l'amitié avec lui. Oh merde, c'était vrai. Elle avait gardé un pied au-dehors de leur relation pendant tout ce temps. Comment pouvait-elle s'attendre à se lier profondément alors qu'elle avait peur d'être larguée ou pire, de ne pas se sentir aimée comme lorsqu'elle était enfant ?

— J'y travaille, dit-elle enfin.

— Olivia était un ancien amour que je devais laisser partir, et c'est fait, d'accord ?

Il encadra le visage de Sabrina avec ses mains.

— Peu importe ce qu'il se passe, c'est toi que je veux. C'est toi que j'aime et ça n'arrêtera pas. C'est profond et c'est désordonné, mais je te promets que c'est *réel*.

Elle inspira brusquement. Il continua à parler.

— L'amour était déjà là, se construisant entre nous lorsque nous apprenions à nous connaître en tant qu'amis.

Il l'embrassa, un baiser rapide et dur.

— J'avais peur que ce soit trop rapide, mais ensuite… quand tu es partie, ma maison m'a semblé si vide. Froide et morte. Ce qui n'est pas logique, car nous n'avons même pas vécu ensemble, mais je n'arrêtais pas de t'imaginer là, cuisinant comme une folle dans la cuisine, te collant contre moi sur le canapé, ou réchauffant mon lit.

Il baissa le front contre celui de Sabrina.

— Sabrina, ta place est avec moi.

Elle avait la gorge serrée, le cœur battant, des papillons dans le ventre, car elle put soudain *sentir* son amour. Il était profond et il était réel.

— Je t'aime, parvint-elle à dire. Je n'ai jamais arrêté.

— Es-tu d'accord pour dire que ta place est avec moi ?

Elle hocha la tête, des larmes obscurcissant sa vue.

— Je t'aime aussi. Je te veux dans ma vie.

La voix de Logan s'étrangla et elle se sentit encore plus émue. Il leva son menton afin de la regarder directement dans les yeux.

— Quoi qu'il arrive, sois avec moi. C'est tout ce dont j'ai besoin. Le reste, nous le découvrirons ensemble.

Il n'attendit pas sa réponse, l'embrassant tendrement avant de s'écarter, laissant ses doigts descendre le long de sa gorge.

— Je veux que tu reviennes vivre avec moi, mais je peux attendre.

Il parlait d'une voix rauque, ses yeux marron et chaleureux fixant les siens.

— Je ne pense pas qu'il faudra longtemps avant que tu sois prête pour le niveau suivant.

Elle eut le souffle coupé.

— Qui est quoi ?

— M'épouser.

Elle frappa son torse en sentant remonter les larmes.

— Tais-toi.

Il appuya la main de Sabrina contre son cœur qui battait avec force et régularité.

— Je suis sérieux.

Elle serra les doigts autour de son tee-shirt.

— Mais tu as dit que c'était difficile d'imaginer s'engager pour toujours alors que les chances d'un mariage réussi sont très faibles.

Il la fit relâcher son tee-shirt et il prit sa main dans la sienne.

— Quand ai-je dit cela ?

— Avant. Quand nous étions amis et que nous déjeunions dans mon bureau.

— Ah. Voilà ta réponse. C'était avant qu'il y ait un lien entre nous.

Il caressa ses cheveux en arrière avec l'autre main, puis il la posa sous sa mâchoire.

— Avant que je sache que tu étais mon âme sœur. Avant que je connaisse la profondeur de mon amour, la force de l'attirance me poussant à être avec une personne pour toujours. C'est ce que tu es pour moi, Sabrina. Tu es mon « pour toujours ».

Elle éclata en sanglots, pleurnichant au sujet de l'ordre des choses, de l'avenir incertain et… mais à quoi pensait-il ?

— Nous parlerons de tout cela, de tous les détails compliqués.

Il la serra dans ses bras et il essuya ses larmes avant de chuchoter à son oreille :

— Dis-le-moi, quand tu seras prête à m'épouser. Il me tarde de commencer notre vie ensemble.

Elle leva une main tremblante qu'elle posa sur la joue de Logan.

— Tu seras le premier au courant.

~

Logan prit un vol pour la Californie le lundi suivant sa grande discussion avec Sabrina, exigeant un test de paternité d'Olivia et refusant de partir avant de l'obtenir. Sabrina avait besoin d'être tranquillisée, et lui aussi.

Ils se firent tester le jour même, et il repartit chez lui. Trois jours plus tard, ils obtinrent les résultats. Il n'était pas le père. Olivia avoua à Logan qu'elle ne savait pas si c'était le bébé de Logan ou d'Anil, alors elle avait dit aux deux qu'ils étaient le père pour voir qui assumerait. Il s'est avéré qu'ils ont tous les deux voulu faire partie de la vie de l'enfant, mais depuis le début, c'était Anil qu'elle aimait. Elle avoua également qu'elle était inquiète parce que ses parents n'approuvaient pas Anil pour mari, car il était hindou, et les parents de ce dernier ne l'approuvaient pas elle, car elle n'était pas hindoue. Rien de tout cela ne troubla Logan. Il était vraiment passé à autre chose. Il lui souhaita tout le meilleur et lui conseilla de faire savoir à Anil que le bébé était le sien afin de voir ce qui arriverait.

Le lendemain, Olivia envoya un message joyeux à Logan en expliquant qu'Anil et elle venaient de se marier en douce à la Vegas. Logan était content pour elle. Il était fâché qu'elle leur ait fait vivre tout cela en sachant que ce n'était pas forcément le sien, mais il s'aperçut qu'il ne pouvait pas dépenser toute son énergie à s'inquiéter de ce qu'elle faisait.

Son avenir était avec Sabrina.

ÉPILOGUE

Deux jours après ce que Sabrina considérait maintenant comme leur discussion amoureuse — quand Logan lui avait fait savoir comme elle comptait à ses yeux — elle apparut joyeusement à son bras à la danse de la Saint-Valentin de Clover Park. Sortir avec Logan était merveilleux. Le week-end, ils passaient la nuit chez l'un ou l'autre, mais le reste du temps, ils vivaient séparés. Elle ne s'était pas rendu compte à quel point elle avait besoin de cette stabilité et de cette routine pour se sentir assez en sécurité et ouvrir son cœur sans le refermer. Deux semaines de l'amour stable de Logan, un court faux mariage, et des mois d'amitié solide suffirent à Sabrina pour s'engager. Elle pouvait admettre qu'elle était soulagée qu'il n'existe plus de lien avec Olivia, mais l'amour de Sabrina pour Logan était si profond, son engagement si solide, qu'elle aurait maintenant choisi de le suivre en Californie afin d'être avec lui. Heureusement, elle n'en eut pas besoin.

Sa vie était enfin remise sur les rails. Elle reconstruisait lentement son cabinet, son avocat ayant mis fin à toute nouvelle diffamation de la part de Tara avec les preuves accablantes que Sabrina avait enregistrées contre elle, et elle travaillait sur son livre, *Rebelle de Romance*. Elle commençait à aimer le titre, car elle était un peu rebelle à la façon dont elle avait procédé à l'envers dans sa propre relation. Elle comprenait que les problèmes d'engagement pouvaient être profondément enracinés et elle avait une nouvelle empathie pour les phobiques de l'engagement. Après tout, elle en avait été une.

— Veux-tu un peu de punch d'amour ? lui demanda Logan en faisant glisser sa main de sa nuque jusqu'au bas de sa colonne en une seule caresse, lui donnant des frissons tout le long.

— J'ai entendu dire qu'il était alcoolisé.

Elle lui sourit en faisant courir la main le long de son bras, appréciant la sensation du tissu doux sur ses muscles durs. Il portait un costume bleu marine qui le rendait encore plus canon que d'habitude, avec un air talentueux et professionnel. Elle s'était mise sur son trente et un, elle aussi, portant une robe achetée spécialement pour l'occasion : elle était noire et moulante et Logan ne pouvait s'empêcher de la toucher. La robe avait un col en V et de jolies franges à mi-cuisse et s'accordait parfaitement avec ses chaussures à talon argentées et ailées.

— Oui, merci.

Il la regarda tendrement avant de se tourner vers son amie.

— Et toi, Lexi ?

— Je veux bien un double, répondit Lexi. Merci.

Logan inclina la tête et il partit chercher les boissons.

Lexi lissa sa robe en satin bleu sombre sur ses hanches et scruta la pièce d'un air gêné. Sabrina lui avait déjà dit qu'elle était très belle. Ses cheveux bruns étaient relevés en un chignon sophistiqué, sa robe avec un col blanc autour du V profond était très sexy. Ce serait certainement une soirée romantique pour Lexi. Il y avait de l'amour dans l'air.

Sabrina posa un bras sur les épaules de Lexi et elle la serra doucement. Lexi n'avait pas voulu venir ce soir, disant qu'elle ne voulait pas être la seule célibataire dans un bal plein de couples. Lorsque Sabrina avait souligné que Hailey venait, Lexi avait ricané en disant :

— Elle est dans une relation avec son chien.

C'était dur à nier. Hailey avait passé le mois et demi précédent à faire des séances avec un entraîneur pour chiens, entraînant Rose à être un chien de soutien psychologique dans le seul but d'avoir Rose avec elle partout où elle allait. Non pas qu'elle ne faisait pas déjà entrer Rose en douce partout dans son énorme sac à chiens rose, mais elle avait envie de la sortir du sac et de la laisser explorer.

Logan revint quelques minutes plus tard et il tendit les verres de punch.

— J'ai bu une gorgée du tien, dit-il à Sabrina. Il est assez fort.

— Merveilleux, approuva Lexi avant de boire une grande gorgée.

— Je vais chercher une bière au bar, dit Logan. Je reviens tout de suite.

Il partit.

C'était le Garner's Sports Bar & Grill qui faisait traiteur pour l'événement et elle avait vu Josh tout installer. Il avait pris des employés avec lui et étonnamment, il avait quitté le bar pour se mêler un peu aux invités. Il allait peut-être même danser, mais Sabrina devait admettre que si c'était le cas, il ne le proposerait certainement pas à Lexi. Ce n'était pas parce qu'elle n'était pas fabuleuse, mais plutôt parce qu'il était attiré par une certaine femme aux cheveux blond vénitien actuellement amoureuse de son chien.

Elle se concentra à nouveau sur Lexi, qui observait la pièce d'un air sombre.

— Lexi, ton moment viendra, dit doucement Sabrina. Soit patiente. Ça arrivera peut-être ce soir.

Lexi soupira.

— Tu veux la vérité ? Je crois que nous avions la bonne idée en nous épousant nous-mêmes. Qui a besoin d'un homme ? J'ai une super carrière, des amies fabuleuses, un bel appartement, de chouettes vacances, et... et... plein de bonnes choses. Ce n'est bizarre que quand je suis entourée de couples. Sans vouloir te vexer.

— Je ne suis pas vexée, murmura Sabrina.

Elle savait comme il était difficile de voir toutes ses amies trouver leur amour éternel quand on n'arrivait même pas à dépasser un deuxième rendez-vous. Elle ne savait pas si Lexi avait un jour dépassé le premier rendez-vous. La plupart des hommes n'étaient pas à la hauteur avec elle.

Hailey les salua. Elle s'approcha avec sa robe d'un rouge profond aux épaules nues qui moulait son corps parfait. Ses ballerines rouges avaient des rubans en soie qui remontaient le long de ses chevilles. Même avec son sac pour chien géant, elle ressemblait encore à une reine de beauté.

— Je te jure, dit doucement Lexi, que si Hailey essaie encore une fois de me faire rencontrer quelqu'un, je vais lui faire le même coup. On verra si elle apprécie.

— Elle a de bonnes intentions, chuchota Sabrina.

Hailey les rejoignit et les embrassa toutes les deux.

— Joyeuse Saint-Valentin ! C'est un jour si romantique, n'est-ce pas ? Dommage que je n'ai pas de mariage de la Saint-Valentin cette année, même si ça ne me surprendrait pas que certains des hommes aient envie de faire leur demande ce soir.

Elle regarda Sabrina en disant cela.

Sabrina sourit sereinement.

— Peut-être.

Elle ne pensait pas que Logan ferait sa demande, mais elle ne voulait pas diminuer la vision romantique de Hailey, même si elle n'était pas réaliste.

— Bon sens ! gloussa Lexi. Regardez-les !

Elles se tournèrent toutes vers la piste de danse où monsieur Campbell, Joe, dansait un slow avec la mère de Hailey, Brandy. Ils bougeaient à peine, collés l'un contre l'autre, joue contre joue.

Sabrina et Lexi échangèrent des regards surpris. Hailey grimaça.

— Je ne savais pas qu'ils étaient encore ensemble, dit Sabrina.

Aux dernières nouvelles, Joe avait demandé un rendez-vous à Brandy. Bien sûr, Sabrina avait été un peu à l'écart des rumeurs avec tous les drames dans sa propre vie.

— Je n'entends parler que de ça, dit Hailey en levant les yeux au ciel.

Elle baissa la voix pour ajouter :

— Et elle n'arrête pas de dire qu'il est fabuleux au lit, dit-elle en frissonnant. C'est révoltant.

Sabrina chercha Logan et elle croisa le regard de son grand frère Josh. Elle le salua en se disant qu'il était bien vêtu avec sa chemise blanche et son pantalon gris. Ses manches étaient remontées jusqu'aux coudes, exposant des avant-bras bronzés et musclés, sans doute à cause de son travail de barman.

Il marcha vers elles, tranquillement comme d'habitude, mais dès l'instant où il s'approcha, la chienne de Hailey se mit à aboyer férocement, sortant la tête du sac de Hailey.

Lexi sauta sur l'occasion pour se venger un peu de Hailey.

— Laisse-moi prendre Rose, on va prendre l'air. Ça ne me fera pas de mal non plus.

C'était une façon sournoise de laisser Josh s'approcher de Hailey, autrement la chienne l'en aurait empêché. Elle n'aimait vraiment pas Josh, aboyant et grognant chaque fois qu'il s'approchait.

Hailey jeta un coup d'œil par la fenêtre avant de regarder Lexi.

— Il fait froid dehors. Tu es sûre ?

Lexi lui fit un sourire mielleux.

— J'en suis sûre. Ce n'est pas un souci.

— D'accord, merci.

Hailey lui tendit le sac. Lexi s'éloigna rapidement et les aboiements de Rose s'arrêtèrent brutalement.

Josh ébouriffa les cheveux de Hailey.

— Salut, petite sœur.

Hailey fronça les sourcils et lissa ses cheveux.

— Ne m'appelle pas comme ça.

Ils observèrent tous les trois Joe et Brandy, le couple heureux perdu dans leur petit monde.

— Mon père a l'air amoureux, dit Josh.

— C'est mignon, intervint Sabrina.

Ils l'ignorèrent tous les deux.

Hailey se tourna vers Josh.

— Nous devons arrêter ça. Ma mère n'est pas du tout fiable.

— Ça a l'air d'aller, dit Josh en regardant à nouveau le couple. Et elle a l'air toujours très en fo-o-orme…

Hailey parla en serrant les dents.

— La ferme. C'est ma mère.

Josh se tourna vers Hailey.

— Tu lui ressembles.

Sabrina retint un sourire. Josh flirtait. Hailey allait-elle le remarquer ? Elle était incroyablement bête en ce qui concernait Josh.

Hailey rejeta ses longs cheveux par-dessus son épaule.

— Où est Clarissa ?

Josh se retourna vers la piste de danse.

— Sûrement quelque part à l'ouest.

Hailey fixa également la piste de danse avant de dire nonchalamment :

— Je ne l'ai pas vue ces temps-ci.

Josh ne répondit pas.

— Êtes-vous toujours ensemble ? demanda Hailey en ne regardant pas Josh.

— Non, répondit-il en ne regardant pas Hailey.

— Oh.

Hailey se balança d'avant en arrière sur ses ballerines rouges.

— Qu'est-il arrivé ?

Josh continua à regarder droit devant lui.

— Comme d'habitude.

Hailey le regarda.

— Vous n'étiez pas compatibles ?

Il l'observa avant de se retourner vers la piste de danse.

— Oui, disons ça.

Ils contemplèrent Brandy et Joe. Sabrina devait admettre que c'était sûrement étrange pour eux de voir leurs parents si amoureux. On ne s'y attendait pas à cet âge-là.

Logan revint enfin et il glissa un bras autour d'elle avant de boire une gorgée de bière.

— C'est qui, avec papa ? demanda-t-il à Josh.

— Brandy, répondit Josh.

— La mère de Hailey, chuchota Sabrina à Logan, fournissant l'information importante.

Logan jeta un coup d'œil à Hailey avant de regarder Brandy.

— Ah.

Josh se tourna vers Hailey.

— Tu sais que s'ils se marient, nous serons frère et sœur. C'est pour ça que je t'ai appelée petite sœur.

— Oh mon Dieu, ne dis pas ça ! s'exclama Hailey.

— Hé, dit Josh. Je suis un bon grand frère. Demande à mes frères et à ma sœur.

Hailey le fixa avec horreur.

Logan lui donna son vote de confiance.

— Il est pas trop mal, c'est vrai.

Josh jeta un regard à Logan qui ressemblait à un *la ferme* et il continua à expliquer son argument.

— Prends Alex, par exemple. Je lui ai trouvé la nounou dont il avait besoin, et maintenant c'est une petite famille heureuse.

Hailey lui tira la langue en faisant semblant de vomir.

Josh leva un sourcil.

— Ça va ?

Hailey se redressa comme si elle venait de se souvenir de quelque chose.

— Tu as repoussé ton rêve de posséder ton propre bar afin de payer l'université de Mad. Pourquoi ne pas avoir demandé à Jake de le faire ? Il est richissime.

Logan poussa un soupir. Sabrina pensait savoir pourquoi.

Josh jeta un regard noir à Hailey, tourna les talons et s'éloigna.

Hailey le regarda bouche bée, puis elle se tourna vers Sabrina avec de grands yeux.

— Qu'ai-je dit ?

Sabrina parla d'une voix douce :

— J'ai l'impression qu'il ne vit pas bien le fait que Jake ait mieux réussi que lui. Ce sont des jumeaux identiques, il y a parfois de la rivalité.

Logan secoua la tête.

— Ils ne sont pas rivaux. Ils ont toujours été proches, mais tu as raison pour l'histoire d'argent.

La jeune sœur de Logan, Mad, s'approcha juste à ce moment-là.

— Hailey, je pense que nous serons peut-être vraiment des sœurs très bientôt. Tu as vu nos parents ? Je peux te dire que c'est beaucoup mieux que quand mon père sortait avec ma mère.

Cela avait été une période étrange. À peu près un an plus tôt, la mère Campbell avait fait une apparition, après tant d'années d'absence, et elle s'était brièvement remise avec son ex-mari.

— C'est vrai, intervint Logan.

Hailey fronça les sourcils.

— J'adore ma mère, mais je pense que ton père serait mieux avec quelqu'un d'autre.

— Pourquoi ? demanda Mad.

— Parce que, dit Hailey en serrant les dents.

Elle voulut tendre les mains vers Rose et elle se rendit compte que le sac n'était pas là. Elle chercha Lexi qui n'était pas encore revenue. Puis elle se figea, voyant Josh qui lui jetait un regard assassin de l'autre côté de la pièce. Hailey se tourna vite vers Mad.

— Pourquoi as-tu laissé Josh payer les frais d'université alors que Jake pouvait facilement se le permettre ?

Mad haussa les épaules.

— Il a insisté, et quand il s'entête, je sais qu'il ne bougera pas. Je l'aurais insulté en refusant, surtout pour accepter l'argent de Jake. Josh aurait pu démarrer en même temps avec l'entreprise de Jake, mais il a choisi une voie différente. Maintenant Jake est milliardaire et pas Josh. C'est nul pour lui, mais il s'en sort bien. Josh fait très attention avec son argent.

Hailey prit un air pensif.

— Hmm. Attends. S'il pouvait se permettre de payer des frais d'université, pourquoi ne m'a-t-il jamais remboursé les cinq cents qu'il me doit ?

— C'était peut-être le principe de la chose, il t'obligeait à aller les chercher.

Mad ricana.

— Il voulait peut-être simplement t'attirer chez lui.

Sabrina échangea un regard amusé avec Logan. Ils avaient parlé de Hailey et Josh et ils étaient totalement d'accord pour dire que leur escalade de meilleurs ennemis ne prendrait fin que lorsqu'ils se seraient tués ou qu'ils auraient couché ensemble. Quoi qu'il en soit, cela allait être intéressant.

Hailey se renfrogna.

— M'attirer chez lui ou avoir une raison pour se disputer avec moi, le goujat.

Mad rit.

— C'est vrai !

Hailey lança un bras en direction de Josh, mais elle évita de le montrer du doigt.

— Regarde-le là-bas, à me jeter des regards noirs ! Tout ce qu'il veut, c'est se disputer ! Il me rend dingue !

— Respire, Hailey, suggéra Sabrina.

Hailey inspira profondément plusieurs fois et elle reprit son calme.

— Merci, Sabrina, pour ce rappel. Tu es prête ?

Sabrina sourit en mettant la main dans son petit sac où elle dissimulait l'objet nécessaire.

— Oui.

— Que se passe-t-il ? demanda Logan.

Hailey s'éloigna en souriant mystérieusement.

Logan tint Sabrina par le menton et il l'examina.

— Tu as l'air très contente de toi.

— Oh, je le suis.

Il l'embrassa.

— Je t'aime.

Elle sourit.

— Je t'aime aussi.

La voix de Hailey retentit dans le micro.

— Joyeuse Saint-Valentin tout le monde ! Sur demande spéciale, voici une chanson pour Sabrina et Logan.

La chanson commença, c'était « At Last » par Etta James. Parce que Sabrina avait *enfin* une relation engagée avec l'amour de sa vie.

Logan sourit.

— Ce n'est que nous sur la piste de danse, hein ? Et moi qui pensais que tu voulais éviter le feu des projecteurs.

— Je m'y suis habituée.

Elle le prit par la main et le conduisit sur la piste de danse.

— En réalité, ça me plaît quand je peux aider les autres. Dans ce cas précis, c'est toi.

Il l'attira contre lui, passant un bras autour de sa taille, l'autre tenant sa main en position de valse.

— Et en quoi m'aides-tu ?

Elle gardait la main avec sa surprise dans son dos.

— Je suis prête à m'engager avec toi.

— Ah oui ?

— Oui.

Elle s'écarta un peu de lui et elle ouvrit la main pour lui montrer son cadeau. C'était un anneau, du bois de rose poli sur un anneau en cobalt noir. Elle regarda ses yeux marron chaleureux.

— Je veux t'épouser.

Son beau visage s'illumina par un sourire.

— Sabrina, es-tu en train de me faire une demande en mariage ?

Elle rit.

— Oui ! Veux-tu m'épouser ?

— Je veux tout à fait t'épouser.

Elle rit encore et glissa l'anneau au doigt de Logan.

Il sortit une bague en diamant de la poche de son pantalon et la montra.

— Veux-tu m'épouser ?

— Ah ! Nous avons fait une double demande !

Il glissa la bague à son doigt.

— Il n'y a qu'une conseillère conjugale pour s'engager doublement.

Le cœur dans la gorge, elle dit d'une voix étranglée :

— Je suis doublement engagée à toi.

Il lui leva la mâchoire et l'embrassa passionnément. Elle jeta les bras autour de son cou et elle lui rendit ce baiser avec tout l'amour dans son cœur. Tout le monde siffla et les acclama. Logan rompit le baiser et fit signe à Hailey qui tira sur une corde, relâchant des ballons rouges, blancs et roses d'un filet au plafond.

Sabrina leva la tête, surprise.

— Je ne les avais même pas remarqués, tout là-haut.

— Il fallait que je fasse quelque chose de romantique, dit Logan en faisant rebondir un ballon hors de leur passage. Je suppose que ça signifie que tu reviendras vivre avec moi ?

— Tout à fait. Je suppose que ça signifie que tu seras mon mari pour de vrai ?

Il la serra à nouveau contre lui, maintenant sa mâchoire levée vers lui.

— Tu ne sais pas à quel point ça donne envie.

— Mari.

— Femme.

Il l'embrassa longuement, profondément, tendrement. Ils s'écartèrent au bruit des applaudissements et ils se sourirent.

Hailey se précipita vers eux pour les féliciter.

— Vous devez, vous devez absolument vous marier à la Saint-Valentin l'année prochaine. C'est un samedi et c'est l'anniversaire de votre double engagement, ne serait-ce pas fabuleux ?

Sabrina et Logan échangèrent un regard.

— Ce serait super, dit Sabrina.

Hailey poussa un petit cri. Ce fut le signal pour tous leurs amis qui vinrent les féliciter.

Tout le monde se trouva bientôt sur la piste de danse, les bras les uns autour des autres, se balançant en chantant. L'amour était palpable dans cette pièce avec tous les couples amoureux, même Hailey dansait avec Rose dans ses bras. Sabrina échangea un long regard amoureux avec Logan. Elle avait tenté sa chance de romance, une chance avec lui, et elle avait été récompensée par le genre d'amour qu'elle avait toujours désiré.

Les personnes célibataires s'occupaient autrement. Josh travaillait derrière le bar et Lexi et Marcus avaient une conversation à voix basse dans le coin.

Peu de temps après, Logan l'attira hors de la piste de danse en chuchotant à son oreille :

— Allez viens, ma Valentine, c'est l'heure de se mettre tous nus. J'ai des plans pour toi. Du genre corde en velours noir, poignets et chevilles.

Elle sourit et chuchota :

— Du genre orgasmes multiples. Les miens.

Il posa la main sur la gorge de Sabrina, la caressant en la regardant attentivement.

— Tu es mienne.

Elle posa la main sur sa joue, sa barbe douce caressant sa paume.

— Et tu es mien. Pour toujours.

Les yeux brillants, il grogna :

— Je t'aime tellement.

— Je t'aime aussi.

Elle cligna des paupières pour chasser ses larmes.

— Je n'arrive pas à croire que nous ayons tous les deux fait notre demande en mariage ce soir.

— C'est parce que tu es une rebelle de la romance.

Il lui fit un clin d'œil. Elle rit à cette référence sur son livre à venir.

— Et quelle est ton excuse ?

Il la souleva, la portant dans ses bras.

— Il me tarde de commencer nos vies ensemble.

— Oh, mon Dieu, je me pâmerais si tu ne me portais pas.

— Je sais.

Ils se firent des sourires avant de partir pour leur célébration privée de la Saint-Valentin. La première de nombreuses Saint-Valentins merveilleusement romantiques, super sexy et *engagées*.

Chères lectrices, chers lecteurs,

Josh et Hailey frère et sœur ? L'horreur ! Le nouvel amour de leurs parents va-t-il rapprocher ces deux-là ou s'agira-t-il de la confrontation ultime ? Ne ratez pas la suite ! De quoi pensez-vous que Marcus et Lexi parlaient lors de leur conversation de conspirateurs au bal de la Saint-Valentin ? Peut-être d'un plan machiavélique ? *Mouah-ha-ha.* L'histoire suivante est celle de Marcus et Lexi, *Un séducteur diabolique*, le tome 9 de la série du Club de Lecture Happy End. Rejoignez le club et réclamez votre happy end !

Un séducteur diabolique (Club de Lecture Happy End, Tome 9)

Lorsque l'organisatrice événementielle Lexi Judson n'a plus de travail et désespère d'en retrouver, elle contacte le dernier homme avec lequel elle aurait voulu collaborer : le très canon Marcus Shepard, propriétaire de bar et séducteur légendaire. À cause de sa situation compliquée, Lexi est pourtant obligée de s'appuyer sur son réseau par l'intermédiaire de ce beau gosse à vous faire fondre la culotte.

La bonne nouvelle ? Il est d'accord pour l'engager dans la préparation d'un événement fantastique.

La mauvaise nouvelle ? Ce travail s'accompagne de quelques conditions très gênantes.

Lexi pense pouvoir les gérer, jusqu'à ce que Marcus change les règles et demande bien plus que ce qu'elle avait négocié. Cet homme est diabolique, dangereux, implacable. C'est le pire.

Il veut *lui faire la cour*.

Inscrivez-vous à ma newsletter afin de ne rater aucune de mes nouvelles publications: Kyliegilmore.com/FRnewsletter

AUTRES LIVRES DE KYLIE GILMORE

La série du Club de Lecture Happy End

Hollywood incognito (Tome 1)

Au-devant des ennuis (Tome 2)

Même pas cap (Tome 3)

Entente formelle (Tome 4)

Erreur sur le bad boy (Tome 5)

Joue avec moi (Tome 6)

Résister au destin (Tome 7)

Une chance de romance (Tome 8)

Un séducteur diabolique (Tome 9)

Un plan désagréable (Tome 10)

Un mariage Happy End (Tome 11)

La série Rourkes

Royal Catch - Version française (Tome 1)

Royal Hottie - Version française (Tome 2)

Royal Darling - Version française (Tome 3)

Royal Charmer - Version française (Tome 4)

Royal Player - Version française (Tome 5)

Royal Shark - Version française (Tome 6)

AU SUJET DE L'AUTEUR

Kylie Gilmore est auteur de best-sellers sur la liste de USA Today tels que la série du Club de Lecture Happy End, la série Rourkes, la série Clover Park et la série Clover Park STUDS. Elle écrit des romances comiques qui vous feront rire, vous feront pleurer et vous donneront un coup de chaud.

Kylie vit à New York avec sa famille, ses deux chats et un chien complètement fou. Quand elle n'est pas en train d'écrire, de courir après ses enfants ou de prendre des notes lors de conférences sur l'écriture, vous la trouverez sur la pointe des pieds, cherchant à atteindre sa cachette secrète de chocolat tout en haut du placard.

Cliquez ici pour vous inscrire à la newsletter de Kylie afin de recevoir des informations concernant les sorties de nouveaux livres, les promotions et les cadeaux réservés aux abonnés. https://www.kyliegilmore.com/FRnewsletter

Pour d'autres bonus sympas, allez voir le site de Kylie https://www.kyliegilmore.com.

9 781947 379060